ボビーへ

JN052463

謝辞

二〇〇五年六月二十六日、この本を執筆中に、婚約者のボビーが世を去りました。わたしにとって、ボビーは生涯の恋人で、幼なじみでもありました。肝臓がんに冒されたボビーは、わたしたちの家で、わたしの腕に抱かれたまま、あの世へと旅立っていったのです。わたしの人生は、まったく違うものになってしまうでしょう。

それでも、悪いことずくめではありません。

泣かずにボビーのことを考えられるようになると、いつもエネルギッシュだった彼の記憶がよみがえってきました。そして、彼と過ごした家がどれほど活気にあふれていたかということも思いだしたのです。

ボビーのおかげで、わたしは本当にたくさん笑うことができました。それこそ、一緒に暮らした八年間に笑った回数のほうが、それまでの人生で笑った数より多かったほどです。ボビーはとても豊かな心の持ち主で、包容力もありました。馬たちをはじめ、愛する動物と一緒に過ごしていたときのボビーの様子は、決して忘れられません。

動物たちもボビーを無条件に愛していました。彼が世を去る直前、厩舎《きゅうしゃ》の馬たちがいななき始めたのです。まるで、すべてを心得ているかのように、互いにいないていました。すると、道の反対側の放牧場にいた八十頭ほどの馬たちも静かに門のところに集まり、じっとこちらを見つめてきました。いつも元気な馬たちが、主人の訪れを待ち受けるかのごとくに立っている様子は、とても不気味でした。

そしてボビーは息を引きとりました。

また外を見ると、馬たちの姿は消えていました。わたしだけでなく、馬たちもまた、特別な人があの世へ旅立ったことに気づいていたのです。ネイティブ・アメリカンの世界に片足をつき、白人の世界にもう片方の足をついて生きてきた彼は、永遠にいなくなってしまいました。

ボビーのなきがらを運んだ大きな黒い牡馬《ぼば》は、ムルヒーという名前でした。これはムスコギー人の言葉で鷲《わし》を意味します。ムスコギー人としてのボビーも、同じ名を持っていました。ボビーが葬儀場から運びだされ、馬車にのせられたとき、ムルヒーは後脚で立ちあがり、主人に堂々と礼を尽くしました。それから、まるで苦痛にさいなまれているかのように、文字どおり悲鳴をあげたのです。

ムルヒーの気持ちは、わたしにもよくわかりました。

このように悲しい話をあえて記したのは、正直なところ、そうするしかなかったからです。ボビーの豊かな愛情を受けた馬たちと同じく、わたし自身もこの場を借りて、心の支えとなってくれた彼に敬意を表したいと思います。

秋が近づいています。冬が来るのも、そう遠いことではありません。そろそろ、思い出という果実を摘みとる時期です。

寒い季節になっても、頭と心に残る思い出が、わたしを温めてくれるでしょう。

あたたかな雪

おもな登場人物

デボラ・サンボーン――――不思議な力を持つ女性
ファーリー・カムストック――――デボラの隣人
マイク・オライアン――――元軍人
エヴァン・オライアン――――マイクの息子。元軍人
ジョン(ジョニー)・ポール・オライアン―マイクの孫。エヴァンの息子
ジェームズ・オライアン――――マイクの父親。元軍人
ジョン・ソーントン(ソーン)・オライアン―マイクの祖父。元軍人
モリー・シフェリー――――飛行機の乗客
ダレン・ウィルソン――――飛行機の乗客。上院議員
パトリック・フィン――――飛行機の乗客。上院議員
フランク・ポラード――――エヴァンの義父
シャーリー・ポラード――――エヴァンの義母
ウォーリー・ハッカー――――保安官
トニー・デヴロー――――マイクの友人。連邦航空局捜査官
バール・タケット――――警察官
ファリス――――FBI捜査官

プロローグ

デストリー・ポインデクスターは妻のルーシーを殴打していた。そんなつもりはなかったのだが、つい暴力を振るっていた。今日、解雇されたことへの反動にすぎない。今年に入って三度目の失業だ。おまけに、いまは十二月で、クリスマスまであと何週間もない。

ケンタッキー州カーライルはいい町だが、産業のほうは、あまりぱっとしない。自動車修理かコンピューターの技術がなければどうしようもない。デストリーは、まさにそんな状況に陥っていた。ルーシーは文句を言ったこともなかった。それでもデストリーが家に入ってきたとき、ちょうどそこに居あわせたせいで、夫の不運のとばっちりを受けるはめになった。

「やめて、デストリー！　やめて、お願い、やめてったら」

デストリーがこぶしを固め、また妻を殴った。さらに強い力で殴られ、ルーシーの体が宙に浮いた。デストリーの声は冷たく、子供を叱《しか》りとばす親のような口調だった。

「うるさい、黙れ。また泣くか。めそめそされると腹が立つ。そう言っただろう」

頬を打つ音。

ルーシーが尻もちをつくような格好で倒れ、床に頭を打った。

「おまえが悪いんだからな。かわいそうだが、殴られたってしかたないんだぞ」

ルーシーは床に転がり、なんとか殴られずにすむよう、できるかぎり体を小さく丸めた。

それでも夫の暴力を防ぐことはできなかった。デストリーはブーツを履いた足で妻を蹴《け》った。

容赦ない蹴り方だった。骨の折れる音がルーシーの耳に響いた。

「助けて」ルーシーがうめいた。

デボラ・サンボーンが一発目の衝撃を感じたのは、母屋と牛舎のあいだの地下貯蔵庫から上がってきたときだった。耐えがたい痛みをいきなり頭の奥に感じたデボラは、運んでいた桃の大瓶詰めを落としてしまった。瓶が割れなくてよかったと思う余裕もなく、デボラは頭をかかえて地面に倒れこんだ。

たちまち、苦痛が頭のなかで画像を結び、音のないスライド写真のような光景が脳裏に映った。

ああ、なんてこと。デストリー・ポインデクスターが、またルーシーを殴っている。

デボラは地面に倒れたまま、ルーシーの耳から流れだす血を目にした。デストリーがブーツで妻の腹をまた蹴った。

どこからともなく飼い犬のパピーが現れ、デボラの耳をなめだした。くんくんと鳴きながら鼻先をデボラの喉に押しつけ、立たせようとする。

「大丈夫、大丈夫よ」デボラは犬を押しやった。

歯を食いしばり、何も見ずにすむよう心を閉ざすと、瓶詰めを取りあげた。ふらつきながら家に入る。

家のなかは暖かく、快適だった。アパラチア地方特有の厳しい冬の寒さも、まったく入ってこない。デボラは桃をカウンターに置き、コートを脱いで椅子の背に放《ほう》って、電話に駆け寄った。

保安官のオフィスの電話番号は頭に入っている。デボラは急いでボタンを押した。

ケンタッキー州カーライルをはじめ、郡内に点在する全部の町の治安を守っているのはウォリー・ハッカー保安官だ。そして、今日の通信指令係はフランシス・リトルジョンだった。フランシスは喉の痛みと鼻詰まりを気にとめないようにしながら、ぼんやりと電話に出た。

「保安官事務所です」

「フランシスね。デボラ・サンボーンよ。ウォリーはいる？」

「駐車場にいるわ。パトカーのタイヤがパンクしたんで、交換してるの」

「こんなときに」デボラはつぶやいた。「デストリー・ポインデクスターがルーシーをめちゃめちゃに殴っているって伝えて。床に倒れたルーシーを蹴ってるわ。ああ、それから、救急車も呼んでね」

「なんてこと」フランシスが口ごもった。「そんなひどい様子がいっぺんに頭に浮かんでくるなんて……よく辛抱できるわね。すごいわ」

「わたしだって、すごいと思うわよ。とにかく、急ぐようウォリーに伝えて」

「わかったわ」フランシスが答え、電話が切れた。

受話器を置いたデボラは、よろよろと崩れ落ち、床に座りこんだ。しばらくのあいだ、窓の外に呆然《ぼうぜん》と目をやる。涙が頬を伝い、握りしめていた両手に落ちるのも気づかない。ルーシー・ポインデクスターは抵抗もせず、ただ殴られていた。デボラにできるのは、見たままの内容を保安官に伝え、ルーシーが殴り殺されないよう祈ることだけだった。これまで何度となく夫に暴力を振るわれたときと同じように、なんとか生きのびてくれるよう願うしかない。

デボラは、ようやく桃のことを思いだした。パイを焼くつもりでいたのだ。立ちあがり、シンクで手を洗う。

ひとしきり時間が過ぎたころ、デボラはパイの上部に蒸気抜きの切りこみを入れていた。それをオーブンに入れ、タイマーをセットしてからランドリールームへ向かう。洗いあがった衣類を洗濯機から出し、次の汚れものを入れる。

ルーシー・ポインデクスターが命にかかわるけがに耐え忍んでいても、デボラ・サンボーンがしなければならない仕事は変わらない。

アリゾナ州フェニックス

四十代のマイク・オライアンはビリヤード台の上の球を見すえた。この並び具合なら、あと一打で終わる。マイクはキューですばやく球を突いた。あまりの早業に、隣人のハウイーは何が起きたのかわからなかった。球がポケットに落ちるやいなや、マイクは顔を上げ、ハウイーに向かってにやりと笑ってみせた。

ハウイー・ロクリンが振り返って顔をしかめた。「不細工な面で、いつまでもへらへらしてるんじゃねえよ。そのにやけた顔を、ぶっつぶしてやろうか」

例によって、ハウイーの口の悪さは絶好調だ。

「なあ、ハウイー。月に一回は勝負してるが、いつだって、おれの勝ちだ。はなから結果は見えてる。それでも、おまえがせがむから、つきあってやってるんだぞ。子供じゃないんだ……とにかく、年だけは、いってるんだからな。いさぎよく負けを認められんのなら、とっとと帰れ」

「わかったよ。勝手にしな」ハウイーがぶつくさ言った。

そう言いながらもキューを棚に戻し、指についたチョークの粉をはたきつつ腰を下ろす。

「ビールはどうだ、ハウイー」

「もらおうか」ハウイーはマイクの家の車庫にすえたビリヤード台をまわり、冷蔵庫に歩み寄った。「あんたもやるか」

「そうだな」マイクは、瓶入りのビールを受けとり、自分のキューも棚に置いた。

ふたりは何口かビールを飲み、車庫の入り口から外を眺めた。向かいに暮らす別嬪《べっぴん》の未亡人が植木に水をやっている。スポーツブラにショートパンツという格好で、裸足《はだし》のままだ。

夜の十一時十分をまわっている。

未亡人がホースを引きずりながら庭を横切り、立ち止まって体をかがめると、ハウイーが目をこらした。

「水がしっかり植木にかかってるかな」

マイクはにやりと笑った。「見に行ったらどうだ」

ハウイーがため息をついた。

「そんなことをしたら、あんた怒るだろう。あんたの領域を侵す真似《まね》なんか、したくねえよ」

マイクは未亡人に目を向け、かぶりを振った。

「怒ったりするもんか。好きにすればいい」

ハウイーはビールを飲みほし、空き瓶をマイクに手渡すと、大きく息を吸いこんで道を渡っていった。

マイクは空き瓶をごみ箱に放りこみ、ボタンを押して車庫のシャッターを閉めてから、ハウイーの首尾を見届けることなく家に入った。

あの未亡人の様子からすると、自分が声をかけていれば色よい返事をくれただろう。何人もの男があたって砕けてきたが、自分なら、戸口に並ぶ負け犬の列に加わることはなさそうだった。

マイクは家に入ってドアの鍵《かぎ》をかけ、おざなりに家じゅうの出入り口と窓の施錠を確かめた。ビールの残りをあおり、空き瓶をダイニングルームのサイドボードの上に置いて寝室に向かう。

もう遅い。くたびれた。

シャワーを浴び、ベッドで体を伸ばす。テレビから騒々しい音が流れてくる。リモコンは手に持ったままだが、マイクは画面を見てもいなかった。息子エヴァンのことが頭から離れない。どうしているのだろうか。どんな心境だろうか。

ほかのオライアン家の男と同じく、エヴァンも以前は軍にいた。だが、イラクで瀕死《ひんし》の傷を負って除隊したのはエヴァンだけだ。エヴァンは二週間ほど前にアメリカに帰ってきたが、ずっと父親とも親類とも面会を拒んでいる。

マイクは一回だけ息子に会ったが、それも二カ月以上も前、ドイツでのことだ。けがを負って撤退してきた息子は、治療のためドイツに搬送されていた。そこで面会したのが最後だった。

息子をどやしつけてやりたいが、会いに行く気にはなれない。もし立場が逆だったら、自分も息子と同じ態度をとっただろう。

だから、ただベッドで横になり、単調な日々の暮らしのことを考えている。孤独とはこういうものかと、つくづく思う。

マイクは、あれこれと気をもみながら眠りに落ちた。

1

「先生、お急ぎください。飛行機に乗り遅れてしまいます」

パトリック・フィン上院議員は、わかったというふうに秘書に手を振り、携帯電話を右耳から左耳に移した。

「いいか、ダレン。とにかく、無理なものは無理だ。次の選挙まで、有権者の機嫌を損ねるわけにはいかないからな。これまでずっと、がんばってきたんだぞ。きみの法案に賛成すれば、州の人口の半分を敵にまわすことになる。綿花とたばこで生計を立てている州なんだ。きみのところの住民が喜ぶ法案に賛成票を投じれば、たばこ産業は壊滅する。そんな話にはのれないな。わかるだろう」

胃が締めつけられるような感覚がひどくなった。ダレン・ウィルソン上院議員は電話の声に耳を傾けながら、メモ用紙を三枚ずつはがしては重ねていた。強迫性障害の症状が出ているのだが、本人は気づいていない。こんなことになるなんて絶対にありえないと、ダレンは思った。約束したとおりに法案を通過させなければ、自分の人生は五セントの価値もなくなってしまう。こんな窮地に陥ってしまったのもギャンブルのせいだ。この法案を可決させれば、二十五万ドルの借金から逃れられる。借金相手との約束を破るわけにはいかない。政界から引退するわけにもいかない。

ダレンは、昨日郵送されてきた写真に目を落とした。一枚には別れた妻、もう一枚には娘が写っている。娘とは三年も口をきいていない。あとの二枚は、ダラスの小学校に通う孫たちを校庭の遊び場で撮影した写真だった。それぞれの写真には一から四まで番号が振ってある。メッセージも添えてあった。借金が返済できなければ、写真の番号順に、家族のもとへ連中が押しかけるだろう。

別れた妻が一番目なのは、神の救いというものだ。いまやダレンは彼女に毛嫌いされている。とはいえ、別れた妻だろうがなんだろうが、家族を自分の借金の犠牲にするつもりなどまったくなかった。だいいち、それで終わりになるわけでもないことは、わかりきっている。結局は自分自身も殺されるだろう。自分もあの世へ送られてしまう前に、家族がひとり残らず地球上から消えうせていくのを見届けられるというだけの話だ。

ダレンは目を閉じて小さく咳《せき》ばらいをすると、パトリック・フィンに食いさがった。

「パトリック、おまえこそわかってない。おまえの賛成票がなければ、家族の身が危ないんだ」

パトリックは眉根を寄せた。ダレンがギャンブルに手を出したのは知っていた。議会の誰もが知っていることだ。もめごとの相手は、どこかのカジノのオーナーだろう。ひょっとすると高利貸しかもしれない。いずれにせよ、こっちの責任でもなければ、かかわりあいになる筋でもない。

「悪いな、ダレン。本当にすまないと思っているよ。でも、うちの州を売り渡すわけにはいかない。きみがポーカーのテーブルから離れられなかったのが、そもそもの原因なんだから」

「いや！　待ってくれ！　おまえが――」

「だめだ。これが最後の答えだ。もう切るぞ。飛行機に乗り遅れてしまう」

電話が切れ、ダレン・ウィルソンは取り残されたような気分になった。デスク上のフォトスタンドに入れた娘や孫の写真を見つめ、郵送されてきた写真に目を向ける。全身に落胆の色をにじませながら、デスクのいちばん下の引き出しから小ぶりの鞄《かばん》を取りだすと、反対側の壁にかけてある大きな絵に近づいた。

絵をどけると、壁にはめこんだ金庫が現れた。ダレンはすばやい手つきで何度かダイヤルをまわし、金庫をあけた。なかに入っていたのは自分だけの危機管理対策グッズ、すなわち、偽造パスポートと五万ドルの現金だった。

ダレンは現金を鞄に入れ、パスポートをポケットに滑りこませると、金庫を閉め、三回も見直してから絵を元どおりにかけた。こんなことになって、なんとも心が痛むけれど、どうしようもない。パトリック・フィンのひとでなしめ。家族を見捨てるのは不本意だが、生きていたければ逃げるしかないのだ。

ダレンは小ぶりの鞄をコートの内側に隠し、壁のフックから帽子を取って部屋の外へ出た。秘書のデスクの前で足を止め、落ち着いて最後の指示をあたえた。

「コニー、今日の午後の面会は全部キャンセルしてくれ。予定が変わった」

「かしこまりました。スケジュールを組み直しましょうか」

「今日はいい。あとで指示する」

「承知いたしました」秘書がまた答え、言われたとおり電話に手を伸ばしているあいだに、ダレン・ウィルソンは出ていった。

それからまもなく、パトリック・フィンは自宅のあるアトランタ行きの飛行機に乗るため、ワシントンDCの空港内を走っていた。家に戻ったら着替えの服をつかみ、すぐさまアルバカーキへ向かわなければならない。アルバカーキでレンタカーに乗り、サンタフェまで行って、そこでクリスマスを過ごすのだ。妻と子供たちは、彼の両親を連れて、先に現地に行っている。楽しみにしていた休暇だった。パトリックは腕時計をにらみながら走った。ゲートが閉まってしまう。フリーウェイで事故があり、三十五分あまりも車が進まなかったのだ。タクシーが空港に着いたときには、すっかり遅くなっていた。

パトリックは、熱いコーヒーとシナモンロールの香りを漂わせている売店の脇《わき》を駆け抜けた。乗客が時間つぶしにビールとサンドイッチを買うようなバーのそばも走り抜けた。ようやく三十六番ゲートにたどりついたとき、飛行機がボーディング・ブリッジから離れていくのが目に入った。

「待ってくれ！」パトリックは叫んだ。「わたしが乗る飛行機だ。あれに乗らなきゃいけないんだ！」

「申しわけございません、お客さま。もう間に合いません」航空会社の職員が謝った。

「間に合わないわけがないだろう！　わたしはパトリック・フィン上院議員だぞ」

女性職員はそんな言葉にまったく動じなかった。飛行機はすでに滑走路に向かっている。彼女は穏やかな態度で、もう次のアトランタ行きの便を手配していた。クリスマス・シーズンが始まっていることを考えれば、彼のためにできるサービスは、これが限界だった。

パトリックも、それは承知していた。とはいえ、あらためて予約した飛行機を待つ二時間半のあいだ、気が晴れるものでもない。

飛行機がアトランタに着いたときは、もう夜だった。飛行機を降りたパトリックは、サンタフェで着替えを買おうと決めていた。家に帰って服をスーツケースに詰めこみ、それから夜の渋滞を抜けて空港へ戻るなどという悠長なことをしていたら、次のアルバカーキ行きの便に間に合わない。パトリックは妻に電話をかけて事情を説明すると、ゲートの前の椅子に座りこみ、搭乗手続きが始まるのを待った。

一時間後、搭乗手続きが始まった。

「ご搭乗ありがとうございます」ボーディング・ブリッジから飛行機に乗りこんだパトリックに、客室乗務員が声をかけてきた。

「どうも」パトリックは軽くうなずき、通路を見渡して自分の座席をさがした。

ファーストクラスではないが、がまんしなければならない。クリスマス・シーズンの旅ともなれば、ちょっとしたトラブル程度ですめば御の字なのだ。しかも、前の便に乗り遅れたのは自分のせいなのだから、わがままを言える立場ではない。

あちこちに手荷物の鞄をぶつけながら、パトリックは自分の座席にたどりついた。通路側の席だと知って頬をゆるめる。うしろの若い美人に会釈をして、頭上の荷物入れに鞄を置き、コートをたたんでのせた。

「こんばんは、お嬢さん」にこやかに言い、荷物入れを閉める。

「こんばんは」うしろの女性もあいさつを返し、読んでいた雑誌に目を戻した。

パトリックは通路の反対側にいた男の子にウインクをすると、ポケットのなかで一ドル銀貨をさぐった。遊説では、すっかりおなじみになっている小道具だ。パトリックは男の子の耳から銀貨を取りだす真似《まね》をしてから、プレゼントだよと手渡した。

「わあ！　お祖父《じい》ちゃん、いまの見た？　僕の耳からお金が出てきたよ」

「ああ、しっかり見たとも、ジョニー。なくさないうちに、ちゃんとポケットに入れておいたほうがいい」

男の子はすっかり興奮し、反対側の耳にもお金が入っていないかと指を突っこんだ。それから、もらった銀貨をズボンのポケットに入れた。

男の子と一緒にいた老夫婦がパトリックと同時に笑い、その一件は幕を閉じた。

パトリックは腰を下ろし、上着をまっすぐに直した。シートベルトに手をかけたとき、聞き覚えのある声が響いた。顔を上げたパトリックは、あまりの偶然に息をのんだ。わが身に降りかかった悪運に、胸のうちで悪態をつく。

「なんだ、妙なことがあるもんだな」ダレン・ウィルソンだった。「隣どうしの席になるなんて」証拠の搭乗券をちらつかせる。

パトリックは何も言わずに立ちあがり、ダレンを通してやってから、また腰を下ろした。

「運命ってやつだな」ダレンが言った。

パトリックは誘いにのらなかった。「クリスマスの帰省か」

「ああ」

本当のところ、ダレン・ウィルソンは国外へ出る途中だった。なんでもいいから空席のある便をてっとり早く見つけて、どこかへ高飛びしようと思っていた。だが、そのことをパトリック・フィンに教えるつもりはない。

「よい旅を。こっちは失礼して、ひと眠りさせてもらうよ。サンタフェで家族と合流する前に、眠っておきたいんだ」

ダレンはただ笑みを浮かべ、この再会が何を意味するのかと考えた。もしかすると、これこそ、自分を厄介ごとから救いだしてくれる運命の瞬間というやつかもしれない。ダレンはシートベルトの着脱を三度も繰り返し、大きく深呼吸をした。ベルトの確認をしたいという衝動がようやく治まる。

パトリックは、あと三時間は身動きもできない状況でダレンの泣きごとを聞かされるはめになった。まあ、好きなだけ寝たふりをしてもいいのだが。すっかり気がめいっているところに、アドレナリンがみなぎってきた。結局のところ、運命にまかせるしかない、というわけか。

〝ソーン!〟

寝室の窓を打ち鳴らす冷たい風に、ジョン・ソーントン・オライアンは毛布の下で体を縮めた。十二月の寒波が珍しくフロリダにまで押し寄せ、果樹農家をパニックに陥れている。ソーンは眠ったまま、無意識のうちに何度もせわしなく寝返りをうち、呼びかける声に耳をふさごうとした。

〝ソーン!〟

ふくらはぎの筋肉が引きつりだした。八十五歳になるソーンが膝に患っている関節炎に比べればたいしたことはないものの、眠りを妨げるには十分だった。

〝起きて!〟

夢うつつのなかでも、妻マーセラの頼みごとには即座に反応してしまう。そんな自分に、ソーンは辟易《へきえき》した。ぱっと目をあけ、ベッドから飛びだしかけたところで凍りつく。妻が亡くなって十五年以上もたっていることを思いだしたのだ。

うんざりしながら両手で顔をこすり、時計に目を向けた。午前三時過ぎ。クリスマスまで、あと何日もない。

「夢か」ソーンはつぶやき、豊かに残る白髪を指でかきあげた。

〝坊や!　坊やを助けて!〟

今度はショックで体が凍りついた。はっと目をむく。すっかり眠気も覚めたというのに、まだ妻の声が聞こえている。

「マーセラ?」

返事はなかった。ソーンはあわててランプに手を伸ばした。部屋に光があふれ、窓の外側に薄くついた霜を照らす。ソーンは身ぶるいして暗がりに目をこらした。

「マーシー？」

〝坊やを助けて！〟

身内の子供といえば、五歳のジョン・ポール・オライアンだけだ。やしゃごのジョニーしかいない。ソーンはまた時計を見た。マイアミ時間で午前三時過ぎ。ダラスでは午前二時過ぎということになる。だがソーンは、時間のせいでためらっているわけではない。ジョニーの父親でソーンの曾孫《ひまご》にあたるエヴァンは、派兵先のイラクで重傷を負い、陸軍病院を退院したばかりなのだ。そのうえ、軍人としての未来が閉ざされてしまったという事実にも向きあわねばならなかった。片目を失い、頭にひどい傷を負ったのだ。顔の片側と首にも大きな傷跡が残った。

エヴァンの心と体の具合を考えると、こんな夜中に電話をするのは気が引けるが、いましがたのできごとに目をつぶることもできなかった。自分は年を取ってしまったかもしれないが、もうろくしたわけではない。マーセラの世界はすべて、彼女の人生にかかわるオライアン家の男たちを中心にまわっていた。夫であるソーンと、息子ジェームズ、孫のマイク、そして曾孫エヴァン。やしゃごのジョニーが生まれたのは、マーセラが世を去って十年後のことだったが、だからといって彼女がやしゃごの存在を知らぬというわけでもあるまい。少なくとも、ソーンにはそう思えた。

ソーンは前かがみになって電話に手をかけた。エヴァンの様子はわからないが、じきにはっきりするだろう。

午前二時三十分　テキサス州ダラス

三年間のやもめ暮らしのあと、十八カ月前に戦地へ呼び戻されたエヴァンは、他人と同じベッドで寝る感覚を忘れかけていた。そして、イラクの地雷にトラックごと吹き飛ばされて深手を負ったとき以来、安らかな眠りがどんなものかということさえ、忘れそうになっている。

ダラスに戻ってから、まだ二週間もたっていない。エヴァンは、戦争で背負いこんできたものと、なんとか折りあいをつけようとしていた。傷跡は、はっきり残っている。いまだに、何かに映った自分の姿に愕然《がくぜん》とすることも珍しくないが、だいぶ受け入れられるようになってきた。本当に厄介なのは精神面の傷だ。

息子とは一年以上会っていない。五歳の誕生日も祝ってやれず、一年半にわたる成長ぶりも見守れなかった。正しい戦争だという確信のない戦いの代償としては大きなものだ。それに、あの戦争のせいで、軍人として仕事を続けることもできなくなった。

帰還したエヴァンは、体に負った障害のためにパイロットのライセンスを失った。そのうえ、顔と首の傷跡を小さくするには、少なくともあと六回の手術が必要だ。それでだめだった場合、悪夢のような顔になった理由をどう息子に説明したらいいものか、まるで見当もつかない。

それでもエヴァンはなんとか生きている。ひとり息子を孤児にするわけにはいかない。その恐怖こそ、出動命令を受けた日からずっと、いちばん重く心にのしかかっていたものだ。自分を生き永らえさせている重荷は、これからも役立ってくれるだろう。身の不運を嘆いている暇はない。人生を取り戻さなければならない。自分の家で、息子と一緒に暮らしたい。捧《ささ》げた犠牲の大きさを考えれば、だいそれた望みでもないだろう。

そんなわけで、エヴァンはベッドで横になり、二日後に思いをはせていた。あと二日で、亡き妻の両親が訪ねてくる。エヴァンが戦地へ行っているあいだ、息子の面倒を見てくれた義父フランク・ポラードと義母シャーリーが、ジョニーを連れてくるのだ。クリスマス・ツリーや装飾品を買いに行き、飾りつけをする時間はあまりない。とはいえ、五歳の子供にとって、一年半は一生涯にも等しい。エヴァンは、以前のクリスマスと変わらぬように家を飾りつけておきたかった。自分自身が以前とは様変わりしてしまったからだ。

ベッドに入ったものの、不安が重くのしかかり、安眠できずにいた。横になったのは四時間ほど前だが、次々と襲いかかる悪夢に、蜘蛛《くも》の巣のようにからめとられてしまう。そして、電話が鳴ったのは、そんなときだった。

けたたましい音にぎょっとして、エヴァンはとっさにライフルに手を伸ばした。そして、テントの簡易ベッドにライフルがなく、自分がテントにいるわけでもないことに、ようやく思いあたった。

「ちくしょう」エヴァンは吐き捨て、震える手で受話器を取った。しかし目測を誤り、テーブルに落としてしまう。もたもたと受話器を取りあげながら、失った片目と、距離感をつかめなくなった自分をののしった。

やっと受話器をつかみ、またもや口から出そうになった悪態を抑えこんで、なんとか応答する。

「もしもし?」

ソーンはため息をついた。電話の声からして、やはり朝まで待つべきだったかもしれない。だが、いまとなってはもう遅いと思い直した。受話器を握りしめ、ごくりとつばをのむ。

「エヴァン、わしだ。おお祖父ちゃんだよ。起こしてすまなかったね」

エヴァンは混乱した頭のなかで、必死で気を落ち着けようとした。おお祖父ちゃん?

こんな夜中に?

「どうしたんだい。具合でも悪いのか。ちい祖父ちゃんか父さんに何かあった?」

ソーンはまた、つばをのみこんだ。

「わしは元気だ。それに、わしが知るかぎり、ふたりとも元気でいるはずだ」

前に目のあった場所から顎のうしろへと痛みが走った。エヴァンは低い声でうめき、歯を食いしばって痛みが引くのを待った。言葉を発せられるようになるまで数秒かかった。口を開いたものの、とげとげしい口調になってしまい、後悔する。

「みんな元気なのか、よかった。でも、おしゃべりをするには、ずいぶんな時刻じゃないか」

「わかっておる。さっさと用件を言おう。おお祖母《ばあ》ちゃんが現れたんで、ジョニーが無事かどうか気になったんだ」

エヴァンは、犬が体の水をはじくように頭を振った。

「ねえ、本当に大丈夫かい？　その……おお祖母ちゃんは――」

「ああ、とっくに死んだとも。この十五年間、そうやって誰かに言い聞かせられたりするようなことは、いっときだってなかったんだ。だから、わしの頭の具合は心配しないで、とにかく答えてくれ。ジョニーは無事か？」

「ああ、大丈夫だよ」

ソーンは眉を寄せた。「本当に？」

今度はエヴァンが眉を寄せた。「本当に」

「最後にジョニーと話したのはいつだ？」

「月曜日だった」

「なあ、エヴァン、今日は水曜日だ。二日もあれば、何が起きてもおかしくない」

エヴァンの口元の筋肉が引きつった。

「それはそうだけど、何かあればフランクとシャーリーが電話してきたはずだよ」

ソーンはフランクとシャーリーのことを考えた。夫妻がエヴァンに嫁がせた娘は、この世から永遠にいなくなってしまった。たったひとつ残された絆《きずな》はジョニーだけで、夫妻は孫を溺愛《できあい》している。それでも、ソーンはマーセラの警告を無視できなかった。

「なあ、エヴァン、こんなことは気に入らんだろうし、信じるつもりもないかもしれん。だが、わしが信じると言っとるんだから、おまえも信じてくれ。おお祖母ちゃんが、ぐっすり眠っていたわしを起こし、坊やを助けてと言ったんだ。身内で坊やといえば、おまえの息子しかいないから、きっとジョニーのことだと思った。だから頼む。ポラード夫妻に電話してくれんか。このとおりだ。ジョニーの部屋をのぞいて、無事かどうか見てもらうよう頼んでくれ」

エヴァンは大きく息を吐いた。

「勘弁してくれよ！　いまは二時四十五分だよ。こんな夜中に電話して、そんなことを頼むなんて無理だ」

「無理じゃない。やるんだ！」

いらだたしげに髪をかきあげたエヴァンは、ふさがったばかりの柔らかい傷口に指が触れた瞬間、びくっとした。

「まあ……無理じゃないけど、やらないよ。そんな電話で無駄に心配させても――」

「ならば、ポラード家の電話番号を教えてくれ。わしがかける」

「やめてくれよ。ふたりに何と思われるか――」

「何と思われようと構わん。何かまずいことになっとるんだからな」

エヴァンは時計を横目で見ながら、曾祖父《そうそふ》を落ち着かせるにはどうすればいいかと自問した。曾祖母が悪い知らせを告げに来たなんて、途方もない話だが、曾祖父はすっかり信じこんでいるらしい。

「わかったよ。電話する。でも、夜中に起こすなと怒られたら、おお祖父ちゃんのせいだからね」

「終わったら、こっちにもかけ直してくれ」ソーンは強い口調で言った。

「イエス、サー」

「電話が来るまで、ベッドには戻らんからな」ソーンが言い添えた。

エヴァンは苦笑した。

「わかったよ。電話する。約束するから」

そう言って受話器を置いたエヴァンは、ベッドの端に腰かけ、両手を膝について考えこんだ。しばらくたってからソーンに連絡し、ちゃんと電話したふりをすればいいだろうか。

しかし、その考えは即座に却下された。オライアン家の人間は嘘《うそ》などつかない。ましてや、身内をだますなんて、もってのほかだ。

小さく悪態をつき、気重にため息をついてから、エヴァンは受話器を取って義父の家の番号を押した。こんな時間に電話をよこすとは何ごとかと、フランク・ポラードにとっちめられるに違いない。

四回目の呼び出し音に応答がなくても、エヴァンはなんとも思わなかった。だが、呼び出し音が五回鳴り、六回鳴り、留守番電話が作動したとき、エヴァンは顔をしかめた。

「夜中は鳴らないようにしてあるんだな」エヴァンはつぶやき、留守番電話の発信音を待った。「お義父《とう》さん、エヴァンです……聞こえますか」

何の応答もないのが妙に気がかりだ。まあ、ミシガン時間では午前四時だし、フランクは少し耳が遠いから無理もない。いや、待て、それでは説明がつかない。シャーリーの耳はしっかりしている。

「お義父さん？　お義母《かあ》さん？　僕です、エヴァンです。いらっしゃいますか。いるなら出てください」

発信音とともに伝言の録音時間が終わり、電話が切れた。

エヴァンは、わななきながら息を吸いこんだ。神経が過敏になっている。みんな曾祖父のせいだ。理性的にならなくては。ジョニーをここへ連れてきて、クリスマスを過ごさせる予定なのは、ポラード夫妻も覚えているはずだ。ジョニーの学校は昨日からクリスマス休暇に入った。夫妻は、何か思い出になるような場所へジョニーを連れていったのだろう。ああ、きっとそうだ。だが、たとえそうでも、はっきりさせなくては気がすまない。義父の携帯電話にかけることにしよう。義父はどこへ行くときも、つねに携帯電話を持ち歩いている。

エヴァンは立ちあがり、電灯をつけながら家のなかを進んでいった。机から住所録を出し、ページを繰って義父の携帯電話の番号をさがした。それから受話器を取り、電話をかけた。不安などすぐに消えるだろうと自分をなだめつつ、壁にもたれて義父の応答を待った。

呼び出し音。

鳴り続けていた呼び出し音が、とうとう留守番電話に切りかわった。エヴァンは伝言を残したが、電話を切ったときには両手が震えていた。どうかしている。別に、おかしなことは何もない。なんでもないことを、さも異常事態のように感じているだけだ。義父は携帯電話に出なかった。たぶん、呼び出し音を消していて気づかなかったのだろう。あるいは……。

ハロルド！　フランクのきょうだいのハロルドに電話しよう。ポラード夫妻は旅行に出るとき、いつもハロルドに猫のえさやりを頼むのだ。旅行中かどうかは、ハロルドにきけばわかる。

エヴァンはまた住所録のページを繰り、ハロルド・ポラードの番号をさがしてかけた。もう時刻のことなど気にしていられない。何ごともないか確かめなければならないのだ。

ハロルドは三度目の呼び出し音で電話に出た。まだ目の覚めきっていない、閉口したような声に、エヴァンはあわてて詫《わ》びを言った。

「もしもし、僕です、エヴァン・オライアンです。ジョニーの父親のエヴァンです。すみません、こんな時間に。フランクとシャーリーに何度電話しても、全然つながらなくて」

ハロルドが小さく咳ばらいをした。何やら、がさごそとさぐっているような音もする。ランプのスイッチをさがしているのだろう。

「エヴァン?」

「はい、僕です」

「フランクとシャーリーは出かけているよ」

ほっと安堵《あんど》のため息がもれた。やっぱりそうか! 最悪の結論に飛びついてしまったのは、曾祖父のばかばかしい夢のせいなのだ。しかし、安堵したのもつかの間、ハロルドの次の言葉でまた心配になってきた。

「予定より何日か早く行って驚かせようと、午後六時の便でランシングを発《た》ったんだ。もうダラスに着いているはずなんだが」

受話器を持つ手に力がこもる。そうしていれば、意識をつなぎとめておくのが少しは楽になるかのようだった。

「来ていませんよ。どの飛行機に乗ったか、わかりますか?」

「ああ、わかるよ。台所のメモに書きとめてある。ちょっと待っててくれ、取ってくるから」

またがさごそと音がしたあと、ハロルドが部屋を出たのか、何も聞こえなくなった。しばらくすると、電話の子機に切りかわる音がした。

「あったぞ。ええと……どれどれ、マジェスティック航空の五二二便だ。午後六時ランシング発。アトランタとアルバカーキを経由して、ダラス・フォートワース空港に深夜零時ちょっと前に着く。とんでもない便だが、クリスマスが近いもんで、これしか空席がなかったんだよ。まったく、なんでまた――」

「アトランタで遅れが出たんでしょう」エヴァンは聞いた内容を書きとめながら言った。「ありがとうございました。航空会社に問いあわせてみます」

「そうか、わかった。何かあったら、こっちにも知らせてくれ」

エヴァンは受話器を置き、電話帳をつかんだ。まだ腑《ふ》に落ちない感もあるが、ジョニーとポラード夫妻は真夜中にダラスに着いて、今夜はホテルに泊まったのだろう。びっくりさせるのは夜が明けてから、ということにしたらしい。サプライズをだいなしにするのは申しわけないが、三人の無事を確かめるのが肝心だ。

エヴァンは飛行機会社の番号を調べてプッシュボタンを押した。数度の呼び出し音のあと、自動音声案内が始まった。ちゃんと息をしている生身の人間が電話に出るまで、何度も案内のメニューを選ばなくてはならず、エヴァンはすっかりいらだってしまった。

「マジェスティック航空です」

「エヴァン・オライアンといいます。五二二便についてききたいことがあるんですが。息子が祖父母と一緒に、その便に乗っています。ダラスには何時に着いたんでしょう？」

「申しわけございません、もう一度便名をおっしゃっていただけますか？」女性の声がたずねてきた。

「五二二です」

ふたたび届いた声はかすかに震えていたが、エヴァンは気づかなかった。

「このまま少々お待ちいただけますか、確認いたしますので……」

「はい」エヴァンは答えた。

《イエロー・サブマリン》をたっぷりワンコーラス聞かされたあと、回線が切りかわる音がして、今度は男性が出た。

「お電話替わりました、ロバート・ファーマーです。五二二便についてのお問いあわせだそうですね」

「はい。何時にダラスに着いたのか知りたいんですが」

「ご搭乗されたのは、どなたです？」

エヴァンは眉を寄せた。「息子と義理の両親ですが」

「お名前は？」

「ジョニー・オライアンが息子で、義理の両親はフランク・ポラードとシャーリー・ポラードです」

しばらく沈黙が流れたあと、ごくりとつばをのむ音がした。「はい、たしかに搭乗者リストにあります」

エヴァンは息を吐いた。

「リストにあるのはわかってる。飛行機が何時に着いたのかときいてるんです」

エヴァンの質問のあと、長い沈黙が続いた。ぎりぎりと胃が締めつけられるのに十分な長さだった。

「ミスター・オライアン。こちらから連絡しようとしていたところです。あなたは軍にいらっしゃるそうですね」

「正確には、軍にいたんです。けがをして国に戻ってきました」

「なるほど」

長い沈黙があった。次の言葉の前に、ため息が聞こえたような気がする。

「申しあげにくいのですが、五二二便は行方不明になっています。日没の直後に、ケンタッキー州カーライル近郊の山中に墜落しました」

衝撃に続いて、どんな傷を負ったときよりもひどい苦痛が襲ってきた。エヴァンは受話器を耳に押しあてたまま床に崩れ落ち、口ごもった。

「そんな、まさか……ああ、そんな」

「本当にお気の毒です」

「まさか。何かの間違いだ」

「いいえ、間違いではありません。本当にお気の毒です」

「生存……生存しているはずだ」

男がふたたび、ため息をついた。「いまの時点ではわかりません」

「何かわかっているだろう」気分が悪くなってきた。両膝のあいだに頭をかがめるようにして、なんとか正気を保とうとする。それから、大きく息を吐いた。「捜索隊は出したのか？」

「もちろんです」

「どこだって？」たずねたエヴァンは、嗚咽《おえつ》に喉を詰まらせた。

「カーライル近郊の山中です。そちらと連絡の取れる電話番号を教えていただければ、情報が入りしだい――」

苦い怒りが喉の奥にこみあげてきた。「ただ電話を待つつもりはない。自分の足で墜落現場に行く。息子を見つけるんだ」

「やめてください！　電話番号をお教えいただくのが、いちばん助かるんです。墜落地点がわかりしだい、そちらに――」

「待つつもりはない」エヴァンは強い口調で言い、早口に電話番号を告げて、受話器を置いた。

ぞっとするような沈黙が部屋に漂う。

「最悪だ」そうつぶやいたとたん、視界がぼやけてきた。

胃が締めつけられる感覚はひどくなり、吐き気さえしてきた。こんな恐怖を味わったのは、妻の葬儀から帰り、これからは自分だけで息子を育てなければならないと思ったとき以来だ。

また同じ目に遭うのか。ジョニーが死んだかもしれないなんて、考えたくもない。そんな残酷なことが起こるはずはない。

次の瞬間、エヴァンはソーンからの電話を思いだした。なんということだ、曾祖父は正しかった！

たちまち、すさまじい恐怖が襲いかかってきた。膝をついて立ちあがり、よろよろと寝室へ向かう。下着をスーツケースに詰めこんでいるときに、飛行機の予約をしなければいけないことに気がついた。

エヴァンは荷づくりを中断して航空会社に電話をかけた。すぐに七時発の便を押さえ、ベッドの上に投げ散らかした服を詰める作業に戻った。ベッドをまわって腕時計を取ろうとしたとき、脇のテーブルに飾ってある写真が目に入った。エヴァンはどさりとベッドに座りこみ、写真を手に取った。

はなればなれになってから最初のクリスマスに撮った写真で、ショッピングモールのサンタの膝にジョニーが座っている。写真を見つめていると視界がぼやけ、両手がわなわなきだした。エヴァンは写真をテーブルに戻し、バスルームに駆けこんで吐いた。

冷たい水で顔を洗ったエヴァンは、ソーンに電話する約束を思いだした。向こうの時間で、そろそろ午前五時だ。曾祖父がもうベッドに戻ったかもしれないと思いながら、番号をプッシュする。一回目の呼び出し音で電話がつながった。曾祖父はずっと起きていたのだ。

エヴァンの言葉など聞きたくないとでも言うかのような、ためらいがちの応答があった。

「もしもし？　エヴァンか？」

エヴァンは大きく息を吸いこみ、声の震えを抑えようとしたが、無駄だった。

「ああ、僕だよ」

「どうだった？」ソーンがたずねてきた。

「ジョニーとポラード夫妻は飛行機に乗っていた。その飛行機が、ケンタッキーの山に落ちた」

ソーンはマーセラの言葉を信じていながらも、それが真実だと聞かされるのは、やはりショックだった。

「ひどい」ソーンはつぶやいた。「まだ生きとるんだろう？　そうだと言ってくれ」

「航空会社のほうじゃ、何もわからないと言ってる。僕は七時の飛行機で発つよ。墜落現場に着いたら知らせるから」

「墜落現場なんぞに近寄らせてもらえるものか。だいいち、そんな体で、ひとりで出かけるなんてむちゃだ」

「ただ連絡を待っているだけなんてごめんだ。できないよ。ジョニーを見つけなくちゃ。絶対に見つけるんだ」

ソーンは気分が悪くなった。

「もちろんだ。そのとおりだ。墜落したのはどこだ？」

エヴァンは喉の奥のしこりをのみくだした。

「カーライルってところに近い山のなからしい。ケンタッキー州だよ。もう切るからね。荷づくりの暇がないんだ。あと、頼みがあるんだけど」

「なんでも言ってくれ」

「僕のかわりに、ちい祖父ちゃんと父さんに電話してくれないかな。事故があったことを知らせてほしいんだ。何かわかったら連絡するからって。ああ、それから、ハロルド・ポラードにも電話してくれる？」

自分の電話のせいでとんでもないことになってしまい、ソーンは身が引き裂かれるような気がした。マーセラの忠告は無視できないにしても、エヴァンの体調ぐらいは気づかってやればよかった。

「エヴァン、おまえは家で連絡を待っているほうが――」

「冗談じゃない、自分の息子のことなんだよ。息子の世話をすべきときに、僕は地球の裏側の砂漠なんかにいて、どうにもならない厄介ごとの後始末に手を貸そうとしていた。お祖父ちゃんが僕の立場だったら、ただ待っていたいなんて思うかい？」

ソーンはため息をついた。

「いや」

「それじゃ」エヴァンは言い、つけ加えた。「昼前にはカーライルに着くから」

「祈っとるよ」ソーンが答えた。

電話が切れると、エヴァンの喉の筋肉がこわばった。しばらく立ち尽くしていたが、廊下へ出てジョニーの寝室に入り、電灯をつけた。

『セサミストリート』のベッドカバーに重ねた枕《まくら》に、真っ赤なエルモの縫いぐるみがもたせかけてある。ベッド脇のテーブルにはビッグバードのランプがあり、床にはクッキーモンスターのマットが敷いてあった。エヴァンは体を震わせながらベッドに近づき、エルモを取りあげた。

電灯を消し、廊下の向かいの寝室に戻る。スーツケースの隅にエルモを押しこみ、荷づくりを終わらせた。時計に目をやった。そろそろ空港へ行く時間だ。それから、サンタの膝に乗った息子の写真に目を向ける。自分自身を押しつぶしてしまいそうな恐怖が、怒りと強い決意に変わっていった。これまでの人生では、さんざんな目に遭ってきたが、まだ終わりじゃない。今度はやり返す番だ。

「がんばれ、ジョニー。父さんが行くからな」エヴァンは低い声で言い、スーツケースをつかんでドアに向かった。

2

七時間前　五二二便

モリー・シフェリはアトランタで飛行機に乗りこんだときからずっと、眠ろうと努力していた。児童心理学の修士号を取ったばかりで、年明けには児童福祉の仕事を始める彼女は、クリスマス休暇を故郷で過ごすため飛行機に乗っている。両親は五年前に亡くなったので、故郷の家はもう〝帰るところ〟ではなく、ただ学校から離れるための場所だった。いまはもう大学を卒業したし、仕事も始まるから、両親の家を売りに出すか人に貸すかを決めなくてはならない。家を売るほうに気持ちが傾いているものの、まだ決心しかねていた。

最終試験の週も終わり、疲れきってしまったけれど、うまくやったという満足感がある。寝る間も惜しんでがんばってきた甲斐《かい》があるというものだ。

いつもなら、飛行機のなかだろうとなんだろうと、どこでも眠れた。けれども今日は運悪く、言い争いをしてばかりいる男たちのうしろに座ってしまった。モリーがアトランタで飛行機に乗りこんだときから諍《いさか》いが続いている。男たちの名前はダレンとパトリックらしい。仲が悪そうなのに、なぜ一緒に旅をしているのだろう。きれぎれに言葉が聞こえてくるほかは、何を言っているのかわからない。低い声で怒ったように話す口調から、楽しいふたり旅でないことはうかがえる。とても眠れず、モリーは通路の反対側の家族連れに注意を向けた。

男の子は年配の夫婦に、お祖父《じい》ちゃん、お祖母《ばあ》ちゃんと呼びかけている。夫婦は男の子をジョニーと呼んでいた。男の子がこちらを見ていない隙《すき》に、モリーは横目で様子をうかがった。黒髪に青い瞳は父親ゆずりだろうか。右の頬にえくぼがあるのは母親に似たのだろうか。

さきほど小耳にはさんだ老夫婦と客室乗務員の話によると、男の子の父親は軍人らしい。母親は夫婦の娘だが、こちらはジョニーがまだ赤ん坊のうちに死んでしまったのだという。イラクに駐留していた娘婿が帰ってきたので、夫婦は孫を連れて彼の家に行き、クリスマスを一緒に過ごさせるのだとか。久しぶりにパパと会うのなら、さぞうれしいに違いない。ようやく周囲のおしゃべりが気にならなくなり、それと同時に疲れが襲ってきた。モリーは座席に身を沈め、目を閉じた。ときおり、通路の向こうの会話が断片的に聞こえてくるだけだ。男の子が客室乗務員に父親の自慢をしている。パパはとっても勇敢なんだ。けがをしちゃったけど、すっかりよくなったんだ。無邪気な声に、モリーはほろりとさせられた。シングルファーザーの軍人が息子を残して戦地へ行かなければならないというのは、想像するだにつらいだろう。

そのあと客室乗務員が立ち去ると、まわりはしばらく静かになった。モリーがうとうとしかけたとき、またしても、前の席のふたりが言い争いを始めた。目を覚ましてしまったモリーは不機嫌な顔で息をひそめ、この騒動の行方がどうなるのかと耳をすました。静まりかえった機内に、ぼそぼそと話す声だけが響いている。

「いいかげんにしろよ、ダレン。話は終わりだと言っただろう。やらない。とにかく、だめだ」

「わたしの命が懸かってるんだぞ。いっぺん投票するだけの話だろう。賛成票ひとつで借金が帳消しになるんだ」

「このパトリック・フィン上院議員の口から、たばこ産業への支援を阻むような言葉が出てみろ、議員生命も終わりだ。きみが問題をかかえているのは、わたしのせいじゃない。責任を押しつけるような言い方をするのは、やめてくれないか。ギャンブルに手を染めたのは、わたしじゃないぞ。マフィアに借金をしたわけでもない。それはそうと、どのくらいあるんだ?」

「どのくらいって？」

「借金だよ。いくらあるんだ。裏切りの値段がどれだけの金額になるのか、ずっと気になっていたからね」

「わたしは誰も裏切ってない」ダレン・ウィルソンが色をなして答えた。

「きみに投票してくれた人たちを裏切っている。いいか、そうやって、いつまでもうるさく言うつもりなら、席を替えてもらうからな」

モリーは息を殺していた。どういうこと？　この人たちは政治家みたいだけど、なんのことを言ってるのか、さっぱりわからない。

パトリックと呼ばれた男が、最後の威嚇射撃をおこなった。「すまないな、ダレン。だがきみは、組織犯罪に足を突っこんでしまった。きみがマフィアに国を売り渡すのを黙って見ているわけにはいかない」

「なんの話だ」

「本会議が始まったら、きみのことを報告すると言っているんだ」

「やめてくれ！」ダレンが懇願した。

「やめない。わたしは本気だ。どうしようもないところまで追いつめられたからな」

「そんなことになったら、連中に殺される」

パトリックのため息がモリーの耳に届き、前の座席がきしんだ。ふたりに見すえられているような気がして、恐ろしくて顔を上げられない。話をすっかり聞いてしまったことも、ばれているような気がした。

おびえなくても大丈夫よ。この飛行機のなかで、わたしに危害を加えられるわけでもあるまいし……。そうは思っても、いたたまれない気分だった。

「悪魔に魂を売り渡す前に、それを考えるべきだったな」パトリックがついに言った。「もう黙れ。話しかけるな。議論は終わりだ」

長い沈黙が流れた。これで終わりかとモリーが思ったとき、ダレンが身の毛もよだつような言葉を返した。

「終わりじゃないぞ、パトリック。サンタフェは空港から遠い。何が起きてもおかしくない」

パトリックが毒づいた。「脅すなよ。本当に何かやる度胸もないくせに」

怒りに満ちた長い沈黙が、ふたりのあいだに漂う。息をひそめていたモリーは、そうしていてよかったと痛感した。ふいにダレンが立ちあがり、トイレのほうへ歩きだしたからだ。ダレンがこっちをのぞきこみ、眠っているのを確認してきたような気がした。話を聞いてしまったことで身の危険を感じたモリーは、飛行機が速く飛んでくれるよう祈った。

数分後、男が席に戻る音に続いて、ひそひそ声の短い口論がふたたび始まった。モリーは話を聞かないよう努めた。

通路の向こうの子供と祖父母は、こちらのできごとにはまったく気づかず、すこぶる平穏に過ごしていた。かすかに三人のおしゃべりが聞こえてくる。男の子が何か言うと祖父母が笑い、パパのけがもすぐに治ると言い聞かせた。

しばらくすると、客室乗務員が飲みものを配り始め、前の席でずっと続いていた諍いが鳴りをひそめた。モリーは、いま目覚めたようなふりをして、乗務員に冷たい飲みものを頼んだ。塩味のプレッツェルの袋をせわしなくあけ、ひと口かじったとき、足の下で何か爆発したような音が聞こえた。床の振動を感じた次の瞬間、轟音《ごうおん》が響いた。いきなり頭上の荷物入れから酸素マスクが落ちてきて、空飛ぶ水母《くらげ》のように揺れだした。乗客がいっせいに息をのむ。飛行機が機首を傾けて落下しだすと、悲鳴があがり始めた。上の荷物入れが次々と開き、買いもの袋やコート、機内用持ちこみバッグが、通路と乗客の膝に降ってきた。

乗務員たちは毅然《きぜん》と通路に立ち、重力と闘いながら、頭を下げて安全姿勢をとってくださいと叫んでいる。ゴムと電気配線の焼けるにおいがたちまち機内に充満し、かすかに煙が漂ってきた。

うろたえて目を見開いている乗務員の顔をまともに見てしまったとたん、モリーの悲鳴は喉の奥で凍りついた。自分もあんな顔をしているのだろう。その刹那《せつな》、どうにもならないという気分に襲われ、悲しくなった。両親の思い出がよみがえってくる。意外に早く両親のもとへ行くことになりそうだ。働き始めることのない仕事に就くために、大学で五年の歳月を費やしてしまったのか。

やがて飛行機は、機首を下げたときと同じく、いきなり水平飛行に戻った。乗客が口々に感謝の祈りを唱える。だがその声は、飛行機の窓が片っ端から外へはじけ飛んでいったときにとぎれた。猛烈な気流が客室をかきまわし、肺の空気まで急激に奪ったので、モリーは叫ぶこともできなくなった。飛行機が地面にぶつかる寸前、ほんの一瞬だったが、冬枯れの森と常緑の針葉樹が見えたような気がした。そして非常扉が蝶番《ちょうつがい》ごと引きちぎられたとたん、すべてが視界から消えた。

モリーはいつの間にか、通路で荷物の上に放《ほう》りだされていた。いつシートベルトがはずれたのかも覚えていない。痛みで意識が少しだけ戻ったときには、うつぶせになって誰かのブリーフケースの角に顔を押しつけていた。痛いと口にする間もなく、また気が遠くなった。

気がつくと、冷たい風がすさまじい勢いで顔に吹きつけていた。なんの音も聞こえない。何人もの悲鳴があがり、金属のたわむ音や木の折れる音が延々と続いたあとの静寂は、妙に現実離れしていた。頭がずきずきする。震える手を額にあてたとき、何か湿ったものが頬を流れ落ちた。頬に触れてみると、指に血がべっとりとつき、モリーは身ぶるいした。

けが以外のことに意識を向けようとしたが、上下左右の感覚がおかしくなっていて、またもや混乱してしまう。飛行機が横倒しになっていると認識するのにしばらくかかった。

次の瞬間、ほかには誰も動いていないことに気がついた。

心臓が早鐘のように鳴り、あばらの内側にぶつかりながら跳ねまわる。体を動かさなくても、客室乗務員の姿が視界に入った。飲みものとプレッツェルを手渡してくれた乗務員だ。座席の隙間に体を突っこみ、頭と体が異常な角度でねじれている。目を見開き、恐怖に叫ぶ形で口をあけていた。

アジア系のビジネスマンは、膝にのせていたブリーフケースをまだ大事にかかえこんでいるが、頭の右半分はすっかり内側にめりこんでしまったようだ。

モリーが目をそらせずにいると、やがて涙で目がにじんできた。心臓が胸から飛びだしそうな勢いで脈打っている。モリーはしばらくのあいだ、目の前のできごとに打ちひしがれていた。死なずにすんでよかったと思うことさえ、うしろめたい。

モリーはあえぎながら少しずつ息を吸い、助けを呼び始めた。誰か、この事故で命を落とさなかった人が近くにいてほしい。そう祈っていると、男性のうめき声が聞こえた。

「ダレン……助けてくれ……足の感覚がないんだ」

「頭が痛い……死にそうだ」ダレンが言った。

モリーは声をあげそうになるのをこらえた。さっき言い争っていた男たちだ。

　そのとき、何かが落ちる音がした。そして機体がずしりと揺れて、安定した。煙が立ちこめているものの、まだ爆発炎上には至っていない。

「助けてくれ」またパトリックの声がした。

「助けてやる」ダレンが床から起きあがり、ベルトで座席に縛られたままのパトリックに覆いかぶさった。「地獄へ送ってやるさ」

　モリーは、あえぎ声をかみ殺した。通路に倒れていても、ダレンが立ちあがるのは見えた。頭と鼻が血だらけで、片方の脚を引きずっているようだが、パトリックの首に両手をまわして息の根を止めるには差しつかえない。

　もがいていたパトリックの動きが弱まっていく。一分もしないうちに、こときれた。

　その瞬間、モリーは目をつぶって祈り始めた。誰も助けに来ない。声を聞きつけてくれる人もいない。人殺しの顔に浮かんだ冷ややかな表情は、ぞっとするほど恐ろしかった。自分のほうへ近づいてきた足音に、心臓が跳ねあがる。モリーはできるだけ浅く呼吸しながら、まわりの死体と変わらぬように、じっと身を伏せていた。足音が止まったとたん、モリーの心臓も止まる。ようやく足音が離れていくと、安堵《あんど》で体の力が抜けた。

　聞こえてくるのが風の音ばかりになり、モリーは思いきって薄目をあけてみた。ひしゃげた客室内で動いているものはない。ダレンは消えていた。

　これからどうしようかと考える余裕もないモリーの耳に、すすり泣きと、か細い子供の声が聞こえてきた。

「お祖父ちゃん……お祖母ちゃん……起きて。起きてよ」

あの子！　ああ、あの子が生きている。

背中を走る激痛にも構わず、モリーはなんとか立ちあがった。たちまち吐き気がこみあげ、よろめいてしまう。たくさんの遺体や残骸《ざんがい》を押しのけ、体をがくがくと揺らしながら、男の子のほうへ向かっていくのが精いっぱいだ。

やっと近くまで行ったモリーは、取り乱して叫びそうになるのをこらえた。男の子が祖父の膝によじのぼり、首に抱きついていたのだ。子供がショックを受けているのは、ひと目でわかった。体を震わせ、涙を流している。またもや襲ってきた吐き気と闘いながら、モリーは手を差しのべ、そっと頬に触れた。

「ジョニー……ジョニーね」

子供の表情は、うつろだった。モリーは周囲に目をやり、やはり自分たちしかいないと見てとると、子供の上着とリュックをさがした。

「わたしはモリーよ。コートをさがして、飛行機が燃えてしまわないうちに外へ出ないと」

ジョニー・オライアンは、知らない人と話すのを禁じられていたけれど、もうがまんできなかった。やさしい声の、きれいな女の人に夢中でしがみつく。

「お祖父ちゃんが何も言ってくれないの」弱々しい声で言う。

モリーは目がうるんだが、まばたきをして涙をこらえる。泣いている暇はない。

「そうね……。かわいそうに」

ジョニーがこちらを見上げ、さぐるような目で顔をのぞきこんできた。

モリーは、うろたえて周囲を見まわしたが、またジョニーに視線を戻した。ジョニーの表情は絶望そのものだ。その目に新しい涙があふれ、頬にこぼれ落ちてきた。

「お祖父ちゃんとお祖母ちゃんも、悪いやつに殺されちゃったの？」

モリーは息をのんだ。まさか、この子もパトリックが死んだところを見てしまったのだろうか。

「悪いやつって？」

ジョニーが、ダレンに殺されたばかりの男を指さした。「あのおじさんの首を絞めていた人。僕、見てたんだ。お祖父ちゃんとお祖母ちゃんも、首を絞められたのかな」

「ああ、なんてこと」モリーはつぶやいた。

これで決まりだ。もう後戻りはできない。ここを離れなくては。いますぐ。ダレンが戻ってきたときに、この子が自分の見たことを黙っていられるとは思えない。それに、ダレンはきっと戻ってくる。わたしだって、目撃したことを隠しとおす自信はない。

そうとなれば、わたしたちが生きていると殺人犯に知られたら最後、助かる見込みはなくなってしまう。あの男がどこへ行ったのかはわからないけれど、とにかく一刻も早く逃げなくてはいけない。

頭と背中の痛みや、ひどい吐き気に耐えながら、モリーはジョニーを祖父の膝から抱きあげた。そのとたん、ジョニーが痛いと叫んだ。モリーは肩を落とした。この子だって傷を負っているかもしれないのに、そのことを考えもしなかったなんて。

「ごめんね。どこが痛い？」

「脇《わき》のところ」

「歩けそう？」

ジョニーがうなずいた。

「すごく寒いわね。大丈夫？」毛皮の裏のついたカーキ色の小さなパーカが目に入った。

「あれ、あなたの？」

ジョニーが首を縦に振り、また祖父に目を向けた。

「お祖父ちゃんの頭から血が出てる」

身を乗りださなければ聞きとれないほど、か細い声だ。

「そうね……。かわいそうに」

ジョニーの唇がわなないた。

「死んじゃったの？　猫のフレンチフライは死んじゃった。川のほとりに埋めたんだよ」

モリーはジョニーの体に両腕をまわし、抱き寄せた。

「ええ、そうみたい。さあ、腕を伸ばして。コートを着なくちゃ」

ジョニーは毛皮つきのパーカの袖《そで》に腕を通した。モリーにファスナーを閉めてもらっているあいだ、無言で立ったまま、なぜ祖父母が目もあけず、口もきいてくれなくなったのかを理解しようとしていた。ふたりの顔についた血が怖かった。血が出ると痛いってことはわかる。お祖父ちゃんとお祖母ちゃんが痛いのは、かわいそうだ。

「痛いところにバンドエイドを貼《は》ってあげたら元気になる？」小さな声できいた。

モリーは涙をこらえた。ジョニーは途方に暮れたような顔をしているけれど、わたしだって、何もできない役立たずだ。

「ううん、ジョニー、ごめんね。飛行機が落ちたときのけががひどすぎて、もう治らないの。ほかのみんなと同じよ。でも、お祖父ちゃんとお祖母ちゃんはきっと、あなたが無事におうちに着いてくれますようにって思ってるわ」

ジョニーがうなずくと、涙が静かに頬を伝い落ちた。

モリーは背中をなでてやった。それから、逃げないうちに見つかってしまうのを恐れて、肩ごしにうしろを振り返った。

ふと、スポンジ・ボブのキャラクターのついたリュックが目に入った。ジョニーの手荷物だ。ジョニーがそこにスナックと紙パック入りジュースを入れていたのを思いだし、モリーはリュックを手に取った。

「ねえ、ジョニー。これは持っていきましょう」

ジョニーはリュックを背負わせてもらいながら、祖母のほうをそっと見た。

「お祖母ちゃんも死んじゃったの？」

モリーは年配の女性に目を向けつつ、ノートパソコンの下から自分のコートを引っぱりだして袖を通した。

「ええ、そうね」

急に脚が弱ってしまったかのように、ジョニーが体を預けてきた。

「残念だわ、ハニー」モリーはやさしく言った。

ジョニーの声は震えていた。「お祖父ちゃんとお祖母ちゃんを起こしてくれない？」

かわいそうで心が痛む。この子の世界は砕け散ってしまったのに、なんの助けにもなってやれない。

「無理なの。誰にもできないのよ。でも、あなたには無事でいてほしいって、お祖父ちゃんとお祖母ちゃんは思ってるわよ。あなたが無事でいて、ちゃんとパパのところへ帰ってくれますようにって。そう思うでしょう？」

ジョニーは涙をあふれさせたが、何も言わなかった。

「ここから離れないと。いますぐ逃げるの。一緒に行ってくれる？」

ジョニーにしてみれば、これまで言いつけられてきたこととは正反対の申し出だった。けれども自分の世界は、たったいま壊れてしまった。だから、この人と一緒に行っても構わないだろう。

ややあって、ジョニーはうなずいた。

モリーは、ほっと息を吐いて体を起こした。ウールのパンツとセーター、それに厚手のコートという格好でよかったと思いながら、文字どおり真っぷたつになってしまった機体の裂け目へとジョニーを促した。

からだ全体が大きな痛みの塊になっていたが、それには構わず、さっと付近を見まわした。あの人殺しの姿はない。モリーはコートのポケットをさぐり、ちゃんと手袋があるのを確認した。裂けてしまった大型バッグからウールのマフラーを出し、首に巻く。マフラーの重みが頼もしい。だが、のんびりしてはいられない。

あの男がどこに行ったのかはわからないが、ときおり、自分の立っている足の下から、がたごとと物音が聞こえるような気がする。男が戻ってくるのは時間の問題で、そうなったら最後、自分たちの命はない。

冷たくなった男性客の足元に、備品の軽い毛布が何枚かはさまっていた。モリーは通路で少しだけ足を止めて毛布を二枚つかみ、バックパックに入れた。それからジョニーの手を取り、残骸や遺体を乗り越えて、やっと機体の裂け目にたどりついた。途中で拾い集めたスナックや飲みものをバックパックに詰められるだけ詰めて、ファスナーを閉める。「助かりますように」モリーは低い声で唱えてから雪のなかに足を踏みだし、振り向いてジョニーをかかえおろした。

あたり一面に残骸が散らばっている。ここはどこなのだろう。目に入るのは、墜落して傾《かし》いだ機体と、見渡すかぎりの木だけだ。山のなかに落ちてしまったらしい。アパラチア山脈にいることぐらいしかわからない。

モリーは空を見上げた。じきに暗くなるだろうが、いまはまだ夕日が明るく輝いている。いずれ、あの男も、客室内で夜を過ごそうと戻ってくるだろう。夜の闇《やみ》にまぎれて逃げる余裕があればいいけれど。

ジョニーをちらりと見下ろしたモリーは、もっと目深にフードをかぶせてやり、静かにささやいた。「さあ、ジョニー。行ってみましょう。助けを呼べるかもしれないわ」

ジョニーは何も答えなかったが、あらがうわけでもなかった。いまのところは、それでいい。

ダレン・ウィルソンの膝は、ずきずきと痛んだ。前かがみになるたび、頭も同じようにうずき、胸の痛みもひどくなった。はっきりとはわからないが、あばらが折れたのかもしれない。客室に戻り、毛布にくるまって救助を待ちたいと、ダレンはただひたすら思った。

救助は絶対に来る。だがその前に、現金の入った鞄《かばん》を見つけなければならない。頭上の荷物入れにあったはずの鞄は、どこにも見あたらなかった。

まき散らされた残骸をたどり、鞄をさがすしかない。暗くならないうちに見つかるといいのだが……。そう簡単にはいかないと気づくまで、さほど長くはかからなかった。どの鞄も似たようなものばかりで、気が遠くなりそうだ。

「ちくしょう」ダレンはつぶやいて空を見上げ、あとどのくらいで暗くなるかと考えた。朝までに助けが来るだろうか。なんとも言いかねるが、いずれにしても、あまり時間がない。金をさがす時間は、あまり残っていなかった。ダレンは、痛む体と散乱した残骸に悪態をつきながら、鞄をさがし始めた。

最初は見つかると信じて疑わなかったが、時間がたつにつれて絶望感がこみあげてきた。苦痛と寒さでやりきれない気持ちになり、ダレンはふいに顔を上げた。いつの間にか、墜落現場からずいぶん遠くまで来てしまっている。あたりは暗くなりかけていた。おまけに雪まで降りだした。

飛行機の残骸に雪がうっすらと積もり、死体の山も砂糖をまぶしたようになっていた。南のほうから遠吠《とおぼ》えが聞こえてきた気がする。鼓動が激しくなった。狼《おおかみ》か……それとも、ただの野良犬か。どちらにしても恐ろしい。鞄をさがすのはあきらめて、割合に安全な機内にいるほうがいい。機体が火に包まれなくてよかった。機内の死体の山が冷たいまま保存されるのもありがたい。いいことずくめだと、ダレンは自分に言い聞かせていた。やはり自分は運に恵まれている。そうでなければ、たったひとり生き残るわけがない。まうしろめたい気分が押し寄せてきたとき、ほかにも生存者がいたことを思いだした。まあ、この手で片づけてしまったわけだが。ダレンは足早に飛行機のほうへ歩きだした。あと少しというところで、雪に埋もれた何かにつまずき、顔から地面に倒れこんでしまう。脚から背中まで痛みが突き抜けた。まばたきをして、悪態をつきながら目の雪を拭《ぬぐ》ったとき、それが見えた。

足跡。

ふたり分の足跡。飛行機から森の奥へと続く足跡が、降り始めた雪にも消えずに残っている。

ダレンは痛みも顧みず飛び起き、信じられない思いで足跡を見下ろした。

ほかの生存者？

機内でパトリック・フィン上院議員を絞殺したとき、こいつらはどこにいたのだろう。気絶していたのか。それとも、わたしがやったことを見てしまったのか。

割合に安全なはずの飛行機を離れ、どんな危険がひそんでいるかもわからない雪山に入っていったということは……。

「ちくしょう、まずい！　冗談じゃないぞ」

ダレンは大急ぎで飛行機に駆け戻り、機内を見てまわった。客室にいた人物の顔を思い浮かべながら、そこらの死体と見比べる。パトリックの死体のそばで立ち止まったとき、無意識のうちに振り向き、うしろの席を見た。若い女がいたはずだ。なのに、いなくなっている！　ダレンは、始終パトリックと言い争っていたことを思いだした。そいつを聞かれていたとしたら？

ダレンは唐突に体の向きを変え、通路の反対側の死体を数えた。いくつの座席が埋まっていて、いくつ空席だったのか、記憶をたぐってみる。

老夫婦の死体が目に入った。子供！　子供を連れていたはずだ。あの子はどこに行った？

「おい！　どこにいる」ダレンは何度もどなった。しだいに声が大きくなり、ついには絶叫になった。

狼狽《ろうばい》したダレンは、暗さを増していく客室内で暴れ狂っていた。確かめなくては！　あのふたりを見つけて、その目をのぞきこまなくてはならない。そこに恐怖の色が浮かんでいれば、やるべきことをやろう。パトリックのときと同じだ。

だが、どうやって？　だいぶ暗くなってしまったのに。

灯《あか》りだ。灯りをさがすのが先決だ。

方針が固まったのに気をよくして、ダレンは懐中電灯をさがし始めた。懐中電灯があれば、足跡をたどるのが楽になる。そしてようやく、副操縦士の死体のそばでひとつ見つけた。暗い山で迷う危険など意に介さず、ダレンは足元の残骸のなかから厚手のコートをつかみあげた。袖が少し長いが、ファッション通の連中に文句をつけられる心配は皆無だ。

機外へ飛び下りたちょうどそのとき、太陽が木々の向こうへ沈みだした。あと数分で夜の帳《とばり》がおりるだろう。あの女と子供がいなくなって、どのくらいたつのかはわからないが、ふたりが何も見なかったと決めてかかるのは危険すぎる。

「ちくしょう、ちくしょう、ちくしょう」ダレンは吐き捨てると、懐中電灯を足跡に向け、負傷した脚を引きずって走りだした。うまくいけば、降り積もる雪で足跡が消えてしまわぬうちに追いつけるだろう。

その雪が自分の足跡までかき消してしまうことなど、ダレンは考えもしなかった。飛行機事故から生還したものの、そのまま暗い山中で命を落とすという可能性にも、まったく思い至らなかった。

3

うっそうとした森のなかは、木のない場所より雪が少なかった。急いで移動するには好都合だが、暗いぶんだけ道に迷いやすい。あと何分もしないうちに真っ暗になるというころ、モリーは小さな洞穴らしきものを目にした。どのみち、どこかで眠らなくてはならないのだから、外にいるより洞穴に入ったほうがよさそうだ。

民家か山小屋でもあればと思っていたが、何も見つからなかった。航空会社は、飛行機が落ちたことを知っているのだろうか。近親者に連絡は行ったのだろうか。自分は天涯孤独の身だけれど、ジョニーには家族がいる。事故の知らせを受けた父親の悲しみと恐怖は、いかばかりだろう。

これまで持つ必要も感じなかったから、モリーは携帯電話を持っていない。機内のあちこちに電話がいくつも落ちていたが、拾っていこうという考えは、まるで浮かばなかった。逃げのびることしか頭になかったからだ。いまとなっては、自分たちがどこにいるのかもわからないし、誰かに連絡を取るすべもない。もっとも、道に迷ってしまったことよりも、ジョニーのほうが気がかりだった。

ジョニーはまだショック状態にあるらしい。一度も泣き声をあげていないのだ。低く垂れさがった枝に顔を打たれても、つまずいて転んでも、泣かなかった。ふたりして谷へ落ちそうになったときでさえ、ジョニーは泣かなかった。モリーは児童心理学の修士で児童保護局への就職も決まっているが、普通に子供と接した経験は、そう多くはない。得体の知れぬ沈黙を守ったまま、うつろな視線を向けてこられるよりは、ごねたり泣いたりしてもらいたいくらいだった。

モリーは足を止めて振り返り、洞穴まで続いている雪の上の足跡に目を落とした。降りしきる雪に、ほっと胸をなでおろす。これなら足跡もすぐに消えてしまうだろうから、ふたりが逃げたことに男が気づいたとしても追ってはこられない。それでも、ここが比較的安全だと納得するまで、モリーはしばらく穴の前にいた。さて、今度はジョニーを気づかってやる番だ。

「ジョニー?」

ジョニーは顔を上げなかった。

モリーは膝をついた。背中から足先まで走った激痛に顔をしかめたものの、構わずジョニーの両肩に手を置いた。

「ジョニー……何か言って。大丈夫?」

「寒い」ジョニーが答えた。

安堵《あんど》の思いがわきあがってきた。とりあえず口はきいてくれる。

「わたしもよ」ジョニーをやさしく抱きしめた。「おなかはすいてる？」

ジョニーがうなずいた。

「じゃあ、バックパックに何があるか見てみようね」モリーは無理に元気な声を出した。

バックパックを肩から下ろして、ジョニーの手を引いて穴に入る。

入り口は狭く、奥行きもあまりない。ジョニーは立ったまま歩けたが、モリーは四つん這《ば》いになって進まなければならなかった。朽ちた動物の骨が奥のほうに散らばり、枯葉がうずたかく積もっている。骨は勘弁してほしいところだが、枯葉はマットがわりになるだろう。

気味の悪い骨を放《ほう》り投げてから、モリーはすぐに毛布を枯葉の上に敷き、ジョニーを座らせた。ここで夜を過ごすうえで、いちばんのメリットは、地面が乾いていることだ。火の起こし方など知らないが、雪まみれで寝ることだけは避けられる。

ジョニーは腰を下ろし、不安げに周囲を見まわした。

「ライオンとか虎《とら》は出ない？」

モリーは笑いそうになったが、ふいに体が震えた。ジョニーは核心を突いている。野生動物の危険はあるのだろうか？

「大丈夫だと思うけど。でも念のため、太い棒をさがしてくるね」

ジョニーは躊躇《ちゅうちょ》したものの、肩をすくめた。

「うん……それなら平気だね」

「いい子ね」モリーはもう一度ジョニーを抱きしめ、バックパックをかきまわした。グラノラ・バーと紙パック入りジュースを見つけてジョニーに手渡す。「食べてなさい。棒をさがしてくるから」

ジョニーがモリーの腕をつかんだ。

「いや！　行かないで！　置いてっちゃいやだ！」ジョニーは叫んだ。

おびえた顔に、モリーの胸が痛んだ。かわいそうに……祖父母を亡くしたうえ、殺人の現場を見てしまったのだ。幼い心で何を思っているのか想像もつかない。

「ああ、ジョニー、ごめんね。そんなことしない。置いていったりしないわよ。一緒にさがしに行きましょうね。一緒に食べて、一緒に寝るの。それでいい？」

ジョニーの体が震えた。寒さのせいではないだろう。

「うん」ジョニーがうなずいた。

モリーは食べものをバックパックに戻し、穴の壁にもたせかけてから、ジョニーの手を取って外に出た。

「松の木の脇《わき》に大きな枯れ木があるでしょう。木のあいだに枝が突きでてるのが見える?」

　ジョニーは涙をこらえながら、か細い声で答えた。「うん」

　モリーはすばやくジョニーを抱きしめた。「すっごく太い棒が見つかるんじゃないかな。どう思う?」

　空き地を抜けるあいだ、ジョニーはずっとしがみついてきたままだった。モリーが枝を物色しだしたころ、ようやく手を放す。モリーはちょうどよさそうな枝を選び、苦労して折った。

「これでどう?」枝を肩にかつぎながらきいてみる。

「いいんじゃない」ジョニーが言った。

　ぶっきらぼうな物言いだけれど、この子にしてみれば枝の見た目などどうでもよくて、とにかく洞穴に戻りたいのだろう。ふたりが穴に戻るころにはすっかり暗くなっていた。モリーはまたバックパックをかきまわし、ふたりでスナックを食べた。いまや視覚よりも感覚が頼りだ。食べ終わると、一時しのぎの武器を足元に置いてから、高く積んだ葉を枕《まくら》がわりにジョニーと一緒に毛布にくるまり、小さな体を抱き寄せた。

　つかの間、気詰まりな時が流れる。ジョニーは体をこわばらせていたが、とうとう緊張の糸が切れたらしく、しゃくりあげ始めた。モリーはジョニーを思いきり強く抱きしめ、横になったまま体を揺すってやった。

「泣いてもいいのよ。ジョニー。わたしも寒いし、怖いの。でも、あなたの身は守るわ。約束するから」

「わかった」ジョニーがぽそりと言い、子供ならではのあどけなさで、モリーの腕のなかで力を抜いた。

お祖父《じい》ちゃんとお祖母《ばあ》ちゃんのこと、残念ね」モリーはそっと言った。

「天国にいるかな？ジョニーがたずねてきた。

「ええ、きっとね」モリーは答えた。

少したためらったあと、また

「天国から僕が見えてるかな？」

モリーはため息をついた。「どう思う？」

「見えてると……思う」

モリーはジョニーのかわりに声をあげて泣きたかった。けれども、涙はふたりのためにならない。

「わたしもそう思う」モリーはジョニーをやさしく抱きしめた。「もう寝なさい」

またたく間に子供の息づかいが変わったものの、モリーのほうは、なかなか眠れずにいた。外で雪をかぶった枝がきしむたびに、ぎくりとしてしまう。風のうなりが聞こえるたびに、もう自分たちは食べられてしまうのだと思えてならなかった。目を閉じれば、仲間を殺す男の姿ばかりが見える。

「ああ、どうか」とうとうモリーは声をもらしてしまった。「どうか助かりますように」

太陽はあっという間に沈んでしまったが、ダレンは懐中電灯の光を頼りに足跡を追っていた。あやうく谷に落ちかけたときには、自分がどのくらい歩き、墜落現場からどれほど離れてしまったのかもわからなくなっていた。固い地面に立っていたはずなのに、気づいたときには大地が消えうせ、懐中電灯は光を放ちながら、底なしの真っ暗な闇《やみ》にのみこまれていった。

ショックでふらつきながら、ダレンは手近な若木をつかんで安全な場所まで戻り、どさりと座りこんだ。まわりの雪が舞いあがる。

「くそっ、くそっ、くそっ」低くつぶやいたダレンは膝をかかえ、両手で顔を覆って泣きだした。「なんでだ。なんで、わたしが?」

暴言を吐き、わめき散らすダレンの頬に、鼻水が凍りついている。何年も上院議員を務めてきたのに、こんなことになるなんてありえない。自分のような重要人物が、こんなふうに死ぬはずがない……違うか? ふと、ジョン・F・ケネディ・ジュニアの飛行機事故を思いだした。胸がむかついてくる。ケネディ家の人間といえば政界でも指折りの重要な人物だが、それでも生きのびることはできなかった。

ただ事故から生還すればいいというわけじゃないのが厄介だ。自分の行為を目撃したせいで女と子供が逃げたのなら、やはり、うかつだったとしか言いようがない。この雪のなかでふたりが命を落とすほうに賭《か》けるだけではだめだ。ふたりを見つけて口封じをしなくては。飛行機に戻れば助かる可能性は増えるし、そうしたいのは山々だが、危険を冒すわけにはいかない。

しばらく絶望的な気分でいたダレンは、低くせりだした枝に目をとめ、その下で雪をしのぎながら夜を明かすことにした。朝になれば女と子供をさがしやすくなるに違いないと自分に言い聞かせ、枝の下にもぐりこむ。ふたりを片づけてしまえば、墜落現場から離れた理由など、いくらでもでっちあげられる。女と子供については、山中をさまよって死んだという記事が新聞に載るだろう。

腹がすわったところで、ダレンは体を丸めて眠ろうとした。しかし、どうしてもパトリックのことが頭に浮かんでしまう。自分が死ぬとわかったときの、あのまなざし。前歯の奥で、せりあがってくる舌。そのまま首を絞めていると、はじけるように舌が飛びだしてきた。

ダレンは手袋をはめたまま目をこすり、記憶を拭《ぬぐ》い去ろうとした。これまで、人を殺したことなど一度もない。ダレンは家族を思い浮かべ、自分のせいで家族に危険が迫っていたことを思いだした。やるべきことをやったまでだと自分に言い聞かせる。

その言いわけに自分でも納得して、やっと気が楽になったものの、体の痛みや凍死の恐怖は消えず、疲労にもさいなまれていた。

デボラ・サンボーンは、生まれてからずっとアパラチア山脈で暮らしてきた。ケンタッキー州のカーライルという小さな町から三十分ほどの山のなかに住んでいる。父のガス・サンボーンは、十七歳のときから炭鉱で働いていた。翌年に結婚して、それから一年もたたないうちに、ひとり娘のデボラ・ジーンが生まれた。六歳のデボラが学校で自分の席に着き、文字の書きとりをしていたとき、世界が百八十度まわり、もう二度と元に戻らなくなった。

小文字のwを一行書き終えたとき、いきなり鉛筆の芯《しん》が折れた。紙にあいてしまった穴をデボラが見つめていると、それはしだいに炭鉱の暗い入り口へと形を変え始めた。父が働いている炭鉱だ。デボラは泣きだした。

教師は、紙を破いてしまったせいでデボラが泣いていると思い、大丈夫よと声をかけようとした。

その瞬間、デボラ・ジーンは立ちあがって言った。パパが死んじゃった……みんな死んじゃった……。そして、気を失った。教師が助けに駆け寄ろうとしたとたん、炭鉱の警笛が大気を切り裂いた。けたたましく断続的に鳴り響く警笛は、ロートン坑の第四坑を示すものだった。

その日、ロートン坑の地下二百メートルで十二人の炭鉱員が命を落とした。遺体を発見して地上へ運びだすまで二週間以上もかかった。そのときにはもう、ガス・サンボーンの幼い娘デボラが千里眼をそなえていることは、カーライルじゅうに知れ渡っていた。

住民の半分は、急にデボラを恐れるようになった。そして残りの半分はデボラの母に頼みこみ、幼子に自分たちの未来を〝見て〟もらおうとした。幼い娘の能力のおかげでテーブル上の食べものを切らさずにすむと母親が気づくまで、そう長くはかからなかった。デボラ・ジーンは、父が愛用していた居間の隅の安楽椅子に座らされた。そして土曜の正午から夜まで、客と対面したのだった。

持って生まれた超能力のおかげで食べるものには困らないかわり、デボラは永遠に友達と引き離された。親たちは、不幸な未来がもたらされるのを恐れ、デボラを決して自宅に迎え入れなかった。父の死によって、デボラは孤独な除《の》け者となり、歳月が過ぎてもその運命は変わらなかった。四十歳になったいまも独身で、ひとりぼっちのままカーライルの山奥で古い家に住みながら、遠くの光景に心を痛めている。

ここ数日、雪が降ったりやんだりで、外の仕事がやりにくい。それでも何日か前に、またもやデストリー・ポインデクスターが妻を殴っているところを見たあとは、なんのへんてつもない日々が続いていて、ありがたいくらいだった。

牛の乳をしぼり、牛舎に住みついている野良猫とペットの犬にえさをやると、もう日が暮れかけていた。しぼり終えた牛乳は、いったん漉《こ》してから、網戸で囲った裏口のポーチに置いておく。ひと晩たてばクリームが分離して、朝には乳白色の濃厚なクリームの層が浮いている。表面がうっすら凍ってしまうけれど気にせず、クリームをすくってピッチャーに入れ、牛乳を水差しに移す。

近くに住むファーリー・カムストックがやってきては、牛乳の大半とクリームを少し持っていく。ファーリーには食べざかりの子供が九人いるうえ、またひとり生まれる予定だった。それに、どのみち、デボラだけでは牛乳とクリームを使いきれない。牛乳のお返しに、ファーリーが薪《まき》を絶やさずにおいてくれるので、木を切ったり割ったりする苦労をせずとも暖かくしていられる。

夕食後、デボラはテレビでも見ようかと思ったが考え直し、ベッドのなかで読書にいそしむことにした。そして第七章のなかばで眠りに落ちた。

眠ってから何時間かたったころ、デボラは祖母がまだ生きていたころの夢を見た。祖母がパンを焼く日は、焼きたてのパンをオーブンから取りだし、ぱりぱりの表面に自家製のバターをたっぷりつけてかぶりついて食べたものだ。デボラは夢のなかで、祖母がバターつきパンにジャムを塗ってくれるのを眺めていた。いよいよパンを口に入れようとした瞬間、すべてが変化した。

デボラの頭の片隅はちゃんと目覚めていて、夢の世界から別のところへ移ったことに気づいていた。少女時代の甘い記憶ではなく、もっと恐ろしいものが見えてきたのだ。

最初に見えたのは男の子だった。顔の表面で涙が凍りついていて、デボラは一瞬、男の子が死んでいるのかと思った。しかし呼吸とともに鼻がわずかに動いたので、まだ息があるとわかり、デボラは頭の隅で大喜びした。子供を抱きしめている女性は若く、美しい。だが彼女の黒髪にも、ふたりがくるまっている毛布にも、うっすらと霜がおりていた。たちまち、デボラは恐怖に襲われた。急がないと、ふたりが危ない。

突如、頭のなかの光景が、映画を巻き戻すように逆行した。女性と男の子が森のなかを重い足どりで歩いている。折れた木々と何かの残骸《ざんがい》が見えた。人間にしか作れないものの残骸だ。飛行機の墜落現場を見ているのだと、ようやくわかった。悲鳴が聞こえ、煙のにおいがした。そして、飛行機が落ちてきた。

頭のなかの光景がふたたび順送りになる。衝撃のあとは、ほぼ静寂に包まれた。煙でいっぱいの客室内をのぞきこんだとき、デボラは危険を感じた。ずいぶん妙な話だけれど、墜落とは別の危険のように思える。若い女性が残骸のなかから立ちあがり、男の子に近づいていくのと同時に、その光景は消えた。

それが終わったとたん、目が覚めた。

朝の五時を少しまわったところだ。寝直すには遅い時間だが、日々の仕事に取りかかるには早すぎる。そうとなれば、することはひとつしかない。

コーヒーを淹《い》れる。

デボラの一日は一杯のコーヒーから始まる。甘くしたコーヒーを飲み、雪がこの地域から離れていくでしょうという解説を期待しながら天気予報を見るのが常だった。

デボラは顔を洗い、手早く歯を磨くと、いちばん古くて柔らかいジーンズをはいた。父の古いフラノのシャツを選び、新しいウールの靴下をつけ、室内履きに足を突っこんでからキッチンへ向かった。歩きながら、淡い金色の長い髪を首のうしろでまとめる。

キッチンの電灯をつけ、そのままコーヒーポットに向かった。コーヒーを淹れるあいだ、さっき見た光景を思い返す。保安官に知らせるべきだろう。無視するのは気がとがめる。これまでも何度となく、無視してしまいたいと思ったのだけれど。超能力のせいで得をすることなどほとんどないが、だからといって、放っておけやしない。どこかで女性と子供が助けを求めている。ふたりが生きていることを当局に伝えられるのは自分しかいない。

ポットが音をたて始めた。コーヒーの抽出が終わったのだ。デボラは即座にコーヒーをカップに注《つ》ぎ、スプーンに山盛りの砂糖を入れた。好みの甘さになるよう、もう一杯の砂糖を入れてかき混ぜ、カップを口へ運ぶ。濃くて甘い味で、自分の好みにぴったりだった。

コーヒーをひと口飲んで気分を落ち着かせると、デボラはすぐにキッチンテーブル上のコードレス電話を取り、ウォリー・ハッカー保安官のオフィスの番号を押した。

「保安官事務所です」

「フランシス、デボラよ。保安官はいる?」

「ちょっと、デボラったら、寝てないの?」通信指令係がたずねてきた。

デボラはため息をついた。「寝ようとしたんだけど。保安官は?」

「奥で寝てるわ。呼んでくるわね」

「ありがとう」デボラは言った。もっとも、ウォリー・ハッカー保安官に感謝されないことはわかりきっている。叩《たた》き起こされたり、あやふやな話をまた聞かされたりして、ありがたいと思うわけがない。

そのまま待っていると、フランシスの足音が遠ざかっていき、またしばらくすると足音が戻ってきた。

「少し待ってくれって。すぐ替わるから」

「わかった。ありがとう」デボラは言った。

せんさく好きなフランシスは、保安官の口からニュースを聞かされるのが待ちきれなかった。

「何を見たの?」

「ウォリーに話すわ。彼にきけばいいでしょう。そうすれば、わたしだって何度も同じ話をせずにすむし」

「わかったわよ」フランシスは失望もあらわに言ったが、もうひとつきかずにはいられなかった。「千里眼って、どんなふうにしたら見えるの？」

デボラは嘆息した。「いつも同じことをきくのね」

フランシスが笑った。「ごめん、そうだったかな。まあ、ちょっときくぐらいなら構わないでしょ。いつか教えてくれない？」

「誰かに教えてもらえたらね」

「嘘《うそ》でしょ」フランシスが息をのんだ。「自分でもわからないってこと？　ああ、待って、保安官が来たわ」

ウォリー・ハッカー保安官のいらだちを隠せぬ無愛想な声と、だるそうな話し方にデボラは心の準備をした。

「今度はいったいなんだ？」

「おはよう。いい朝ね」デボラは言い返した。

ハッカー保安官がため息をついた。「すまん。寝たのが夜中だったんだ。どうした？」

「近くで飛行機が落ちたの？」

保安官の心臓が跳ねあがった。デボラが超能力の持ち主なのはわかっているが、やはり困惑してしまう。

「もうニュースでやってるのか？」

腹を殴られたかのように、デボラの肺から空気が急激に出ていった。

「テレビでは何もやってないわ。第二次大戦ものの古い映画と、フードネットワーク・チャンネルのデザート対決の再放送だけ。じゃあ、飛行機事故があったのね？」

「ああ。まだ場所は判明していないがな。飛行機がレーダーから消えたってことしか、わかっていない。断続的な電波は送られてきているんだが、雪のせいで正確な位置がつかめないんだ。日が昇るのを待って捜索隊を出す予定だが。わたしが知っているのはそれだけだ。そっちは？」

「若い女性と男の子が飛行機に乗っていたの。事故のあとも生きていて、いまは山のなかのどこかにいるわ」

ハッカー保安官が声を荒らげた。「なんで飛行機のそばにいないんだ？」

「わたしにきかないで。ふたりが飛行機を離れたってことしかわからないもの」

「間違いないのか？」

デボラは吐息をもらした。

「ああ、そうだよな」ハッカー保安官がつぶやいた。「そうじゃなきゃ、電話なんかしてこないもんな」

「何か手伝えることがある？」

「いや」

「家にいるから、何かあったら言ってね」デボラはつけ加えた。

「それもわかっている。電話してくれて感謝するよ。捜索隊には伝えておくから」

「じゃあね」そうは言ったものの、捜索に加わる人物との接触を絶つことには、ためらいがあった。保安官は危機感を抱いていないらしい。だが、ふたりの生存者が本当に切迫した状態にあると納得させるすべもない。

通話を切りあぐねていると、保安官がその決断を引き受け、先に受話器を置いてくれた。つーつーというダイヤルトーンだけが耳に残る。デボラはしかたなく電話を戻し、コーヒーをもうひと口飲んでから、カップを置いて裏口のポーチへ出た。大きな容器から木綿布を取りだし、なかをのぞきこんだ。昨夜しぼった牛乳からクリームが浮いている。そろそろクリームをすくいとり、ファーリー用の牛乳を分けておくことにしよう。

デボラは容器をかかえてキッチンへ運びこみ、クリームをすくいとったあと、自分用の牛乳を水差しに注ぎ、残りをいくつかの水差しに分けた。あとでファーリーが取りに来るだろう。

作業を終えたデボラは牛舎に目を向けた。次の仕事に取りかかるにはまだ暗かったので、キッチンへ戻る。キッチンの暖かさにほっとした。そのとたん、緊急事態だという感覚に襲われた。デボラは眉をひそめた。これは普通じゃない。いつもなら、いったん見終わった光景に悩まされることなどない。それなのに今回は、なんだかおかしい。

デボラはクリームを冷蔵庫の棚に置いた。扉を閉めたとき、視界がぼやけるような、もう慣れっこになってしまった感覚にとらわれた。キッチンに立ち、冷蔵庫の扉に手をかけている感触もある一方で、まったく別の光景も見えてきた。

雪の上の足跡が飛行機から続いている。あの女性と子供に違いない。同じ光景なのに、どうしてまた見えてきたのだろう。そのとき、別の足跡が目に入った。男の爪先が見え、脚も見えるが、顔まではわからない。誰かがふたりを追いかけている！　危険を察したとたん、心臓の鼓動が速くなった。何かがおかしい。この男はふたりに危害を加えようとしている。でも、どういうわけだろう。なぜ飛行機事故の生存者を殺したがるのだろう。

その光景は、見えてきたときと同じく、いきなり消えうせた。デボラはあえぎ、冷蔵庫の扉をぎゅっとつかんだまま、部屋の回転が治まるのを待った。冬の風を受けて建物のあちこちがきしむのを除けば、古い家はいつもどおりに静まりかえっている。デボラは室内履きに目を落とし、ため息をついた。こんな天気の日に外へ出るなんてごめんだけれど、これも運命なのだからしかたない。どうしても墜落現場へ行かなくてはならない気がする。いまもなお、誰かがわたしに助けを求めている。

デボラはファーリーへのメモを書いた。〈わたしが帰宅するまで、牛と犬と猫にえさをやっておいてください。いつもどおり、クリームと牛乳は持っていってね。奥さまによろしく〉

デボラはキッチンを見まわし、すべての電気器具のスイッチが切れているのを確認した。ただし、家じゅうを暖めるプロパンのストーブは止めず、ガスのつまみをしぼっておくだけにとどめた。それから服を着こみに行った。好むと好まざるとにかかわらず、墜落現場を発見しなければならない。行方不明の生存者ふたりをさがすだけでなく、保護する必要もあるのだと、ハッカー保安官を納得させなければならない。誰かがふたりを殺そうとしている。

エヴァンは昼前にカーライルに着いた。帰国してから、これほど疲れを感じたことはない。ベッドを見もせず借りたモーテルの部屋に、スーツケースを放りこむ。とにかく横になって一日じゅう眠っていたいが、弱っている暇はない。いまこの瞬間にも、幼い息子が必死に助けを求めているのだ。捜索に必要な装備は、もう別に詰めてある。食料と水、乾いた靴下と手袋、着替え、マッチ、小ぶりの手斧《ておの》と大型ナイフ、極寒地に対応した軽量の寝袋、応急手当用の救急用品、木の実とドライフルーツの入ったトレイルミックス数パック、それに、ジョニーのお気に入りキャラクターのエルモ。

縫いぐるみがサバイバルに役立つわけではないが、エヴァンは自分の外見についても考慮しなければならなかった。以前の自分の顔や家の様子を息子に思いださせるような品が必要になるかもしれない。

バックパックのファスナーを閉めている最中、誰かがモーテルの扉をノックした。エヴァンは眉を寄せ、扉に顔を向けた。またノックの音がする。

「はい？　どなたですか」エヴァンは声をあげた。

「おれだ。エヴァン、あけろ！」

エヴァンはどきりとした。父の声のようだが、そんなはずはあるまい。アリゾナに住んでいるのだから。

エヴァンは部屋を突っきって扉をあけた。

「父さん！」その向こうから歩いてくる人影を父の肩ごしに見つめる。「ちい祖父ちゃん？　おお祖父ちゃんも？　どこから……どうして？」

オライアン家の長老がひと声かけたので、一家がたちどころにスクラムを組んだというわけだ。

八十五歳の身では、ろくな手助けもできないだろうとソーンは思ったが、ただ家で待っているのは辛抱できなかった。

ソーンの息子でエヴァンの祖父にあたるジェームズは、まもなく六十四歳になるが、ベトナムから戻ってきたときと変わらず元気でたくましい。

エヴァンの父マイクは、こんな状況にあってさえ、息子との対面を果たせて安堵していた。湾岸戦争を経験した元軍人で、若い父親でもあったマイクは、四十五歳のいまでは若い祖父にもなっている。エヴァンの傷がまだ癒《い》えておらず、ひとりきりの孫が危機に瀕《ひん》しているかと思うと、いたたまれなかった。息子の顔の傷と黒革の眼帯を見たとたん、マイクはエヴァンの体に両腕をまわし、背中を何度かこぶしで叩いた。そのまま、じっと抱きしめる。

エヴァンの恐怖と焦燥は、ことごとく軽くなったように思えた。この場面では、〝みんな集まれば怖くない〟という言いまわしも、かなり真実を含んでいる。四世代の戦士が共通の目的に向けて集まった。血を分けた肉親ばかりなので、なおさら心強い。みな、同じことを心に誓っていたからだ。

ジョニーをさがしだす。手遅れにならないうちに。

かけ、ぎくりと動きを止める。命にかかわるほどの傷ではないにしても、痛いものは痛い。抗生物質をのみ、暖かく乾いた場所で休む必要がある。だがここでは、どちらも手に入らない。

4

ダレンは、空腹で腹が鳴ったのと、尿意をもよおしたせいで目を覚ました。起きあがり

ダレンは運の悪さを呪《のろ》いながら、寝ていた木の下からやっと這《は》いだして立ちあがった。しばらく立ったまま、昨夜はどちらへ歩いていたかと頭を整理する。方向を見定めると、続けて手を三度叩《たた》き、歩きだした。もう墜落地点は特定されただろうが、三人の乗客が行方不明になっていることを捜索隊が乗客名簿から確認するには、しばらくかかるはずだ。とにかく、昼までに墜落現場に戻り、夜は快適で暖かいベッドのなかで過ごそう。記憶喪失になったことにしてもいい。そうすれば、説明などしなくてすむ。それがいい。

方策を立てながら歩いていくと、ついに二組の足跡を見つけた。足の小さな大人と、子供の足跡が、谷に並行して続いている。ダレンは、運がめぐってきたと感じた。ふたりが

どれほど遠くにいるのかはわからないが、とにかく足跡を追っていけばいい。そうするしかないのだ。

モリー・シフェリはほっと目を覚ました。急に動いたせいで、脇《わき》から背中へと痛みが走る。うめき声に、隣のジョニーも起きてしまった。

目を覚ましたジョニーが金切り声をあげ始める。モリーは子供を抱きしめ、落ち着くまでじっとしていた。

「大丈夫よ、ジョニー、大丈夫」モリーはささやき続けた。「わたしよ、モリーよ。ここにいるからね」

やっと悲鳴が収まり、ときどきしゃくりあげる声だけになった。モリーはジョニーを抱きしめたまま、膝の上で揺すってやった。そしてようやく、ふたりが休んでいた洞穴に静けさが戻ってきた。

ジョニーを落ち着かせると、モリーは外を眺めた。日が差している。殺人犯に追われていないと信じたかったが、それに賭《か》けるわけにはいかない。ここではふたりとも赤ん坊のように無力で、それがモリーには気に入らなかった。ジョニーの頬を両手で包み、自分に意識を向けさせてからたずねる。

「どこか痛い？」

ジョニーが肩をすくめた。

「あなたはどうか知らないけど、わたしはトイレに行きたいの。わたしが先に行ってくるから、そのあと、あなたも行きなさい。いい？」

やっとジョニーが顔を上げた。

「いいよ」

「ここで待ってて。穴のすぐ外ですませるから。話したくなったら、いつでも声をかけてね」

「僕、泣かないもん」

モリーはジョニーを抱きしめた。

「泣きたければ、泣いたっていいのよ。わたしだって、ときどき泣きたくなるの」

ジョニーは大きく息をついたが、安心したのか、モリーが外へ出ていっても何も言わなかった。

「ここにいるからね」モリーは大声で言った。

「わかった」声が返ってきた。

モリーは急いで用を足し、ジョニーに出てくるよう告げた。「はい、交代」

ジョニーもすぐに顔を出した。

ジョニーは、モリーが指さした近場のやぶに向かった。ジョニーがやぶから出てきたとき、モリーはバックパックをかきまわしていた。何種類かのスナックと紙パック入りフルーツジュースがある。

「どれにするか自分で選ぶ？」

ジョニーが関心を示した。食べものを選ぶだけでも、自分のことを自分で決められるのはうれしいのだろう。無言でこちらを見上げてから、目の前に並んだ食べものに視線を向けた。トロピカルフルーツのジュースを二パックと、チーズクラッカーを二パック選ぶ。

「わたしもそれにしようと思ってたの」膝にスナックとジュースを置いてくれたジョニーに腕をまわし、ぎゅっと抱きしめる。

ふたりは黙ったまま、すぐにクラッカーを食べた。モリーが不安げにあたりを見まわすので、ジョニーも事態を悟ったようだ。

「あの悪いやつが捕まえに来る？」

「ううん、ダーリン、大丈夫」モリーはそう答えたものの、嘘《うそ》をついているという意識はあった。これからどうなるかわからないが、すごく嫌な予感がする。「食べ終わった？」

モリーはきいた。

ジョニーがうなずいた。

「ごちそうさま。じゃあ、また歩こうか。今日こそ助けを呼ばないと」

「呼べなかったら？」ジョニーがきいてきた。

涙で視界が曇ったが、モリーは泣きだしたいのをがまんした。

「呼べる。呼ばなくっちゃ。大きな声を出さないよう、気をつけたほうがいいわね。あの人が追ってきてるといけないから」

「友達を殺したやつ？」

モリーは嘆息した。こんな小さな子が、なんてひどい運命に見舞われてしまったのだろう。でも、起きてしまったことはしかたがない。それに、その運命とやらのおかげで、この子は死なずにすんだのかもしれないわけだし。

「そう、あいつ」

「僕たちも殺す気かな」

一瞬ひるんだが、モリーは厳しい顔で答えた。

「わたしがそんなことはさせないわ。いいわね？」

ジョニーは長いあいだモリーを見つめてから、首に抱きついてきた。

モリーもジョニーを抱きしめた。冷えきった小さな体と、自分にしがみついてくる強い力を感じた。これを信頼というんだわ。ジョニーは一途《いちず》でひたむきな信頼を寄せてくれている。この信頼と、そしてこの子自身を守ってみせる。わたしの命にかえても。

ほどなく、ふたりは洞穴を出た。モリーは現実の厳しさを痛感していた。また移動したところで、いずれどこかに傷を負い、動けなくなるだろう。それまでに安全なところへ逃げなくてはならない。

オライアン家の男たちの耳に、モーテルの前を走り抜けていく救急車の音が飛びこんできた。墜落地点が判明し、捜索が始まったという最初の兆しだろう。オライアン家の再会を喜ぶのはここまでだ。

「行こう」エヴァンがバックパックをつかんだ。

「おれが運転する」マイクが声をかけた。

エヴァンは素直に鍵《かぎ》の束を渡した。自分では認めたくなかったが、心も体も消耗している。曾祖父《そうそふ》の電話を受けたときから、胃がきりきりと痛んでいた。幼い息子が恐ろしい目に遭っている……おびえ、傷ついている……そう思うと、気が気ではなかった。ジョニーが助からなかったのではないかという疑念は持たないようにした。曾祖母が〝坊やを助けて〟と言ってきたのだ。ということは、ジョニーはまだ生きている。間違いない。

メインストリートを車で北へ向かい、まっすぐ山に入ったところが墜落現場だった。レスキュー車や、政府関係の表示のある車が目立つ。連邦航空局の調査官に加えて、近隣地域の医療関係者もひとり残らず呼びだされていた。それはカーライルの町なかを走っているときからわかった。山に向かって上り始めると、まだ雪の降りしきる田舎道の路面に深い轍《わだち》が刻まれていて、尋常でない数の車が通ったのだと察せられた。

モーテルでの家族の再会は温かく、喜びに満ちていた。気心の知れた面々が集まったことで、大船に乗ったような気にもなった。だが、目をうるませて温かな抱擁を交わしたあと、墜落現場へ向かう車中では、誰もが妙に黙りこくっていた。四人とも、いちばん幼い血族であるジョニーの思い出を、それぞれかみしめていたのだ。もっとも、みんなが心に抱いていた同じ恐怖については、誰も口にしなかった。考えることさえできなかった。ジョニー・オライアンが死んだかもしれないと、言葉にするのは不可能だった。

この日、マイクは疲れきっていて、自分が役立たずだと感じていた。最初の結婚が忍耐の限界を超えたのは、湾岸戦争のときだった。耐えがたい結婚生活と引きかえに、マイクはひとり息子を得た。そして、自分だけが親権を認められたことは、せめてもの救いだった。数年後、またもや不幸な結婚生活に突入したときも、息子が支えとなった。その後、むなしい火遊びを繰り返さずにすんだのは息子のおかげだ。マイクは頭の片隅で、いつもエヴァンのことを第一に考えていた。エヴァンが高校卒業後すぐに結婚したときでさえ、マイクは近くにいた。義理の娘が亡くなったときには、しばらくエヴァンの家で暮らし、彼が立ち直るまでのあいだ、孫のジョニーともども面倒を見た。

そしていま、ふたたびエヴァンに必要とされているというのに、何もしてやれない。不甲斐《ふがい》ない自分が許せなかった。エヴァンは苦しんでいる。そして自分も苦しんでいる。墜落現場で何を知らされるかと思うと、みな、胸が苦しくなるのだった。しかし、どうすることもできない。

ジェームズ・オライアンは後部座席で父ソーンの隣に座っていた。母マーセラが世を去って、もう何年にもなる。半年前、ジェームズはついに観念し、妻トゥルーディーを施設に入れた。アルツハイマー病の患者が死にに行く場所だ。息子マイクが離婚してずいぶんたつし、エヴァンも妻を亡くした。そう考えてジェームズは顔をしかめた。オライアン家の男が、そろいもそろって女房運に恵まれていないのは、どうしたわけだろう。みんな、戦争から生還し、ひとりきりで年を重ねている。妻たちはみんな去っていったか、若くして肉体か精神の死を迎えた。

ジェームズはトゥルーディーへの思いを振り払い、逆立てた銀白色の髪が乱れるのも構わず、震える手で頭をかきむしった。最悪の事態がジョニーの身に起きているかもしれないという恐怖も、こすり落としてしまいたかった。

山道を走っていくと、道端に保安官のパトカーがあった。あきらかに溝にはまりこんでいるようだが、保安官の姿はない。ヒッチハイクで現場へ向かうはめになり、さぞ腹立たしかっただろうと、ジェームズは思った。立ち往生したパトカーのそばを通るときは脇見をしたが、すぐに前方の道路に視線を向けた。

「おい、マイク……ここから先は通してもらえそうにないぞ」ジェームズが示した先には何台ものパトカーが雑然と停《と》まっており、前方の道路の左側に立ち並ぶ木立に立ち入り禁止の黄色いテープが張りめぐらされていた。路上には、ふたりの制服警官も立っている。

「知るか」マイクはつぶやき、速度を落とすそぶりも見せずに車を走らせ続けた。権威に楯《たて》突きたがるマイクの気性をみんな心得ていたため、彼が速度を上げて猛スピードで走り抜け、激怒する警官たちのズボンにまたたく間に雪と泥を跳ね散らしても、誰も異を唱えなかった。

「気を悪くしたかな」エヴァンが口を開いた。

トランシーバーを手に追いかけてくる警官の姿を、マイクはバックミラーごしにちらりと見た。

「はなから機嫌よくなんかないさ」ものうげに言い、マイクは運転に意識を戻した。

「Uターンさせられるぞ」ソーンが言った。

「捕まればな」マイクはタイヤを横滑りさせながら車を道端に停めた。四人は荷物をつかんで森に飛びこみ、緊急車両や黄色いテープだらけの場所をまっすぐに目指した。そこが墜落現場だ。

ひとことも口をきかず、四人は黙りこんだまま山のなかを走った。やがてエヴァンが、あえぎながら深く息を吸いこんだ。「怖いな」低い声で言う。

ジェームズが孫の肩を軽く叩いた。

「怖いのは、わたしたちだって同じだよ、エヴァン。だが、力を合わせて乗りきるんだ」

覚悟ができたという確信は持てなかったものの、エヴァンはうなずいて、うつろな目を前方へ向けた。初めのうちは自分でも何を見ているのかわからなかったが、それが機体の残骸《ざんがい》だと認識したとたんに衝撃が全身をつらぬいた。少しでも視野を広げようとするかのごとく、もどかしげに左目の黒い眼帯をずらす。

「父さん」エヴァンが声をもらした。

「ああ」マイクがつぶやいた。

エヴァンはいつしか体を震わせていた。頭のなかにあるのは、幼い息子もこんなふうにばらばらになったかもしれないということだけだ。「ああ、ひどい」かすれ声でうめく。

ソーンとジェームズは黙りこんでいた。こんな悲惨な光景を前にして、何が言えるというのだろう。

マイクが唐突に立ち止まり、急斜面で足を滑らせそうになった。

エヴァンが視線を移し、いらだたしげに息を吐いた。武装した警備員がふたり、林に立ち、行く手をさえぎっている。警備員がこちらへ向かってくるより早く、エヴァンは大股で近づいていった。

眼帯をかけ、青ざめた顔で脚を引きずりながら歩いてくるエヴァンに、ふたりの警備員は少し緊張を解いた。ふたりが受けた連絡は、四人の男を乗せたレンタカーが制止を振りきって山道を進んだあと、道端に乗り捨てられていたということだけだ。この男は、危険ではなさそうに見える。それでも、残りの三人があとからやってくるのを見て、警備員たちは武器を構えた。

「止まりなさい！」ひとりの警備員が口を開いた。「そのまま引き返してください」

「息子が飛行機に乗っていたんだ」エヴァンが言った。

ふたりの警備員は警戒を解いた。家族か。ならば、こんなこともするだろう。実際に墜落現場まで出向いてくるのは珍しいが。

「お気の毒です。お気持ちはわかりますが、ここは立ち入り禁止です」

「きみは結婚しているか？」エヴァンがきいた。

いささか意表を突かれて、警官がうなずいた。「はい」

「子供は？」

「男の子がふたり」

「あの飛行機に乗っていたのか？」

警備員の視線が揺らぎ、地面に落ちた。「いいえ」

エヴァンは体を震わせながら、深く息を吸った。「だったら、僕の気持ちなどわかるものか。妻は死んだ。そして、きみの目の前にいる男はイラクの死にそこないだ。息子とは一年以上も会っていない。息子はクリスマスで帰ってくる途中だった。息子が一緒じゃなければ、僕は山を下りない。僕の言うことがわかるか」

警備員はため息をついた。なんてこった。悲しみにくれる父親というだけでなく、軍人でもあるのか。警備員は無線機に手を伸ばしてボタンを押した。

「応答願います。こちらグレーディ。こっちに誰か、よこしてくれませんか?」

「死ぬまで待ってろ」きついケイジャンなまりの声が返ってきた。

ずっと押し黙っていたマイク・オライアンが、突然、狼《おおかみ》のように歯をむいた。「凍りついた尻をひっぺがしてこっちに来るよう、ケイジャン・アイスキャンディ野郎に言ってやれ。大至急だ」

警備員はぎょっとした。無線を通して響いてくる悪口雑言からすると、いまの言葉は向こうに筒抜けだったらしい。警備員は無線機を耳元に戻しながら、マイクをにらみつけた。

両手をコートのポケットに突っこみ、両足の爪先を上げ下げしているマイクに、一同は、信じられないという目を向けていた。マイクは反抗的な男だが、無礼な物言いは彼らしくない。

「ああ……はい……はい、了解しました」警備員は言い、大きなため息をついてから、エヴァンに指を突きつけてきた。「あなたと、それから口数の多いお連れの方。ここを動かないでくださいよ」

「お互いに、理解が深まってよかった」エヴァンは答え、自分もポケットに両手を突っこんだ。

しんと凍《い》てついた大気のなか、降りしきる雪が、重みのない羽毛のように周囲を舞っている。

ジェームズは父ソーンに目を向けた。最年長とはいえ、気づかいなど無用らしい。一方、息子マイクはじっと立ったまま、眼下の木々を見すえている。何を考えているのか見当もつかない。もっとも、激しやすい気性のせいで息子が窮地に陥るのは、いまに始まったことではなかった。

突然、マイクの様子が変わった。その視線をたどると、鮮やかな黄色のスノーモービルが数台、木々のあいだを縫うように向かってくるのが見えた。

「マイク……」

マイクが父親に視線を合わせた。「なんだ」

「熱くなるんじゃないぞ」

「こんなに寒いのに？　無理だ」マイクが口ごたえをした。

エヴァンは体をこわばらせ、父親に寄り添った。何があろうとも、こうして一緒にいるのだ。

「大丈夫」マイクが言った。「心構えはできてる」

「僕は父さんの味方だよ」エヴァンは穏やかに言った。

マイクの薄笑いが消え、目に涙が浮かんだ。「わかってる。おれだって、おまえの味方だ。安心しろ。おまえが心配しているようなことにはならないから」

そのとき、スノーモービルの車列が目の前まで来て停まった。先頭のスノーモービルから降りてきた男は大柄で、上背も身幅もたっぷりしている。顎ひげも髪も黒い。これとそっくりなイラストが、エヴァンの脳裏をよぎった。ジョニーが持っている『ジャックと豆の木』の絵本に、こんな巨人が描かれていた。

大男が立ち止まり、一同をねめつけた。マイク・オライアンに目をとめるやいなや、ひと足ごとに悪態をつきながら近づいてきた。

マイクも歯をむき、近寄っていった。「そのむさくるしい身なりは、なんとかならんのか、ひげもじゃの牛野郎。ナッチェズには石鹸《せっけん》もかみそりもないのか」

そしてふたりは笑い声をあげ、互いの背中を叩きあった。ようやく体を離したのは、ひげの男のほうだった。

「おれの山で何してやがる」

マイクがエヴァンに向き直った。

「エヴァン……こいつはトニー・デヴロー。湾岸戦争のときの仲間だ。トニー、息子のエヴァンだ」それから、うしろの男たちに顔を向けた。「ロックスターみたいな白髪頭の大男は、おれの親父《おやじ》のジェームズ。しゃれた祖父《じい》さんは、祖父のソーンだ」マイクの笑顔が曇る。「おれの孫……エヴァンの息子のジョニーが……あの飛行機に乗っていた」

トニー・デヴローが嘆息した。「ここは立ち入り禁止なんだぞ」

「もう入っちまったよ。おれの素性はわかってるから、いいだろう。一緒に訓練した仲だもんな。おまえたちの邪魔はしない。捜索の邪魔をするつもりはない。孫を迎えに来ただけなんだ」

トニーは天を仰いだあと、しばらく目をつぶり、これから発する言葉の痛みをかみしめた。そして、マイクに視線を戻した。

「おまえは、おれの大事な仲間だ……そんなことは百も承知だろうが……生存者はいない」

エヴァンは、足元の地面が消えうせたように感じた。マイクとトニーがとっさに機転をきかせなければ、倒れこんでしまったかもしれない。だがそれもほんの一瞬で、エヴァンはふたりの手を振りほどこうとした。

「やめてくれ。僕は大丈夫。ジョニーを迎えに行きたいんだ」

マイクの目に涙がにじんだが、エヴァンの気持ちを思うと、自分が泣くわけにはいかなかった。

「エヴァン……トニーの言うことが聞こえただろう――」

エヴァンは怒りに顔をゆがめ、父親に向き直った。

「やめてくれよ！　お祖父ちゃんがなんて言ったか忘れたのか。ジョニーが死んでるんなら、おお祖母《ばあ》ちゃんが〝坊やを助けて〟なんて言うわけないだろう」

凶報に衝撃を受けていたソーンも、落ち着きを取り戻し始めた。エヴァンの言うとおりだ。

「たしかにそうだな」ソーンが口をはさんだ。「マーセラは〝坊やを助けて〟と言ったんだ。埋葬しろと言ったわけじゃない。遺体を確認する必要があるな。確認できるかね」

トニーがため息をついた。

「やっと一時間前に、残骸のなかから遺体を収容しだしたところなんだぞ。まだ終わっちゃいない」

「見るだけでいい」マイクが頼みこんだ。

トニーはひげを引っぱりながら、四人の顔に浮かぶ表情を見つめた。だが、若い父親の怒りの形相を見て決心がついた。もし立場が逆だったら、自分もエヴァンと同じことをしていただろう。どこにぶつけていいのかわからない怒りがわいてくるに違いない。そして、自分の目で確かめるまでは何も信じようとしないはずだ。

「四人もぞろぞろ引き連れていくのは無理だ」

「父さんとわたしはここに残ろう」ジェームズが言った。

ソーンもうなずいた。

「わかった」そう言うと、トニーはマイクとエヴァンに指を突きつけた。「捜査官のふりをしてろ。血を見ても騒ぐなよ。それから――」

「騒ぐものか」エヴァンが鋭く言った。

「こいつはイラク帰りなんだ」マイクが説明した。

トニーはエヴァンの顔の傷と眼帯を見て、大きく息を吐いた。この若造は、ここで起きていることよりもずっとひどい光景を目にしてきたに違いない……。トニーはスノーモービルのほうを振り返った。どれもふたり乗りだ。一台目と二台目のマシンの後部座席に乗っていた男たちに降りるよう指示してから、全員出発するぞと声をあげた。マイクとエヴァンに向き直る。「乗れ」

ふたりは言われたとおりスノーモービルに乗り、無言のまま墜落現場へ向かった。

捜索隊が飛行機の残骸から遺体を運びだし、次々と並べていくにつれて、毛布のかかった遺体の列が増えていった。エヴァンは、とくに小さなものがないかと、その列を必死の形相で眺め渡した。

「一緒に来い」トニーが歩きだしながら言った。

マイクとエヴァンは何も言わずに従った。

「どの席に座っていたか、わかるか？」トニーがきいてきた。

「祖父母と一緒にいたはずです。名前は……ポラード。フランク・ポラードとシャーリー・ポラードです。息子の名前はジョニー・オライアン」

トニーは近くのテントの下に置かれたテーブルに歩み寄り、クリップボードを手に取った。

「乗客名簿だ」そう説明し、リストに目を通していく。「ああ……これか」エヴァンに顔を向け、眉をひそめた。「言いにくいんだが……遺体が出てる」

エヴァンが肩を落とした。「遺体を見せてもらえますか？」

トニーはマイクをちらりと見た。マイクがうなずいた。

「いいだろう。こっちだ」そう言ってから、釘《くぎ》を刺す。「騒ぐなよ。あんたがたは、ここにいちゃいかんことになってるんだからな」

エヴァンは何も答えなかったが、固く結んだ口元と強い目の光を見れば、返事を聞くまでもない。

トニーは名簿を見直し、犠牲者それぞれに割り振られた番号を記憶すると、遺体の列のあいだを歩いていき、目的の場所に行き着いた。顔を上げてエヴァンを見る。

「まだ平気か？」

「見せてください」エヴァンが低い声で言った。

トニーはふたつの遺体の毛布をめくり、顔が見えるようにした。

エヴァンがわずかに後ずさりしたが、それだけだった。

「間違いありません」

トニーが毛布を戻した。

「それで、ジョニーは？」

「その子は見つかってない。見つかったら知らせる」

「ジョニーも一緒にいたはずなんです。飛行機が墜落したなら、祖父母に抱かれていたはずだ」

トニーは苦い顔をした。「なあ……いらつくのはわからんでもないが、こういう事故だと、遺体がとんでもないところに飛ばされてることもある。身分証を携帯してる子供なんて、めったにいないしな」

「じゃあ、もう見つかっている子供を見せてください」

「いまのところ、女の子ふたりだけだ」

エヴァンの胸のつかえが少しだけ治まった。「近隣の捜索は、やっているんですか？」

「乗客全員の安否が判明するまで続ける。捜索は始まったばかりなんだ」

「ジョニーは生きている。僕にはわかるんだ」

マイクも息子の言うとおりだと思いたかったが、この惨状では希望の持ちようもない。残骸が五百メートルほどにわたって散乱しているようだ。ということは、子供の体がいつ飛行機から落ちていてもおかしくない。

「なぜ炎上しなかったんだろう？」マイクがたずねた。

「炎上した部分もある」トニーが答えた。「森に墜落し、引きずられた衝撃で、翼がもげて炎上した。ほとんど残ってない。このスリップ痕《あと》だと、機体が完全に停止するまで、ずいぶんかかったようだな。尾翼は主翼から百メートルほど離れたところで見つかった。こっちも燃えつきてるが」

マイクは青ざめた。祖父母の腕からもぎとられ、痛みと恐怖に泣き叫びながら炎に包まれるジョニーの姿を思い浮かべてしまったのだ。「ひどい」低い声でつぶやき、目をそむけた。

それでもエヴァンの心は、ゆるがなかった。「ジョニーはここにはいない。死んでないんだ」

トニーがため息をついた。

エヴァンは首を振った。「死んでないからな」

誰も言い返せずにいたとき、エヴァンは何かが腕に触れたのを感じた。振り向いてみると、長身でほっそりした女性が寒さに震えながらも毅然《きぜん》と立っていた。

「この人の言うとおりよ。子供は死んでないわ……あと、一緒にいる若い女性もね」

「いったい何を言ってるんだ？」マイクが声をあげた。

それと同時に、トニーが別の質問をした。「なんてこった、あんた、どっから来た？」

女は山の北側を指さした。

「こんなところで、いったい何をしてやがる」口の悪さを謝るでもなく、トニーが問いただす。

「助けに来たのよ。若い女の人と子供がさまよっているわ」

トニーが両手を上に向けた。「なんでわかる?」

「見たもの。森にいるわ。危険が迫っているのよ」

エヴァンが女の腕をつかんだ。「見たって?」

デボラはたじろいだ。もともと、体に触れられるのは好きではないうえ、急につかまれたからだ。騒ぎたてずに腕を振りほどいたが、本当は叫びだしたいくらいだった。この若い男性の心の痛みが流れこみ、ろくに息もできない。それでも、かろうじてうなずいた。

「どこで? どうしてふたりを連れてこなかった?」

デボラは身構えた。毎度のことだが、微妙な説明を要する問題なのだ。

「正確な場所はわからない。でも、ふたりのところへ案内することはできるわ」

女が何を考えているのか、マイクには見当もつかなかった。だが、こんなたわごとを聞いていると、頭がおかしくなってしまいそうになる。マイクは女の腕をつかみ、いらだたしげに体を揺さぶった。

「ちょっとあんた! ふたりを見かけたのに、そのまま置き去りにしてきたっていうのか。どうかしてるぞ」

体に触れられたとたん、デボラは男の顔から目をそらせなくなった。この男の素性も名前も知らず、ふたたび会うかどうかもわからない。それでも、あと何日もしないうちに、この男とベッドをともにするのがわかった。その予感に、デボラは動転した。これまでの人生で男性とかかわったことなど二回しかないし、そのうち二回目はもう十二年ほど前だった。

「答えろ！」マイクが叫んだ。「あんた、頭が変なんじゃないのか？」

「ふたりをこの目で見たわけじゃないの。それでも見えるのよ」デボラは言い添えた。

「わけがわからない」エヴァンがつぶやいた。

デボラ・サンボーンはため息をついた。めったにないことだ。

「わたしはデボラ。デボラ・サンボーンよ。昨夜《ゆうべ》、ふたりを見たわ……千里眼で」

トニーが両手を上げた。「勘弁してくれよ！　超能力者ってやつか？　おれの山から出てってくれ、いますぐだ。このおれに逮捕されないうちにな」

デボラは怒りの形相を大男に向けた。「聞き捨てならないわね。あなたが誰か知らないけど、ここがあなたの山じゃなく、わたしの山だってことは、はっきり言えるわ。生まれてからずっとここで暮らしてきたんだもの。どこの馬の骨かもわからない人が、よく自分の山だなんて言えるわね。もっとも、墜落現場のことを言ってるんなら、わたしは捜索の邪魔をするつもりなんてないから。わたしがここへ来たのは、男の子を見つけるのに手を貸すためよ。見つかるまで家には戻らないわ」

トニーが女に向かいあった。女の根性に、マイクはいささか舌を巻いた。トニー・デヴローにすごまれたら灰色熊《ぐま》でさえ怖《お》じ気《け》づきそうなものなのに、この女は身動きひとつしない。誰かが口を開くより先に、もうひとりの男が現れた。胸にバッジをつけ、銃を携帯している。

「デボラじゃないか……連邦航空局の捜査官を相手に何もめてるんだ」答えも待たず、オライアン家の男たちに顔を向け、自己紹介をした。「どうも。わたしはウォリー・ハッカー。郡の保安官だ。ここは立ち入り禁止のはずだが」

「おれが許可したんだ……この女は違うが。このいかれた女を知ってるのか」トニーがきいた。

「ああ、デボラのことは知っているよ。このへんの住人で、彼女を知らんやつなどいないさ」そう言って、保安官はデボラに目くばせした。

デボラが保安官をにらみつけた。

エヴァンにとっては、誰が誰の知りあいだろうと、そんなことはどうでもよかった。昨夜、曾祖父の電話を受けて以来、希望を持てるようなことを言ってくれたのは彼女が初めてなのだ。それを無視するつもりはない。

「あいさつは抜きにしましょう」エヴァンはデボラの顔を見すえて言った。「ジョニーが生きているって?」

「ええ」

エヴァンの胃が引きつった。「それで、本当に、息子をさがすのに手を貸してくれるんですね」

「ええ」

「いつ出発します?」

「おい、エヴァン、待て!」マイクが口をはさんだ。

エヴァンが振り向き、仰天している父親をにらんだ。「待てって、何を?」

マイクは頬の内側の肉をかみしめ、女を絞め殺してしまいたい衝動を抑えた。みんなに無駄な希望を植えつけようとしているこの女は何者だ。マイクは女をにらみすえた。

ひるみもせず、女が見返してきた。

マイクは小鼻をふくらませた。ちくしょう。まったく、いかれ女め。えらく自信があるらしい。だからといって、自分も信じてやらなきゃいかんという法はない。マイクは保安官に向き直った。

「彼女を知ってると言ったな?」

ウォリー・ハッカーがデボラにほほえみかけながら答えた。

「ああ。学校も一緒だった」

「じゃあ、千里眼とかいうやつについては、どう思ってるんだ」

ハッカーが肩をすくめた。「まあ……聞いてくれ。わたしが保安官になってから、デボラは何十回となく、遠くの事件を目撃してる。いつだって、どんぴしゃりだ。何日か前、地元の女性が亭主に蹴《け》り殺されそうになったんだが、デボラはそれも言いあてた。デボラがそれを〝見て〟、電話してきたんだよ。いま現在、その亭主は刑務所、女房は病院に入ってる。飛行機事故の話に戻すと、デボラは今朝の夜明け前に電話をかけてきた。またしても、その場にいたみたいな調子でね」

マイクは顔をしかめた。予想もしなかった答えだ。

「つまり、この女は飛行機が落ちるのを見たっていうのか。近くに住んでるんなら、見てもおかしくないだろう」

「近くじゃないわ」デボラが遠くを指さした。「あっちへ十八キロほど行ったところだもの。それに、飛行機が落ちるところをこの目で見たわけじゃないの。わたしが見たのは、男の子と若い女の人が山のなかでさまよっているところよ。ふたりに危険が迫っていた。その光景をさかのぼっていったら、飛行機が墜落するのが見えたの」

マイクはまだ納得できなかった。

「よく検問を通してもらえたな。おれたちは足止めされたのに」

「通してもらったんじゃないわ。山を下ってきたから……あっちのほうからね」

マイクは口をぽかんとあけて山を見上げた。

「歩いてきたのか？　十八キロも？」

「下りだから、そうきつくもないわ。それに、家を出たのは夜明け前だったし」

マイクの心のなかで、デボラに対する印象が変わった。彼女は大変な苦労をしてまで、ここにやってきたのだ。ここに来ることに特別な意味があったのだろう。マイクはデボラの言葉を思い返してみた。

「どういうことだ……光景をさかのぼった？」

「その瞬間の光景を見たあと、そうなるまでの経緯を見たの。映画を逆回転させて見る感じね」

「でたらめだ」マイクは低い声を出した。「まあ、何を言おうと勝手だが、それだけじゃ超能力があるなんて信じられないな」

「別に信じてもらわなくていいけど。でもね、信じたからって、何かあなたの損になる？」

マイクの目が細くなった。「じゃあ、そっちは何を要求するつもりだ……この、サービスの見返りに」

「何も。だけど、あなたは例外ってことにしてもいいのよ」

保安官が笑った。「デボラ、からかうのはよせよ」

「みんな黙ってくれないか」エヴァンがうんざりして両手を上げた。「ジョニーを見つけたい。手を貸してくれますね」

「もちろんよ。もしかして……息子さんの持ちものを、何か持ってこなかった?」

エヴァンは首を横に振ろうとしたが、はっと気づいた。エルモ。ジョニーのエルモを持ってきている。

「ええ、あります」

マイクが目を丸くした。

「まったく。どうしても行くっていうなら、おれも一緒に行くぞ。だが、親父も行きたがるだろうな。ここで待っててくれ。親父を連れてくる。ジョニーをさがすあいだ、祖父さんにはモーテルにいてもらうから。トニー、スノーモービルを一台借りていいか?」トニーがうなずくのを見て、マイクはスノーモービルのほうへ駆けだした。

マイクが遠ざかっていくのと同時に、ハッカー保安官の無線機が鳴った。保安官が応答する。

「こちらハッカー。何ごとだ。どうぞ」

「保安官、もう遺体は見つからないらしいんですが、数が足りません。どうぞ」

エヴァンの鼓動が乱れた。

「足りない? どれだけ? どうぞ」ハッカーがきいた。

「三人です。女性がひとりと子供がひとり、それから上院議員。どうぞ」

「名前は？　どうぞ」

「モリー・シフェリ。ジョニー・オライアン。上院議員の名前はダレン・ウィルソンです。どうぞ」

ハッカーは眉を上げ、三人の名前を書きとめた。

エヴァンはデボラを見た。どういう具合にさがすのか想像もつかないが、とにかくデボラがいてくれてありがたいと思った。トニーに目をやると、こちらはまだ苦い顔をしている。

「それで、デヴロー捜査官、周辺の捜索はいつ始めるんですか？」

トニーが空を見上げた。

「空からの捜索は雪がやむまでは無理だな。陸のほうは捜索隊を編成するのに、しばらくかかる」

エヴァンは声を荒らげた。「そのあいだにも、息子は凍え死んでしまうかもしれない」

「わたしが見つけられるわ」デボラが声をかけてきた。

「父が戻りしだい出発しましょう」エヴァンは言った。

5

デボラがハッカー保安官にもらった熱いコーヒーをすすっていると、マイク・オライアンがもうひとりの男と一緒に戻ってくるのが見えた。デボラは、はっと目をみはった。紹介されずとも、身内だということはひと目でわかる。すでに出会っているふたりよりも年配で、もっと背が高いというだけの違いだ。

紺のニット帽と厚手の防寒着を身につけ、マイクやエヴァンと同じようなブーツを履いていたが、暗いオリーブ色のバックパックはかなり使いこんである。エヴァンとハッカー保安官とのやりとりによると、オライアン家の男たちはみんな軍にいたらしい。連邦航空局員のトニーはその話を裏づけるついでに、湾岸戦争中、マイク・オライアンがどのように自分の命を救ったかという逸話もつけ加えていた。

しぶしぶパトカーから降りたデボラは残りのコーヒーを地面に流し、自分のバックパックを取りあげた。マイクともうひとりの男が近づいてくるころには、しっかりバックパックを背負っていた。

マイクという男は実に興味深い。超能力に対する態度は不問に付すことにしよう。自分とかかわりあいになる人は、たいがい似たような反応をするからだ。もっとも、何度もしつこくにらんでくるようなら、心の目で見た彼の過去について、ひとつかふたつ選《え》り抜きの言葉をぶつけてやればいい。少しは分別がつくだろう。

それはそうと、エヴァンのことも気がかりだ。デボラは、こちらへ歩いてくるエヴァンを仔細《しさい》に眺めた。ひどいけがを負っていて、まだ治りきっていないようだけれど、最後まであきらめないだろう。目の輝きと固く結んだ口元から、なんとしてでも息子をさがしだそうという決意が見てとれる。

ちょうどそのとき、残骸《ざんがい》の向こうからハッカー保安官が現れた。

「ウォリー、コーヒーをごちそうさま」

「どういたしまして」ハッカーはデボラをじっと見つめた。「捜索に出たら、行方不明者は二名じゃなくて三名だってことを忘れないでくれよ」

「わかってるわ」デボラは答えたものの、女性と子供に危険が迫っていると察知したことが、やはり心に引っかかっていた。その危険とは、凍えるような寒さかもしれないし、動物の可能性だってある。はっきりとはわからない。それを口に出してもよかったけれど、あまり漠然としているので、いまは言わずにおくことにした。

「携帯電話は持ってきたか?」ハッカーがきいた。

「ええ。でも山のなかじゃ使えないでしょうね」

「じゃあ、助けが必要なときはどうするつもりだ？」

「水晶玉をのぞきこんで、危険を避けるから大丈夫」

ハッカーは破顔し、デボラのそばに立つ三人に向き直った。たちまち笑顔が消える。

「きみたちのことは知らんが、三人とも誠実な人間だと信じているからな。その信頼を裏切って、デボラ・サンボーンを傷つけるようなことがあったら、絶対に後悔させてやる……三人ともだ。わかったな」

「イエス、サー」エヴァンが答えた。

保安官が自分の味方になってくれた。こんなことは、めったに起きるものじゃない。デボラはいささか驚くと同時に、なんだかうれしくなった。気づかいに胸が熱くなる。デボラは三人の男たちをしげしげと見つめた。三人とも黙ってこちらを見ていた。

「エヴァン……よね？」

「はい、そうです」

「息子さんのものを何か持ってきていると言ったわね」

「はい、持っております」かしこまった口調で答えたエヴァンがバックパックをあけ、手を突っこんだ。

真っ赤なエルモの縫いぐるみを手渡されたとたん、デボラの意識は過去へ放《ほう》りだされた。

デボラの目の焦点が合わなくなったことに気づいたのは、デボラ自身ではなく、マイクだった。超能力を頭から否定していても、デボラに起きていることが気になってしかたがない。デボラが何を見ているにせよ、縫いぐるみでないことだけは確かだった。

デボラは柔らかな縫いぐるみの腹に指を食いこませ、若い母親の笑顔を見ていた。ジョニーが迎えた最初のクリスマスのときだ。やどりぎの下で、いまとはまったく風貌《ふうぼう》の異なるエヴァン・オライアンが息子を抱き、妻にキスをしている。あどけないジョニーがエルモを枕《まくら》に眠っている姿も見える。

デボラは眉根を寄せた。過去の光景が見たかったわけではない。いまのジョニーに波長を合わせなくてはいけないのに。いらいらしながら縫いぐるみを保温力の高いダウンのコートの胸元に押しこみ、ジッパーを閉めてから、男たちのほうを振り向いた。

「一緒に行くのは三人ね？」

「祖父《じい》さんはモーテルで留守番だ」マイクが答えた。

デボラはエヴァンに視線を向けた。「山道は楽じゃないわよ」

「大丈夫です」エヴァンが言った。

デボラはうなずいた。「じゃあ行きましょうか」

「待て！」マイクが大声を出した。

デボラは足を止め、マイクの言葉を待った。

「どこをさがせばいいのか、なんでわかるんだ?」

行方不明のふたりの魂が発する無言の呼びかけに引き寄せられていくのだと、デボラは胸のうちで答えた。でも、まるで信じようとしない相手に、どう説明したらいいのだろう。納得させられるとは思えない。デボラはコートの下のふくらみを軽く叩《たた》いた。

「エルモが教えてくれるの」

「なんてこった」マイクがつぶやいた。

「さあ、行きましょう」デボラは男たちに背を向けて歩きだした。三人がちゃんとついてくるかどうか、振り返って確かめるまでもなかった。ひと足ごとにぶつぶつ文句を言うマイク・オライアンの声が聞こえたからだ。

はっと目を覚ましたモリーは、一瞬、自分がどこにいるのかわからなかった。けれども、腕のなかでジョニーが身じろぎし、ぬくもりを求めて体を押しつけてきたとき、ようやく我に返った。

飛行機事故に遭い、殺人犯から逃げまわっていたのだ。

まるで悪夢のようだが、現実のことだ。いまもなお、現実が自分の両肩に重くのしかかっている。周囲を見まわすモリーの脳裏に記憶がよみがえってきた。ジョニーが興奮して叫び始めたので、木の根元で身をひそめることにしたのだった。モリーはジョニーを膝に抱きかかえ、彼が眠りにつくまで話しかけてやった。歩き続けなければいけないと頭ではわかっていたものの、ジョニーは体力的にも精神的にも限界に来ていたし、モリー自身にも子供をおぶって歩く力はなかった。

森の地面に差しこんでくる光と影の傾き具合からすると、いまは正午ごろだろう。おそらく墜落現場は今朝のうちに発見されたはずだ。たくさんの人が押し寄せているに違いない。どちらへ行けば戻れるのだろう。それさえわかれば、いますぐジョニーを連れて戻るのに。けれども、方向がまるでわからない。そのうえ、あの人殺しが追いかけてきているかどうかを知るすべもない。もしも引き返したとして、飛行機が見つからないうちに男とでくわしたら最後、明日まで生きのびる望みは完全に絶たれてしまう。何かいい方法がないかと考えあぐねていると、ジョニーが目をあけ、悲鳴をあげた。

モリーはすくみあがり、ジョニーをきつく抱きしめた。

「落ち着いて、ジョニー。わたしよ、モリーよ。忘れちゃった?」

ジョニーが震えながら体を起こし、しがみついてきた。

「お空から落ちちゃったんだよね」

モリーは腕に力をこめ、ジョニーをかき抱いた。

「そう。でも無事だった。もう昼過ぎよ。おなかすいてる? トイレに行きたい?」

ジョニーは、どちらの問いにもうなずいた。そのあとの数分間、ふたりはめいめいに用を足し、雪で手を洗った。こんな状況にあっては、それが精いっぱいだ。

モリーがバックパックをかきまわし、食べものをさがすあいだ、ジョニーは毛布にあぐらをかいて座りこんでいた。封をあけたジュースのパックと、ピーナッツの袋をふたつ、モリーから受けとる。

「マクドナルドとはちょっと違うけど、食べものに変わりはないわよね」

ジョニーは何も言わず、ピーナッツの袋をあけて食べ始めた。ときおりジュースを口に運びつつ、モリーを見上げる。大変な悲しみに耐えている彼女の表情を、無言でうかがっていた。

目をうるませていても、けなげにも涙はこぼさない。モリーは感心した。なんて気丈な子供だろう。実際、わたしよりもずっとしっかりしている。わたしは怖くて頭がおかしくなりそうで、泣いてしまったら涙が止まらなくなるかもしれないのに。

ピーナッツとジュースの食事がすむと、モリーは自分たちが寝ていた木の根元にごみを積み重ね、毛布をたたんだ。ジョニーの口元にジュースの滴がついている。モリーは親指でジョニーの口を拭《ぬぐ》い、額の髪をやさしくかきあげてやった。

「じゃあ……そろそろ行こうか」

こちらをじっと見上げていたジョニーが、前かがみになって首に抱きついてきた。ジョニーの震えが伝わってくる。ジョニーの気持ちは痛いほどわかる。

「怖い？」

「あいつ、僕たちも殺すのかな？」

モリーは小さな体を抱き寄せた。

「ううん、殺さないわ。わたしがそんなことさせないから。わかった？」

ジョニーはしばらく黙っていたが、ようやく首を縦に振った。「わかった」

「じゃあ、行きましょうか」

立ちあがったふたりは、また雪が降りだしていたのに気づいた。モリーは無言で祈りながらジョニーの手を取り、頭のなかの方位磁石を再調整すると、南西とおぼしき方角へ山を下りだした。

しかし、まもなく雲が太陽を覆い隠し、雪がひどくなってきた。何時間かたつころには、すっかり方向を見失っていた。抜き差しならぬ事態だと悟ったのは、似たような倒木のそばを二度目に通り過ぎたときだ。モリーは足を止め、息をのんで木を凝視した。二本の木が雷に打たれ、まったく同じ形に裂ける確率はどのくらいあるのだろう。

ああ、どうしよう。神さま、助けて……同じところをぐるぐるまわっていただけだなんて。

モリーはジョニーを見下ろした。寒そうだ。とても小さく見える。それでも、窮地に陥ったことには気づいていないらしい。モリーはほっとした。

「少し休みましょうか」

ジョニーが疲れた顔でうなずいた。

かなり細い脚は、想像もつかないほど重くなっているのだろう。モリーの二倍も脚を動かさなければならないのに、なんとかついてきたのだ。モリーはかがみこんでパーカのフードを目深に引きさげてやった。とはいえ、ふたりの体を温めるすべもない。

モリーはうしろを振り向き、休めそうな場所をさがした。せめて吹雪がやむまでは、どこかにもぐりこんでいたい。最初の夜に休んだ洞穴が脳裏に浮かんだけれど、どう行けばいいのか見当もつかなかった。森の木は密集しており、下生えの茂みはほとんどない。こんなところで身を隠すにしたって、むきだしの場所で立っているのと変わらないだろう。この標高では風をさえぎってくれる枝も少ない。それでも、どこか休む場所をさがさなければ。

ジョニーがモリーの手を引き、裂けた木を指さした。

「どうしたの？」モリーはたずねた。

「あそこ。あそこをおうちにできるよ」

モリーは目をこらした。最初はジョニーが何を指しているのかわからなかったが、やがて、倒れた木の枝だと気づいた。ちょっと想像力をはたらかせてみると、枝ぶりが屋根の骨組みの形に見えてきた。あれに覆いをかければ、その下でうまく吹雪をしのげそうだ。

モリーは自分のバックパックを地面に置き、まだ緑の葉をつけた針葉樹の下枝をつかんだ。歯を食いしばり、渾身《こんしん》の力で枝を引きちぎる。

「ジョニー、手伝って。枝をこんなふうに置くの」

モリーは枯れ枝の骨組みに針葉樹の枝を渡し、隙間《すきま》を埋めていった。何度も針葉樹のところへ行っては、細くて曲げやすそうな枝を引きむしる。そのあいだ、ジョニーは手早く屋根の隙間に枝を突っこんでいった。やがて、避難場所が完成した。

作りの薄い部分に最後の枝を押しこむと、モリーの手袋は樹液と針のような葉にまみれ、べとついていた。ジョニーはさっそく、できたばかりの屋根の下にもぐりこみ、雪をかきだしている。モリーがふたりの荷物をかかえ、針葉樹の大枝を引きずってきたときには、屋根の下の雪がすっかりなくなっていた。

「わあ、ジョニー！　がんばったじゃない！」モリーは隠れ家の奥に枝を広げながら言った。

ジョニーは笑みを浮かべかけたものの、すぐに肩をすくめて膝をかかえこんだ。

その様子には目をつぶり、モリーはバックパックから毛布を取りだした。

「さあ、ハニー、手伝って」ジョニーに声をかけ、枝の上に毛布を広げる。

毛布を敷き終えると、モリーはバックパックを膝にのせて中身を改めた。救出されるまでのあいだ、乏しい食料が持つだろうか。ナッツの袋がいくつかあるほかは、小さいボトル入りの水が二本とジュースが四パック、ひとつかみのグラノラ・バーしかない。

「何かおなかに入れなきゃね。食べられそう？」

ジョニーがうなずいた。

「グラノラ・バーは？」モリーは問いかけ、包みを破りだした。

グラノラ・バーを受けとったジョニーが、それをじっと見つめたあと、モリーを見上げてきた。モリーはにっこりと笑ってみせた。ジョニーを不安がらせないためにも、気を強く持っていたのだ。とはいえ、本当は、これまで味わったこともないほどの恐怖に襲われていた。わたしは大人なんだから。なんとかしなくちゃ。しかし、なんとかしようにも、いい考えなど何ひとつ浮かんでこない。取り乱しかけたとき、ジョニーが黙ってグラノラ・バーをふたつに折り、一方を手渡してくれた。ジョニーは思いやりがあるだけでなく、いまの状況をちゃんと理解している。モリーは胸を突かれた。

「ありがとう、ジョニー」やさしい声で礼を言い、グラノラ・バーをひと口かじった。ジョニーも同じように食べ始める。ふたりはグラノラ・バーを一緒に食べ、パック入りのジュースも分けあった。

食事を終えたモリーはジョニーのリュックを脇《わき》にどけた。そのとき、何か小さなものが横のポケットから転げ落ちた。

「あら？　何、これ」モリーが葉と雪のなかからつまみあげたのは、鎖のついた小さなホイッスルだった。

「僕の笛だよ。小さいとき、パパにもらったの。三歳のときだったかな」

モリーは笑いをかみ殺した。二年が過ぎたいま、ジョニーは自分がもう小さな子供ではないと思っているらしい。ジョニーの家の男たちは全員、昔からタフガイぞろいだったのだろう。

「かっこいいわね。何に使うもの？」

「迷子になったとき、パパを呼ぶのに使うんだよ。スーパーとか、ショッピングモールとかで」

ここにはいない父親に対するモリーの評価が、ぐんと高まった。頭のいいパパなのね。

「すっごくいい考えね。首にかけておいたら？」

ジョニーが鎖を首にかけた。「そうだね……僕たち、迷子になっちゃったんだもんね」

モリーは泣きそうになるのをこらえた。「そうみたいね」

「大丈夫だよ」ジョニーが言った。「誰かに見つけてもらうまで、ずっと笛を吹いててあげる」

モリーの目に涙があふれた。こんなのって、ひどすぎる。事故に遭っても一命を取り止めたのに、殺人の現場を目撃するなんて。墜落現場から離れたのは大間違いだったかもしれないけれど、そうするしかなかった。逃げなければ、あの人と同じようにふたりとも殺されていただろう。なんという名前だったかしら。パトリック。そう、パトリックだった。あの人も事故のあとまで生きていた。ほんの短いあいだだけだったけれど。

モリーはジョニーを横目で見た。寒さで小さな顔が赤く染まり、あかぎれもできているが、弱音は吐いていない。そんなジョニーに、誰にも見つけてもらえぬかもしれないとは、とても言えなかった。思いきってホイッスルを吹いたとしても、助けを呼べるどころか殺人犯を呼び寄せてしまう恐れがあるなんて、とても口にできない。

「毛布に入りましょう」

ジョニーはおとなしく従った。

モリーはマットがわりの枝を少し押しのけ、くぼんだところで丸くなると、二枚の毛布を体にかけた。ジョニーをできるだけそばに抱き寄せ、どこからも冷気が入ってこないよう、毛布の端を体の下にたくしこんでやる。モリーの顎のすぐ下に、ジョニーの頭があった。体を丸めたモリーの膝と腹のあいだにすっぽりとはまりこむような具合に、ジョニーが小さな背中を向けて横たわっている。モリーは両腕をまわし、ぎゅっと抱きしめた。

「すごくぐっすり眠るのね。知ってた？」

「パパにもそう言われる」

モリーは意表を突かれた。

「ほんと？」

「うん。寝てるあいだ、蹴飛《け》ばしたりもしないって」

モリーは微笑した。

「それは何よりだわ。ねえ……大丈夫？　体の下に石が入ったりしてない？」

「平気」

「そう……じゃあ、しばらく休んで、様子を見ようね」

「ちょっと笛を吹いてからにする」ジョニーは言い、制止する間もなく笛を吹いた。

モリーは頬の内側の肉をかみ、大声をあげたくなる気持ちを抑えた。いまの音が聞こえないくらい、殺人犯が遠くにいることを祈った。少し休んでおかなければ、歩き続けることなど、とうてい無理だったからだ。どうかお守りくださいと胸のうちで神に祈りを捧《ささ》げ、このひどい状況を頭から締めだそうとした。ジョニーの力が少しずつ抜け、自分の腕のなかで寝入ってしまってからも、モリーは目を見開いたままだった。助けが来ることを祈りつつ、恐怖に耳をそばだてていた。

雪は降り続け、針葉樹の大枝を少しずつ覆い隠していった。やがて、ふたりの隠れ家は、ただの吹きだまりにしか見えなくなった。

ダレン・ウィルソンはギャンブルと殺人で窮地に陥っただけでなく、ひどい苦痛にも襲われていた。少なくとも、あばらの一本か二本にひびが入っているようだし、右膝もおかしい。靭帯《じんたい》が切れてしまったのだろうか。なんにせよ、歩くと死にそうに痛いのだ。

それでも、じっとしているわけにはいかない。動いていなければ凍死してしまう。おまけに、こんな森のなかを歩くはめになったのは、あの女と子供のせいだ。ギャンブルの借金を返すのも必要なことだが、あのふたりを見つけだすのが先決だ。

音もなく降る雪のなかに立っていたダレンは、右目がほとんど見えなくなっていることに気づいた。左目もあまり見えていない。森のなかで発見し、たどってきた足跡は、ほぼ一時間前まではきれいに残っていた。だがその後、ふたたび雪が降りだして足跡を隠し、あたり一面を覆ってしまったのだ。

ほかのときであれば清らかな雪景色に感動もしただろうが、いまはそんな場合ではない。ふたたび女と子供の行方を見失ったうえ、また夜になろうとしている。こんな寒空のもと、屋外で夜を過ごすのは、これで二晩目だ。おまけに水も食料もない。

いちばん腹立たしいのは、ジュースの空きパックとスナックの包み紙の山を木の根元で見つけたことだった。あきらかに、あの女は飛行機から食料を持ちだしている。自分に先見の明さえあったら、ここまでみじめな結果は避けられたかもしれない。

「強力な鎮痛剤がひと瓶あれば、寿命が一年短くなってもいいのに」ダレンはつぶやき、まだ視界がきくうちに歩きだした。

女と子供を見つけたあと、どうするかは考えていなかった。だが、とにかく見つけなくては。パトリック・フィンの殺害現場を見たのでなければ、墜落現場から逃げるわけがないからだ。

いまごろ墜落現場は蜂《はち》の巣をつついたような騒ぎになっているだろう。連邦航空局が乗客名簿の名前を照らしあわせ、遺体が三人分足りないと気づくまで、それほど時間もかかるまい。厄介ごとだらけの状況だが、ひとつ希望があるとすれば、この吹雪で近隣の捜索がひどく難航することだ。おかげで、捜索隊より先にふたりを見つける時間の余裕もできた。

ダレンは背中をすぼめて厚手のコートの襟を耳まで立て、ジッパーの開閉を三度繰り返した。そうせずにはいられない自分に悪態をついてから、ふたたび獲物を追い始めた。

6

すでに三十センチほど積もった雪のせいで、進むペースは落ちていた。ジェームズは六十代ながらも、深い雪のなかを苦もなく歩いている。一方、まだ傷の癒《い》えていないエヴァンはつらそうだ。マイクは気が気でなかった。息子の健康状態とスタミナは、どう見ても本調子ではない。ソーンと一緒にモーテルで待っているよう、エヴァンを説得する手立てがあればよかったのだが。とはいえ、そんなことを言いだして息子を侮辱するわけにもいかない。行方不明になっているのはエヴァンの息子なのだ。何よりも大切な息子を他人にさがさせて、じっと待つことなどできないだろう……。しかしエヴァンが雪に足を取られたとき、マイクは声を抑えるのがやっとだった。エヴァンのほうへ歩きかけて足を止める。デボラが立ち止まり、エヴァンに声をかけたからだ。

デボラは、エヴァンが転びそうになったのを、目ではなく感覚で察した。息が切れたようなふりをして立ち止まり、エヴァンを振り返る。

「エヴァン?」

エヴァンがうなずいた。やはり息があがって声が出ないようだ。

「大丈夫？　なんなら、少しペースを落としましょうか？」

「いいえ」

エヴァンの瞳に、おびえの色が浮かんでいた。理由を問うまでもない。絶対に息子を見つけなければならないのだ。

デボラはマイクをちらりと見た。彼はこちらをにらんでいる。たちまち、悲しみがこみあげてきた。わたしのせいでこんな事態になったわけでもないのに、なぜマイクは腹を立てているのだろう。やりきれない気分だ。いままでの経験からすると、みんなの気持ちをやわらげるには時間をかけるしかないだろう。

デボラの目に涙が浮かんだような気がして、マイクはたじろいだ。自分が超能力を信じようとしないせいでデボラが傷つくとは思ってもみなかったのだ。もし彼女に一緒に来たいという固い意志があるなら、きっと何があっても耐えられるはずだ。もっとも、彼女が自分たちをだますつもりなら、何か言いつくろうようなことを出かける前に口にしていたはずだと認めざるをえなかった。

デボラは何も言わなかった。

マイクはまたデボラのほうをうかがい、目をそらした。心のなかで悪態をつく。デボラを傷つけるつもりなどないが、彼女もこっちの不信感には気づいているだろう。ジョニーの捜索は生死にかかわる問題なのに、超能力者なんぞと自称する、見ず知らずの人間のあとをついてまわっているなんて。ここまでばかなことをした記憶は、いまだかつてない。

マイクは歯ぎしりをして、罪悪感を振り払いながら顔を上げた。意外にも、デボラがまだこちらを見つめていた。

「こっちの方向でいいと、なんでわかるんだ？」

「わかるからよ」デボラは返事をして、またエヴァンに話しかけた。「もう行ける？」

「はい。大丈夫です」

「そう。じゃあ行きましょう」デボラはふたたび先頭をきって歩きだした。

マイクは低い声でぶつくさ言った。デボラのオレンジ色のバックパックを追って歩くのも、いいかげんうんざりだ。レーダー誘導装置を自動追尾するミサイルでもあるまいに。賭《か》けてもいいが、あの女は自分が何をしているかもわかっていないのだろう。黙っていられなくなり、マイクは文句を言った。

「もう三時間も歩いてるじゃないか。ジョニーたちがこんなに遠くまで来るわけないだろう。けがもしてるだろうし。飛行機事故に遭ったのに、無傷ってことはありえないからな。それに、暗いうちはジョニーたちも動けなかったはずだぞ」

エヴァンが割って入った。「でも、それは昨日の夜のことだろう、父さん。今日は二日目で、もう日が暮れようとしている。こんな天気のなか、ふたりは二度目の野宿を余儀なくされているんだよ。それに、どこにいたって、おかしくない」

マイクが怒りに目を細めた。無意識のうちにエヴァンを追い抜き、そのままの歩調でデボラに追いついた。

「あんたに話してるんだ」マイクが大声を出した。

「あらそう。それは失礼」

「いいかげんにしろ」マイクが低い声でうなった。「耳が遠いんじゃないだろうな？」

「そんなことないわ。あなたの声は、ちゃんと聞こえています。だってあなた、墜落現場からずっと、しゃべってばかりいたじゃないの。まさかわたしに話しかけているとは思わなかったわ。それで、何がききたいわけ？」

マイクが口をあけたとたん、枝に積もった大量の雪が落ちてきて、首のうしろを直撃した。全員が足を止め、雪を払ってやろうと手を伸ばす。

「いい、大丈夫だ」マイクは一同を押しとどめ、自分でコートの雪を振り落とした。

デボラは眉を上げた。「それはよかったわ」

マイクは顎にパンチをくらったほどの激しい罪悪感に襲われた。父や息子の顔を見ることもできない。ふたりとも、うんざりした表情を浮かべているだろう。それどころか、マイクは自分自身にも嫌気が差していた。デボラに対して、なぜここまで喧嘩腰《けんかごし》になっているのか、自分でもわからなかった。こんなにひどい天気のなか、どう考えても尋常でない距離を歩いてきて、ジョニーの捜索に協力してくれているというのに。超能力が役に立つと思えないにしても、一緒にさがしてくれてありがたいと感謝するべきなのだ。

「すまない」マイクはぶっきらぼうに言った。「ひどい態度だった。弁解の余地もない」

「いいのよ。みんなのストレスは半端じゃないもの」デボラの口調が柔らかくなる。「あなたがどんな思いでいるのかは想像もつかないけれど、ちゃんと手を貸してあげるから」

長い沈黙のあと、マイクは体を震わせながらゆっくりと息を吐いた。今度はマイクが目に涙を浮かべる番だ。

「少し休ませてくれ」ジェームズがふいに声をあげた。

「僕もだ」エヴァンも言い、雪の積もった倒木に座りこんだ。ジェームズが茂みに入っていく。

デボラはバックパックを下ろして座り、頭をのけぞらせて木の根元にもたれた。ベッドを出てから何時間たつのだろうかと疲れた頭で思い返し、目を閉じる。

マイクは目をそむけようとしたが、うまくいかなかった。ハート形の顔の輪郭や黒々としたまつげに目が吸い寄せられていた。まつげに縁取られている瞳は混じりけのない青で、とても印象的だった。コートのフードからのぞく髪を最初に見たときはグレーか白髪だと思っていたが、近くでよく見ると、ごく淡いブロンドだ。マイクは口元に視線を移し、きれいなカーブを描いている唇に目をとめた。そのあいだにも雪がデボラの肌とまつげに舞い落ちる。その雪が溶けていかないことに、マイクはふと気づいた。体が冷えきっているのだと、ようやく思いあたる。彼女の言ったとおりだとすれば、墜落現場に来るために、まだ暗いうちから山道を下り始めたはずだ。それからくるりと向きを変え、ろくに休みもせず、体を温める暇もないままジョニーの捜索に出たのだった。気丈なデボラに引きかえ、自分の態度は最悪だ。恥じ入ったマイクは彼女に近寄り、かがみこんで目の高さを合わせた。

マイクが近づいてくる足音は聞こえたが、デボラはそちらを見ようともしなかった。だが、指が顔に触れてきた瞬間、ぱっと目を見開いた。マイクの瞳に映った自分の姿が見えるほど、顔がすぐ近くにあった。デボラはいぶかしく思い、とっさにマイクの手を押しのけた。「何してるの？」

「冷えきってるな」

デボラは眉を寄せた。「だったら何？」

マイクがため息をついた。「おれの荷物のなかにコーヒーがあるんだ。魔法瓶に入ってるから、まだ熱いと思うんだが。飲まないか？」

デボラは震えそうになるのをこらえた。防寒着に身を包んでいるとはいえ、コーヒーはまさしく天の恵みにも等しい。

「ええ、いただくわ。ありがとう」

マイクは大急ぎでバックパックをかきまわし、小型の魔法瓶を取りだすと、蓋《ふた》と兼用のカップに中身を注《つ》いだ。

「言うほど熱くないかもしれないが」デボラにコーヒーを手渡す。

手袋に包まれた手を震わせながら、デボラはカップを唇に運んだ。ひと口すすって目をつぶる。温かい液体が喉を流れていったとき、ゆったりとした喜びにため息がもれた。家ではシロップ並みに甘くなるまでコーヒーに砂糖を入れるのだが、これも実においしい。

「ああ、最高」デボラは声をあげ、コーヒーが冷めてしまわないうちに残りを急いで飲んだ。空になったカップをすぐに返す。「あなたの分も残せばよかったわ」

「構わないよ。今朝たっぷり飲んだから」

それから、マイクは当惑顔で言った。

「あんた、本物なのか？」

デボラは穏やかに笑った。

マイクはいきなり殴られたような気がした。デボラの笑顔は内側から輝いているかのようだった。

「ええ、本物よ」デボラが答えたとき、ジェームズが茂みから戻ってきた。デボラは体を起こし、荷物を取りあげた。「もう行かないと――」

目の前の景色が消えうせるのと入れかわりに、小さな男の子の姿が見えた。ホイッスルを唇にあてて吹こうとしている。鋭い音が二度、響いた。その後は何も聞こえない。デボラは、はじかれたように立ちあがった。コートの内側に入れていたエルモの縫いぐるみを無意識のうちに握りしめ、この光景がどこから来たのか見定めるかのように、ぐるぐると歩きまわりだした。

マイクはデボラと同時に飛びあがった。デボラを囲む男たちはみな、彼女の妙な行動にめんくらっていた。

「なんです、どうしたんですか？」エヴァンが問いかけたが、デボラはほかに人がいることさえ忘れていた。

その光景は、浮かんできたときと同じように、ふいに消えた。デボラはまばたきをした。まわるのをやめたとたん、体がふらついた。

「ホイッスル。あの子がホイッスルを吹いてる」

エヴァンの顔色が雪のように白くなった。「ああ、ジョニー」

マイクが息子の腕をつかんだ。

「なんのことだ？」

エヴァンはデボラを見すえた。「すごい、そんなことまでわかるなんて。まぐれで言いあてられるようなものじゃないのに。あなた、本物なんですね」

「そう言ったでしょう。あのホイッスルはなんなの？」

「息子が三歳のときにあげたんです。スーパーやショッピングモールなんかで迷子になったら、パパが見つけるまでずっと吹いていろと言って」

マイクは言葉も出ないほど驚いた。それでも超能力など信じられない。何か仕掛けがあるはずだ。

ジェームズがエヴァンを抱きしめた。「さあ、ジョニーを迎えに行こうか」

三人が注目するなか、デボラは妙な行動を取り始めた。何歩か斜面を下っては足を止め、山の上を見つめながら引き返してくるのだ。それを何度も繰り返している。マイクがデボラの腕をつかんだ。「何してるんだ?」

デボラは麓《ふもと》を見下ろし、眉をひそめた。「おかしいわ」

エヴァンもまた不安になってきた。「何がです?」

「あのふたり、同じところを堂々めぐりしている」

「そんな」エヴァンがつぶやいた。

「歩く方向を間違えているわ」デボラは小声で言った。

「どういうことだ?」マイクがたずねる。

「雪が降って、太陽がどちらにあるのかもわからなくて、混乱したのね」

「混乱? 混乱って、どういうことなんだ」

デボラが指を差した。「上よ。下に向かうんじゃなく、上へ行っているわ」

「まさか」ジェームズが声をあげた。「上りと下りを間違えたりするものか」

しかしデボラは男たちの声に耳を傾けようともしなかった。また振り返ったとき、引き寄せる力を感じた。理由はわからないけれど、あの女性と子供は下ではなく上へ向かっている。それだけではない。家族には黙っているけれど、ふたりの体調が変化したのも感じとっていた。凍死しかけているのか、まだ見えない要因のせいで危険にさらされているのか。はっきり言えるのは、大至急ふたりを見つけなければいけないということだけだ。さもないと手遅れになってしまう。

「こっちよ」デボラはなんの前置きもなく言って歩きだした。

「おい、待て！」マイクが叫んだが、誰も聞いていない。「ああもう、しょうがないな」小さく吐き捨て、みんなのあとについて歩きだした。


目を覚ましたモリーは、自分がどのくらい眠っていたのかわからなかったが、とにかく寒さと静寂に包まれていることは即座に悟った。肩も脚も背中も痛い。墜落から時間がたつにつれて、具合が悪くなるばかりだ。

ジョニーが腕のなかで体を丸めている。ジョニーの息が頬にあたって暖かい。寝る前に吹いていたホイッスルがパーカの外にぶらさがっている。モリーはホイッスルを手に取り、自分の唇に近づけた。すでに冷えきっていた唇に金属製のホイッスルをあてたとたん、あまりの冷たさにぞっとしたものの、ジョニーがやったように軽く吹いてみた。それでもジョニーは身動きもしない。モリーは愕然《がくぜん》とした。手のひらをジョニーの頬にあて、軽く叩《たた》いてみる。

「ねえ、ジョニー、おなかすいてない？　起きて何か食べない？」

ジョニーは口のなかで何かつぶやいたが、目は閉じたままだった。

モリーの心臓が止まりそうになった。どうして起きないの？　起こさなければ。モリーはジョニーを軽く揺さぶり続けた。

「ジョニー、ねえジョニー？　聞こえる？」

ジョニーがうなずいたが、まだ目をあけない。「寒い」小さな声がした。

「そうね、わたしもよ」ジョニーをさらに抱き寄せ、ふたりの体にかけた毛布をかきあわせる。「少しは暖かい？」

ジョニーがまたうなずいた。

起きて体を動かすほうがいいような気もしたけれど、結局モリーは何もできずにいた。外を見て、まだ雪が降っているか確かめようかとも考えたが、ジョニーに寒い思いをさせてしまいそうで、それもできなかった。モリーは低体温症についても、一時しのぎの隠れ家が墓穴になる危険性についても、まったく思い至らなかった。

「ホイッスルを吹いて」ジョニーがぽつりと言った。

「わかったわ」モリーは答え、ホイッスルを短く吹いた。もう、しょうがない。捜索隊がこの音を聞きつけ、あの人殺しよりも先に来てくれるかもしれない。

木の枝と雪のせいで音が響かないように思えたので、モリーはもう一度吹いてからホイッスルを落とした。

「もっと吹かなきゃ」ジョニーが小さな声で言った。「迷子になっても、ホイッスルを吹けばパパが見つけてくれるんだから」

モリーの心臓がねじれあがった。わたしたちは、ただ迷子になっているだけじゃない。このホイッスルで窮地から脱出できるなら、どんなにいいだろう。

「モリー」

「なあに？」

「僕たち、まだ迷子になってるの？」

モリーは涙をこらえた。「ええ」

「ホイッスルを吹けば、パパが見つけてくれるよ」

なんと答えればいいものか、まるで思いつかない。何が言えるだろう。そんな可能性はほとんどないなんて、言えるわけがない。ジョニーの頭のてっぺんをぽんぽんと軽く叩き、パーカのフードを目深に引きおろしてやる。

「もうちょっと休んだら、また歩かなきゃね。いい？」

「うん」か細い声でジョニーが言った。

モリーはジョニーをかき抱き、目を閉じて祈り始めた。将来やりたいことがたくさんあったのだけれど、この山で一生を終える可能性が、ますます現実のものとなりつつある。モリーは自分とジョニーのために祈った。それからホイッスルを口にあてて吹いた。

「あと数分したら、起きて歩くからね」モリーは念を押した。

だが返事はなかった。まもなく、モリーは自分で言ったことも忘れ、眠りに落ちた。

ダレン・ウィルソンの体は、一歩進むごとに震えた。とにかく座りこんで、何もかも投げだしてしまいたい。救助されようと、凍死してしまおうと、どうだっていい。どっちにしても、それでけりがつく。もう終わりにしてしまいたい。死んでしまえば、二十五万ドルあまりの金を返せと催促してくるアルフォンソ・リベーラに脅される必要もなくなる。リベーラに殺される家族のことも気に病まなくていい。いなくなった女と子供のせいで、絶体絶命のピンチに立たされるのではないかと心配することもない。

雪に埋もれていた大きな棒を踏んでしまい、ダレンはぎょっとした。銃声のような音が響いたからだ。地面に目を向ける。たどってきた足跡は、ほとんど消えかけていた。

「ああ……このまま終わらせないでくれ」ダレンは声に出して祈ったが、すぐに思い直した。あんなことをしでかしておいて、願いがかなうものか。

その場で立ちつくしていたとき、何か音が聞こえたような気がした。ダレンは顔をしかめた。審判の笛のようだが見当もつかない。だが、その音はまた聞こえた。どこか上のほうから聞こえてきた。なんだかわからないが、動物の鳴き声とは違う。残された道はふたつしかない。先へ進むか、倒れて死ぬかだ。こんな恐怖心など捨て去ってしまいたいが、やはり死ぬのは恐ろしい。あんなことをしでかした人間は天国へ行けないからだ。地獄などというものがあると本気で信じているわけでもないが、確かめてみたいという心境にもなれなかった。

音が聞こえてきたと思われる方向を目指し、ダレンは斜面を上りだした。

ついに情報が公開された。飛行機の乗客のうち三人が、墜落現場から消えている。まだ機体が空中にあったときに放《ほう》りだされ、遠くに落ちてしまったのか、それとも、死なずに森のなかをさまよっているのかは誰にもわからない。いまのところ、当局が把握している情報は、三人がいなくなったということだけだ。

現場には連邦航空局の捜査官や航空会社の関係者、そして郡と州当局の人間が顔をそろえていた。付近一帯を封鎖し、捜索隊を出したのが昼過ぎだ。

オライアン家の男たちは朝早くから山に入っていたが、トニー・デヴローのもとには、まだなんの連絡もない。捜索隊の報告によると、山の上のほうでは雪がひどく降っているらしい。三人の乗客が消えた理由は説明しようがないが、たとえ可能性がゼロに等しくても、オライアン家の男たちは何がなんでもジョニーをさがそうとするだろう。ジョニーが見つかるならば生きた姿であってほしいと、トニーはひたすら祈った。

とはいえ、こちらは連邦航空局の捜索隊とは別なので、何をしていようとトニーの関知するところではない。

「おい、デヴロー……これはどこに置いてもらおうか？」

トニーは顔を上げた。保安官代理が、カーライルから来たおおぜいの人々を引き連れている。捜索隊のための食べものや簡易ベッド、毛布を持ってきた人々だ。トニーは手を振って備品の設置場所を指示すると、そちらへ歩いていく人々の列を眺めた。

数時間後、トニーはまだ墜落現場にいた。携帯型の無線機で捜索隊と交信しながら情報をやりとりしたり、捜索の終わった区域から順に、地図に印をつけたりしていた。夕方遅くには、墜落現場から半径八キロ以内の捜索は完全に終わっていた。だがその後は闇《やみ》が深くなり、捜索を中断せざるをえなくなった。

捜索隊の一部はその場にキャンプを設営して休み、夜明けとともに捜索を再開することとなった。野営用の準備をしていなかった隊員は、捜査本部に戻らなくてはならない。

トニーのもとには、まだオライアン家の男たちからの連絡は入っていない。足跡を見つけたという捜索隊の報告だけだ。トニーの頭を悩ませる報告もあった。オライアン家の男たちが方向を変え、山麓《さんろく》ではなく山頂方面へ向かったというのだ。だがトニーにとって、この報告を吟味する暇はなかった。一人前の大人が自分の意思で山に入ったのだ。自分のことは自分でやってもらうしかない。

笛のような音はもう聞こえないが、ダレンは不自然な角度に曲がった脚を引きずって走り続けた。だがついに、たどっていた足跡が消えた。もうしばらく走ってはみたものの、低く垂れさがっていた針葉樹の枝に、まともに鼻をぶつけてしまった。もう折れていたらしい鼻から、また血が出てきた。

苦痛に叫び声をあげたダレンは、顔を両手で押さえ、雪のなかにあおむけに倒れこんだ。鼻から流れ落ちた血がコートの前にしみていく。ダレンは手で雪をすくって鼻柱に押しあて、出血が止まるよう祈った。手のなかの雪が溶けると、また雪をすくって鼻にあてる。三回目に雪をあてたとき、ようやく血が止まった。

「こんちくしょう」ダレンはつぶやき、たっぷりの雪で顔と手袋の汚れを落とそうとした。

鼻で息ができない。けがをしていた下唇も腫《は》れあがり、上唇に覆いかぶさっている。空腹でふらついており、すぐに何か食べなければ身が持たないだろう。

ダレンは立ちあがり、あてもなく歩きだした。動き続けなければ死んでしまう。歩いていくと、何か真っ赤なものが目の隅に見えた。ここから一メートルほど下がったところの雪のなかから何かが突きでている。足を止めて目をこらしてみると、またしてもスナックの包み紙らしい。あの女と子供が捨てたに違いない。勘を頼りに追ってきたが、やはりこっちの方向で正解だったのだ。ダレンは赤い色を目指して進んだ。

斜面を下ろうとして足を滑らせたが、とっさに細い若木をつかんだので、それ以上は落ちずにすんだ。かすかに見えていた赤い色のそばまで来て、ダレンは目を疑った。そこにあったのは、包み紙だけではなかったのだ。グラノラ・バーが一本まるごと落ちている。ふたりの荷物からこぼれたのだろう。ダレンは泣きそうになりながら包みを破いた。雪をしのぐため木にもたれて座りこみ、最初のひと口をかじる。グラノラ・バーをかんだとたん、涙がこぼれた。ナッツとオートミールとレーズンを、これほどおいしいと思ったことはない。

ダレンは口の片側でグラノラ・バーを三回かみ、反対側でまた三回かんでからのみこんだ。何年もセラピーに通っているのに強迫性障害の症状が治まらないのを、ダレンはまるで気にとめていなかった。

だがグラノラ・バーを食べ始めたとき、いままで忘れていた小さな問題に直面した。口の左側でかむと、ひどく痛む。右側でかめばずっと楽なのだが、強迫性障害のせいで、左右両方でかまずにはいられない。痛みをこらえながら少しずつグラノラ・バーをかじり、三分の一まで食べたときには泣き声をあげていた。

ダレンは口に含んだ雪を舌で溶かし、その水で口をゆすいだ。口を三回ゆすぐと、べたべたと歯にくっつく感触がなくなった。しかし、歯がきれいになったからといって、彼自身の問題が解決するわけでもない。

ダレンがひどくギャンブルにのめりこんだのは、同じものに三回賭けないかぎり、違うことをする気になれなかったからだ。チップも三倍よけいに置いた。何か口に入れたら、のみこむ前に左右三回ずつかまないといけない。酒を飲むときもそうだ。飲みたくなくても三杯ずつ注文し、全部飲んだ。そうしなければ、完全に世界が崩壊してしまうのだ。

実際、もう何時間も前から、ある考えがダレンの頭のなかで煮詰まっていた。パトリック・フィンを殺した。あと二回やると、ぴったりだ。あの女と子供を見つければいい。それで数が合う。ダレンはようやく腰を上げ、追跡を再開した。だが、それまで自分が斜面を下っていたのではなく、上がっていたのを忘れてしまった。そのまま、三百メートルほど下の大きな針葉樹に視線を注ぐ。枝は地面につくほど垂れさがっていた。根元に這《は》いこんでいけば、人間だろうと動物だろうと雪をしのぐことができるだろう。

グラノラ・バーで元気を取り戻したダレンは、針葉樹の下でどんな種類の動物にでくわしてもいいように覚悟を決めて歩きだした。暗くならないうちに、木の根元へ入ってしまいたかった。

暗くなってからも、デボラはバックパックから懐中電灯を出して歩き続けた。ジョニーたちが通った跡をさがそうと下ばかり向いており、目の前をろくに見ていなかったので、枝に顔をぶつけてしまった。

思いがけないできごとに、デボラは尻もちをついた。両手で顔を覆った瞬間、懐中電灯を飛ばしてしまう。

「ああ……痛い……」目に涙を浮かべてつぶやいた。

マイクはデボラのすぐうしろにいた。枝に気づいたのは彼女が転ぶのとほぼ同時で、なんの助けにもなれなかった。デボラが枝にぶつかる音を聞き、倒れてくる体を支えようとしたが間に合わなかったのだ。マイクは倒れたデボラのそばで両膝をつき、かがみこんだ。

「デボラ、大丈夫か?」

デボラはなんとか上体を起こし、また顔に手をやった。目に涙がにじみ、針葉樹の枝を引っかけた頰はひりひりしている。あと三センチも背が高かったら鼻を骨折していただろう。鼻は無事だったが、眉のすぐ上にこぶができているようだ。

「どうしました?」エヴァンも地面に膝をついて問いかけてきた。

「超能力だなんて、たいしたものよね」デボラは低い声で吐き捨てた。「目の前の枝も見えないくせに」

痛くても軽口を叩くデボラに対して、マイクの見方も変わっていった。

「立てるか？」

「枝にぶつけたのは膝じゃなくて鼻よ。立てるに決まってるでしょう」いらだたしげにデボラが言った。

マイクは含み笑いをした。森のなかはすっかり暗くなり、目の前にかざした手も見えないほどだが、デボラの焦燥と皮肉めいた気分は自分のことのようによくわかる。

「親父《おやじ》……デボラの懐中電灯を拾ってくれ」

ジェームズが雪のなかに落ちた懐中電灯をさがす一方、エヴァンとマイクはデボラを助け起こした。ジェームズから懐中電灯を手渡されたマイクは、いきなりデボラの顔を照らした。驚いたことに、デボラは顔をそむけず、マイクは彼女の視線に射すくめられてしまった。今度はマイクが狼狽《ろうばい》する番だった。デボラがまばたきをしなければ、マイクの理性は飛んでいったきり戻ってこなかったかもしれない。

「血は出ていない」エヴァンが言った。

「不幸中の幸いってことで、喜んでおいたほうがいいかしらね」デボラは懐中電灯を受けとって荷物を背負い直し、もう枝にぶつからないよう身をかがめて通った。

マイクも自分のバックパックを揺すりあげ、自分の懐中電灯を左手から右手に持ちかえると、デボラについて歩きだした。

「暗くて歩けないな」ジェームズがぼやいた。

デボラは答えなかった。

マイクは父親を振り返り、肩をすくめた。何分か歩くうちに、今度はマイクが声をあげた。「自分の進む方向も見えない」小さく声をもらす。

デボラが足を止めた。腹立ちまぎれに、懐中電灯の光を後続の三人に向ける。三人とも、なかなか見ごたえのある格好だ。最年長のジェームズの顔には、伸びかけの不精ひげに雪と氷が凍りついている。黒かったはずのエヴァンの眼帯は幾重にも霜がつき、青白い顔色と見分けがつかないほどだ。マイクの頬は、怒ったように赤く染まっている。凍てつく冬の風のせいだろう。もっとも、にらむような目つきは、あいかわらずだった。

デボラはため息をついた。

「三人とも、わたしが見える？」

三人は首を縦に振った。

「それなら問題ないでしょう」

「なんだって？　あんた、真っ暗闇でも見えるっていうのか？」マイクが大声をあげた。

「見えるんじゃないわ……感じるのよ。腰につけたロープをゆっくり引きあげられている感じね。引き寄せる力に従っているだけ。ジョニーを見つけたいなら黙ってついていらっしゃい。そのロープの反対端にいるのは、ジョニーに間違いないんだから」

エヴァンには、そのひとことで十分だった。ブーツの底についた雪を蹴《け》り落とし、うなずいた。「了解しました。ちゃんとついていきますから」

マイクとジェームズも、そうするしかなかった。

デボラはくるりと背を向け、ふたたび歩きだした。

うしろで何やらぶつくさ言う声が聞こえたけれど、デボラは放っておいた。わかるものは、わかるのだから。それに、どうわかるのかを説明している暇もない。

一時間も歩いたころ、デボラが急に速度を上げた。緊急事態だということは足どりを見ればわかる。男たちの誰ひとりとして説明を求める者はいなかった。ふいにデボラが立ち止まったとき、男たちも足を止め、息をひそめて様子をうかがった。

例のホイッスル。いままでずっと頭のなかに響いていたのに、もう聞こえない。それが何を意味するのか、デボラは考えたくなかった。ふたたび早足で歩きだしたが、急に立ち止まり、意識を集中させようとした。

「どうしたんだ？」マイクがたずねた。

デボラが肩を落とした。

「ホイッスルが……聞こえなくなったの」

「そんな……」エヴァンが両手で顔を覆い、その場に崩れ落ちた。まるで両膝がいきなり抜けてしまったかのようだ。

「どうすればいいんだ？」マイクがきいた。

冷静な声に、デボラはいささか驚いた。

「捜索をやめるわけにはいかないわ」

「こんなに暗くては何も見えんぞ。うっかりジョニーたちのそばを通り過ぎても気づかないかもしれん」ジェームズが声をあげた。

「わたしが気づくわ」デボラは反論した。

マイクがためらいがちに口をはさんだ。「デボラが大丈夫と言うなら、おれもさがす」

マイクが自分の肩をもったことに、デボラは意表を突かれた。だが、エヴァンのことも気がかりだ。まだ歩けるだろうか。

デボラはエヴァンのそばにかがみこんだ。げっそりとやつれたエヴァンが打ちのめされているのは、デボラにもわかった。

エヴァンが顔を上げた。デボラはエヴァンを抱きしめたい衝動に駆られた。声をあげて泣きたい心境が伝わってくる。それでも、ここであきらめさせるわけにはいかなかった。

デボラはエヴァンを抱きしめるかわりに自分のバックパックをあけ、ビーフジャーキーを手渡した。立ちあがり、ほかのふたりにも渡す。

三人が見ている前で、デボラはビーフジャーキーをもうひと切れ取りだし、食べ始めた。燻製《くんせい》肉からできるかぎりの栄養をとろうとするように、ゆっくりとかじる。

ジェームズもビーフジャーキーをかじった。たちまち、眉が満足げに上がる。「うまいな。手作りかね？」

「ええ」

「作り方を教えてもらわんとな。トゥルーディーとわたしはいつも……」妻の名を口にしたとたん、言葉がとぎれた。マイクとエヴァンにはその理由がわかった。デボラはジェームズの悲しみを察し、あえて何もきかなかった。

「簡単なのよ。わたしのレシピでよければ、ぜひ使ってちょうだい」

そう言って、エヴァンの肩に手を置いた。

「まだ歩ける？」

「もちろん」エヴァンが答えた。「止まったのはそちらでしょう。僕じゃないですよ」

デボラはエヴァンの膝を軽く叩いた。

「そう。それじゃみんな、行きましょうか」

三人が立ちあがると、デボラは向き直った。

「よく聞いて。危ないから一列になって歩いてちょうだい。わたしのあとにぴったりついて歩けば、崖《がけ》から落ちる心配もないわ」

マイクは思わず反論したくなった。厄介な仕事を女に押しつけ、自分は遠くから眺めているだけなんて、おれの性分じゃないぞ。

「わかった。だがな、超能力があるなんて言ってるそばから木にぶちあたったのは、あんただぞ」

デボラは笑いをこらえ、鼻をぴくぴくと動かした。「木じゃないわ、枝よ。それに、夜目がきかなくたって、ここはわたしが生まれ育った山なんですからね。自分がどこにいるかぐらい、ちゃんとわかるわ……だいたいね。朝まで待つほうが安全だけど、急がないとモリーとジョニーが危なそうだし。原因はわからないけれど、ふたりとの接触を保っているのが難しいの」

マイクが思いきり顔をしかめた。「あんたの言うことはさっぱりわけがわからんが、とにかく、ぴったりあとについているからな。エヴァン、おれと順番を替われ。文句を言うな」それからジェームズに顔を向けた。「親父、エヴァンから目を離すなよ」

ジェームズは孫の両肩に腕をまわし、軽く抱いた。「まかせてくれ」しわがれ声で言う。

「子守りなんて、いらないよ」エヴァンが口をとがらせた。

「ああ。おまえに必要なのは医者だ」マイクが鋭く言った。

「おしゃべりはそのくらいにして」デボラがさえぎった。「行くわよ。ちゃんとわたしの真うしろを歩いてね」

7

ジェームズ・オライアンのデジタル時計の液晶画面に表示された時刻は、真夜中をわずかに過ぎている。ジェームズはもう二度も、疲労のあまり転びかけたエヴァンを抱き止めていた。いいかげんにペースを落としてくれと声をあげそうになったとき、デボラがふいに立ち止まった。

四人で山に入ったときから、デボラはずっと、あせりを感じていた。足が冷えきっており、ずいぶん前から爪先の感覚がない。顔も氷の塊のようだ。無理に表情を変えれば顔が砕けてしまうに違いない。

切迫感に突き動かされ、デボラは後続の三人を気づかう余裕もなく歩き続けた。闇《やみ》のなかから呼びかけてくる心の声に応《こた》えていたのだ。

雪に埋もれた何かに足を取られ前のめりに転んでしまったが、枝に鼻をぶつけたときの痛みに比べればなんでもない。それに、たちどころにジェームズとマイクが両腕をつかんで立たせてくれた。鼻血が流れ、唇も切れていたが、デボラは気づいていなかった。顔が冷えきっていたせいで、血が出ていることすら感じない。

マイクは血を見てたじろいだが、何も言わなかった。ただハンカチを出して手袋を脱ぎ、デボラの上唇の血を拭《ふ》いた。それからデボラにハンカチを渡し、手袋をはめて歩き続けた。デボラは無言だったが、斜面を上りながら考えこんでいた。マイクに助け起こしてもらうのは、これで二回目だ。彼との絆《きずな》が二倍に強まったような気がする。この先どうなるかわからないけれど、三人が去ったあとは、自分自身も変わってしまうだろう。

一時間が過ぎ、二時間が過ぎるころ、デボラは不安に駆られた。どんなに急いでも間に合わないような気がする。

開けた場所に出たとき、デボラは誰かに腹を殴られたように感じた。肺のなかの空気が全部出ていった。これまで幾度となく経験した感覚だ。まるで壁に突きあたったように一歩も先へ進めない。

これが何を意味するのかは、わかりきっている。

ここにいるのだ。この闇のなか、おそらく雪に埋もれて、あの子が助けを求めている。

デボラは手を上げて男たちを制すると、懐中電灯を空き地のあちこちに向けながら、その場でゆっくりと回転し始めた。雪はやんでいたが、夜の闇は濃く、あたりを照らす銀色の月の光もない。また動きを止めたデボラは、誰にも聞こえない音に耳を傾けているかのごとく首をかしげた。

「今度はなんだね？」ジェームズがきいた。

エヴァンがふらつきながらマイクを押しのけ、デボラに駆け寄って両肩をつかんだ。その目は血走り、二日間そっていないひげには霜がついていた。口元が引きつり、唇も冷えきっているため、うまく言葉が出てこない。

「息子はどこです？」

デボラは、ほかにも人がいたのをすっかり忘れていたかのように、はっと目を見開いた。肩をすぼめてエヴァンの手から逃れる。

「ここよ。ここにいるわ」デボラはつぶやいた。「見えないけれど、わかるの。ふたりはここにいる」

「ここ？」エヴァンが狭い空き地に懐中電灯の光を走らせて声をあげた。「雪と木しかありませんが」

「ここにいるのよ！　一緒にさがして！」

マイクも闇に灯《あか》りを向けたが、見えるものといえば立ち並ぶ針葉樹だけだった。エヴァンが大声で息子を呼んだ。

「ジョニー！　ジョニー！　パパだよ！　どこにいる！」

「ジョニー！　モリー！」デボラも叫んだ。「見えないけれど、いるんでしょう！　ジョニー……ホイッスルが聞こえない！　ホイッスルを吹いて！」

モリーは夢を見ていた。そうとしか思えなかった。夢に決まってるわ。わたしの名前を呼ぶ声がするんだもの……。夢のなかで、モリーは目をあけた。しかし何も見えず、ぎょっとした。夜なのか、それとも目が見えなくなってしまったのか。

子供はまだ腕のなかにいる。けれども、ぴくりとも動かず、ひどく冷たい。モリーは声を出そうとして、何かが口に入っているのに気づいた。硬くて冷たいものが唇に凍りついている。

ホイッスルだ。

そうだわ、ホイッスルよ。

子供のかわりにホイッスルを吹いていたのだと、おぼろげに思いだした。でもジョニーはひとことも話さなくなってしまった。モリーも眠りのなかに戻りたかった。

「ホイッスルを吹いて！」

モリーはたじろいだ。

「ジョニー！　モリー！　ホイッスルを吹いて！」

モリーは眉をひそめた。予想もしなかったことだ。誰かに名前を呼ばれている。返事をしたい。助けを呼びたい。ホイッスルは、そのためのものだった。

モリーはホイッスルを吹いた。

一回。

二回。

何回も吹く。息を吸っては酸素を肺にとり入れ、唇に凍りついてしまったホイッスルを通して息を吐きだした。

デボラが息をのんだ。「いまの聞こえた？」

「ああ、聞こえた！」マイクが叫び、懐中電灯で周囲を照らした。

エヴァンが息子の名前を呼びながら、空き地じゅうを走りだした。

鋭いホイッスルの音はふたりを呼ぶ声と入り混じり、空き地にこだまして、どこから響いてくるのかわからない。

突如、デボラは直感的に、二本の倒木の下にできた吹きだまりに目をとめた。

「あそこ！」デボラは叫び、大きな吹きだまりを指さした。

男たちが駆け寄り、ひざまずいて雪を掘り始めた。デボラも反対側へまわって雪を掘った。そこがただの吹きだまりではなく、地面を覆うように大きく広げた枝に雪が積もっているのだと、全員すぐに悟った。妙なことに、倒木の幹はオークだが、雪をかぶっている枝は針葉樹だ。

マイクの心臓が跳ねあがった。これは人間の手で作られたシェルターだ。枝の様子からすると、作られてからあまり時間がたっていないらしい。奇跡を祈る一方、最悪の事態を恐れながら、マイクは必死に雪をかいた。

真っ先に突破口を開いたのはエヴァンだった。雪の山だと思いこんで勢いよく両手をついたところ、深くはまってしまい、バランスを崩して顔から雪に突っこんだ。鼻も目も雪まみれになって体を起こす。

「吹きだまりじゃない！」大声で叫ぶ。「空洞になっている。なかを照らしてくれ。照らすんだ！　暗くて自分の動きも見えない」

デボラは即座に立ちあがって反対側へまわり、暗い穴のなかに懐中電灯を向けた。そのとき、全員が黙りこんだ。これから穴の奥で目にする光景におびえながらも、背を向けられずにいた。

背筋がひやりとするような、思いがけない静寂が流れた。誰もが同じ恐怖を抱いていた。ようやくここまでたどりついたが、遅すぎたのではないか？

エヴァンの耳には自分の心臓の鼓動が激しく響いていたため、ホイッスルの音がやんだことに気づかなかった。懐中電灯の光が穴の奥を捉《とら》えた瞬間、目にしたものを、エヴァンは一生忘れないだろう。息子にあたえたホイッスルが、若い女の唇に凍りついていたのだ。

だがジョニーはどこにいる？

「ジョニー！　ジョニー！」エヴァンは叫び、雪まみれの毛布に包まれた女の体を引きだしにかかった。

すぐに子供のパーカの背中が見えた。エヴァンはパーカをつかみ、引っぱろうとした。女がうめいた。ホイッスルの鎖がジョニーの首にかかったままだと気づいて、エヴァンはぞっとした。このまま息子を引っぱりだせば、凍ってホイッスルに貼《は》りついたモリーの唇の皮膚や肉までもぎとってしまうだろう。ジョニーを助けだすには、モリーの唇からホイッスルをはがしてやらなければならない。ジョニーの首から鎖をはずそうとしたが、鎖が短すぎて無理だった。

「ああ、どうしよう……父さん……誰か……枝をどかすのに手を貸してくれ」

「わたしがやる」ジェームズが言った。吹きだまりの正面に立つと、枝の下に両腕を差し入れて力をこめ、凍った地面から持ちあげて脇《わき》へ放《ほう》り投げた。

ついに、枝と雪に覆われていたものがあらわになった。

二枚の小さな毛布の下で、女と子供が抱きあうように横たわっている。飛行機のなかで快適に過ごすために使う毛布だと、マイクにはぴんときた。女は若く、美人なのだろうが、顔の切り傷や打撲傷のせいで判然としない。

「ひどい……父さん……」顔の傷を見て、エヴァンがつぶやいた。ジョニーも同じようにけがをしているが、骨折や内臓の損傷まではわからない。それどころか、息をしているかどうかさえ、はっきりしないのだ。さっきまでホイッスルを吹いていたのは、あきらかにモリーのほうだった。「ジョニー？　聞こえるか？」エヴァンが呼びかけた。「パパだよ。約束どおり、見つけたよ。迎えに来たんだ。一緒にうちへ帰ろう」

ジョニーがかすかにまぶたを震わせたが、ひとこともしゃべらない。ぞっとするような沈黙が流れた。

「ホイッスルが唇に貼りついている」エヴァンがかすれ声で言った。

ジェームズがコートのポケットに手を突っこみ、携帯用ウィスキーボトルを取りだした。

「ほら。気をつけてたらすんだぞ。気管に入れてしまわんようにな」

マイクが目を丸くしながらボトルを受けとった。

「文句あるか？」ジェームズがきいた。「うまいケンタッキー・バーボンがいつ必要になるかわからんだろう。それに、こいつは凍らないからな」

「こっちによこしてくれ」エヴァンが言い、蓋《ふた》を手早くあけた。慎重にボトルの中身をモリーの唇にたらす。一滴ずつ注がれたウィスキーで唇が湿っていく。これならホイッスルもはずれそうだ。エヴァンはボトルを返し、自分の手袋をむしりとった。ホイッスルに触れている部分の唇をそっと押してみる。そしてついにホイッスルが落ちた。「取れた」誰に聞かせるでもなくつぶやき、エヴァンはかがみこんでジョニーを抱きあげようとした。

だが若い女にいきなり腕をつかまれ、エヴァンはぎょっとした。かなり強い力だ。予想もしなかったほど強い力でつかまれた。モリーの顔をのぞきこんだエヴァンの鼓動は乱れ、一瞬のあいだ動きを止めた。

　女が子供を守ろうと、すさまじい目つきでにらみつけてきた。エヴァンには知る由もないことだが、彼女に見えていたのは小さな丸い灯りを背にした男の黒い影だけだった。エヴァンにしてみれば、助けに来たはずの自分が恐怖の的になるとは思ってもみなかった。

「この子にさわらないで！」モリーが叫んだ。

　見ず知らずの他人が、これほどまでに自分の子供を守ろうとしてくれている。エヴァンは涙をこらえた。

「大丈夫ですよ」エヴァンはやさしく言った。「僕はエヴァン・オライアン。ジョニーの父親です」

　モリーは信じられないというふうに目を見開き、手袋をはめた手で唇のあたりをさぐった。もうホイッスルはない。モリーはさらに手を上げ、自分の顔をさわった。

「これは夢？」

「いいえ。現実です。僕たちはみんな現実ですよ。もう大丈夫。助けてあげますから。体の具合は？　けがで動けなくなったんですか？」

「いいえ」モリーはそう答えたあと、ジョニーに顔を向けた。「でも、この子の様子が変なの。何もしゃべらないし」

エヴァンは息子を見下ろし、黙って抱きあげた。頬を合わせ、じっと抱きしめる。この脚の長い子供が自分の息子だとは、とても信じがたい。別れたときは、よちよち歩きの赤ん坊だったのに。

「ジョニー、聞こえるか。パパだよ」ジョニーは冷えきっていた。身動きもしない。恐怖のあまり、エヴァンは息子を強く抱きしめた。「温めないと」

「わたしの家が近いわ」デボラが言った。

「本当ですか」エヴァンがきいた。

「ええ。一時間もかからないわ」

「では、行こうか」ジェームズが体をかがめてモリーを助け起こし、ふたりの荷物をかついだ。

モリーは脚に体重をかけたとたん、悲鳴をあげた。

「おれはマイク・オライアン。ジョニーの祖父だ」マイクが肩を貸して言った。「よかったら、おぶっていこうか?」

「いいえ、歩けます。寒くて体がこわばってるだけですから」モリーが答えた。

マイクが振り向くと、こちらをじっと見つめていたデボラ・サンボーンと目が合った。

「やったな」マイクは穏やかに言った。「たいしたもんだ。あんたのおかげで、息子は正気を保てたし、孫も死なずにすんだ」

「まだ安心できないわ」デボラが首を振った。「温めないと」

マイクは視線をやわらげ、デボラの頬についた雪を払ってやった。「そうだな。世話になるよ」

「おまえの友達のトニーは？　ふたりを発見したと、連絡を入れたほうがいいんじゃないか？」ジェームズがたずねた。

「森のなかじゃ携帯電話は使えないわ」デボラが言った。「わたしの家からかけるしかないわね」

マイクがうなずいた。振り返ってエヴァンに顔を寄せる。

「ジョニーはおれが抱いていこう」

だがエヴァンは断った。「ありがとう、父さん。でも、自分で抱いていくよ」

マイクは苦い顔をした。「助けがいるときは、いつでも言えよ」それから父親に目をやった。「行こうか」

ジェームズが首を縦に振った。「いつでもいいぞ。早く火にあたろう」

マイクはモリーを支えて歩けるよう、脇に腕をまわした。

「しっかりつかまってろよ」やさしい声で言う。

モリーが泣きだした。

マイクはたじろいた。「どこか痛くしたか？　もしよければ――」

「いいえ、違うの」モリーが言った。「痛いわけじゃないんです。ほっとしただけ。助けに来てもらえたのが信じられなくて」

マイクはデボラに顔を向けた。「彼女がいなければ無理だったな」大きな青い瞳と赤くなった頬をじっと見つめる。冷えきった頬には皮膚の奥にまで達するほどのあかぎれができていた。

「案内してくれ、美人さん。ぴったりついていくから」

デボラは無言で家を目指したが、心は満たされており、歩くにつれて足どりも軽くなっていった。みんなジョニーを心配しているけれど、もう大丈夫だろう。必要なのは休む場所と乾いた服と温かい食べもので、いずれもあと三キロ程度のところで待っている。歩き続けるデボラの頭のなかで、マイク・オライアンの言葉がこだましていた。美人さん。美人さん……。家の敷地に入ったときには、その言葉が胸の奥底にまでしみ渡っていた。

木々のあいだからもれてくる灯りを目にして、マイクが最初に声をあげた。

「灯りが見えたぞ！」

「もうすぐよ」デボラが言った。「あと百メートルも行って庭を抜ければ、うちの裏口だから」

「よかった」エヴァンが声をもらした。「ジョニーの息が顔にあたるのはかろうじてわかりますが、抱きあげてから何もしゃべらないので」

長かった旅も終わりに近いと実感し、安堵《あんど》したモリーの目に、また涙がにじんだ。

ジェームズはエヴァンとジョニーだけを見つめながら、最後尾を黙々と歩いている。

庭のなかほどまで来たとき、犬が吠《ほ》えだした。

デボラは、すすり泣きそうになるのをこらえた。パピー。もうすぐ家だ。数秒後、デボラは濃褐色と白の毛並みの立派なコリー犬に押し倒されそうになった。

「こら、パピー……はいはい、ただいま。お客さんがいるんだから、いい子にしてね」

犬はデボラにまとわりついたあと、先に立って家のほうへ走り、すぐに戻ってきてじゃれついた。ようやく裏口のポーチにたどりつくころには、ひとり残らず精も根もつきはてたような状態になっていた。灯りを目にした時点で全員が感きわまって緊張の糸が切れてしまい、庭を突っきって裏口まで行くという、ただそれだけのことですっかり消耗し、最後は脚を引きずって歩く始末だった。

網戸で囲ったポーチに上がると、デボラは裏口の扉をあけて家に入り、戸口の脇に立って一同をなかへ通した。いきなり、屋内の暖かな空気に包まれる。思いがけない心地よさに、誰もが大きなため息をもらした。パピーはどこかお気に入りの物陰に消えた。デボラの帰りを待っていた屋外より、ずっと暖かい場所だ。

「暖房には何を使っているのかね？」みんながバックパックを下ろし、コートやブーツを脱ぎ始めたとき、ジェームズがたずねた。

「プロパンよ。壁面ヒーターもいくつかあるし、居間は床暖房になっているわ。暖炉もあるの」

「天国みたいですね」エヴァンが言い、広いキッチンの隅のソファーに息子を寝かせた。

「父さん、手伝ってくれ」そう声をかけ、ジョニーのパーカとハイキング・シューズを脱がせ始める。

マイクはすでにモリーを椅子に座らせ、コートと靴を脱がせるのに手を貸していた。自分のブーツを脱ごうとしたときエヴァンに呼ばれ、コートを扉のそばに脱ぎ捨てると、急いでそばに行った。

「床が……。そこらじゅう雪だらけにしてしまった」ジェームズが言い、バックパックを下ろして扉を閉めた。

デボラは壁のフックにコートをかけると、床に座りこんでブーツを脱いだ。ジェームズは前かがみになってデボラを立たせ、これ以上ないくらいほど強く抱きしめた。

「きみは曾孫《ひまご》の命の恩人だ。わたしたちみんな、心から感謝しているよ。感謝してもしきれないが、とにかくありがとう。本当にありがとう」

「どういたしまして」デボラは言い、ジェームズの腕から逃れてモリーに近寄った。モリーはぼんやりしていた。部屋が暖かいうえ、状況ものみこめていないのだろう。デボラはモリーの正面にひざまずき、顔の切り傷や打撲傷を丹念に見た。傷は浅いようだが、確信は持てない。

「モリー……わたしはデボラよ。わが家へようこそ」

モリーが深々と息を吸い、ただひたすら涙を流した。「もうだめかと思いました」

デボラはモリーの両手を取り、自分の手で温めだした。

「わたしの寝室に行きましょう。大きなバスタブにお湯を張るから、つかるといいわ。体を温めないとね。コーヒーが入ったら、すぐ持っていくわ」

モリーがうなずくのを見て、デボラはジェームズに顔を向けた。

「収納庫にスープの缶があるの。そのドアの向こうよ。お鍋《なべ》はシンクの右側のキャビネットにあるわ。缶切りはキャビネットの上。パン入れの隣ね。こんろはガス式よ。モリーをお風呂に入れてくるから、みんなの分のスープを温めてくださる?」

「承知した」ジェームズは答え、収納庫に入っていった。

大男が狭い収納庫をどかどかと歩きまわる音に、デボラは笑みを浮かべた。オライアン家の男の特徴でひとつわかったのは、責任をあたえられると張りきるところだ。デボラは力を振りしぼってキャビネットに向かった。ポットに汲《く》んだ水をコーヒーメーカーに流しこみ、手早くコーヒーをはかってフィルターに入れる。ぱちりとスイッチを押すと、たちどころにコーヒーの抽出が始まり、いい香りがキッチンに漂った。

デボラはモリーの様子をうかがってから、急ぎ足でソファーに近づいた。マイクとエヴァンがジョニーの面倒を見ている。

「エヴァン、廊下を突きあたって左に、もうひとつ浴室があるわ。バスタブにぬるま湯を張って、ジョニーを入れなさい。体が温まってきたら、少しずつお湯の温度を上げていいわ」

言われるそばから、エヴァンはジョニーのジーンズを脱がせ始めた。つのっていく恐怖に声が震える。「体が冷えきっている」

「だからぬるま湯を使うんだ」マイクが言った。「サバイバル訓練を覚えてるか、エヴァン。少しずつ温めてやるんだぞ」

エヴァンがうなずいた。「わかった」ジョニーの最後の服をはぎとる。

身じろぎもしないジョニーの体を見た瞬間、全員に衝撃が走った。

「ひどい……あざだらけだ。あの傷」マイクが言った。

「墜落のとき、どんな目に遭ったんだ」エヴァンは涙を隠しもせず、息子を抱きあげた。

ジョニーはぐったりとしたまま、死んだように動かない。まだ危険が去ったわけではないと痛感し、エヴァンはおびえた。「浴室は廊下のつきあたりですね？」

「ええ。隅のキャビネットにタオルがたくさん入っているから。自由に使って」

「お湯を張っておこう」マイクが言い、先にキッチンから駆けだした。

デボラはモリーのそばに戻り、肩を貸して立ちあがらせた。

「いらっしゃい。あなたも温まらないとね」

モリーは助けだされた安堵が全身に広がっていくのを感じた。デボラに支えられて廊下を歩いた。

「暖かくて気持ちいいのに、震えが止まらないんです」

「体が冷えすぎているのよ。低体温症ね。あのときジョニーとあなたを見つけていなければ、手遅れになっていたかもしれないわ」

ふたたびモリーの目に涙があふれた。「わたしのせいで、ふたりとも死にかけたんですね。ジョニーは大丈夫でしょうか？」

「きっと大丈夫よ」デボラはモリーと一緒に寝室を抜け、奥の浴室に入った。

服を脱ぎ始めたモリーに背を向けて、デボラはバスタブにお湯を張った。あまりにも多くのできごとに見舞われたせいで、モリーは恥じらう余裕もなかったが、デボラの気づかいは身にしみた。適度な温度のお湯が十分にたまると、デボラはコックを閉じた。

「さあ、どうぞ」そう言ってモリーの体を支え、湯を張ったバスタブに入らせる。

「ああ、あったかい」モリーがうめいた。

モリーがゆっくりとバスタブに体を沈める。デボラ自身も温かいお湯につかりたくてたまらなかった。

「体を洗うタオルと石鹸《せっけん》はここよ。使えるようになったらどうぞ。でもその前に、ゆっくりお湯につかって温まるほうがいいわね。ほかに何か必要なものがある？」

モリーがデボラの手を握りしめた。

「どうやってわたしたちを見つけてくださったのかわからないけど、本当にありがとうございました」

「お礼なんていいのよ」そう言ってから、デボラはそばの踏み台に腰かけた。「ひとつきいてもいい？」

「なんでしょう」

「どうして飛行機から離れたの？」

モリーが目を大きく見開いた。「わたしったら……忘れるところだったわ……信じられない」

「忘れるって、何を？」

「ジョニーとわたしは……殺人の現場を見てしまったんです」

デボラは息をのんだ。別の足跡！　ふたりが危険にさらされていると思った理由に、ようやく納得がいった。

「何を見たの？」

「生き残った男が、ほかの男の人を殺したんです。わたしたちも生きていて、あれを見たってことが知られたら、ふたりとも殺されると思いました」

デボラは呆然《ぼうぜん》とした。「なんて恐ろしい。ジョニーも見たのね？」

「はい。それで逃げたんです。わたしだけなら、何も見なかったとあの男に信じこませることもできたでしょうけど、ジョニーは無理だろうし。あの子、殺人事件を目撃しただけじゃないんです。お祖父《じい》さんとお祖母《ばあ》さんが亡くなられたと知ったとき、わたしにきいてきたんですよ。悪い人に殺されちゃったのかって」

ふたりとも、なんとひどい目に遭ったのだろう。デボラはぞっとした。それにしても、モリーの落ち着いた対応はたいしたものだ。こんなに若いのに、非の打ちどころのない対処をしている。

「それで、どうしたの？」

「男が客室から出ていくのを見はからって、ジョニーと一緒に逃げました。備品のスナックや毛布を持って、大急ぎで逃げたんです。雪が降りだしていました。わたしたちが逃げたと男に気づかれる心配はあったけれど、雪で足跡が消えてしまう可能性に賭《か》けたんです。飛行機を離れるのは危険だとわかっていましたが、あの場にとどまって運を天にまかせるわけにもいかなくて」

「殺された人が誰だかわかる？」

「そこまでは。でも、その人も犯人もわたしの前の席に座っていました。離陸してからずっと言い争う声が聞こえました。犯人は何か金銭的な問題をかかえていたみたいです。もう一方の男性も、そのことを知っていたらしくて。どうして知られたらまずいのか、よくわかりませんが。その後、飛行機が墜落したんです。意識を取り戻したとき、その男がもうひとりの首を絞めていて……口を封じようとしたんでしょう」

「ひどい」デボラは声をあげ、立ちあがった。「みんなに知らせたほうがよさそうね。いいでしょう?」

モリーが首を縦に振った。

「すぐ戻るわ」そう言い残し、デボラは足早に出ていった。

エヴァンは上半身裸でひざまずき、ぐったりしたジョニーをぬるま湯のなかで支えていた。疲労で筋肉が震えているが、息子を人まかせにしたくはなかった。マイクがバスタブに熱い湯を少しずつ足しながら、血のめぐりがよくなるようジョニーの脚をさすっている。そのとき、ジョニーの意識が戻ってきた。まぶたがぴくりと動いたあと、うめき声がもれた。

「父さん！　気がつきそうだ」エヴァンが叫んだ。

「何か言ってるぞ。なんだろう」マイクがきいた。

「ホイッスルを吹いて」ジョニーが小さな声で言った。

エヴァンは喉の奥のしこりをのみくだし、ジョニーをかかえあげると裸の胸に抱きしめた。頬にキスをする。

マイクがジョニーの体をタオルで包んだ。

「もう大丈夫だ、がんばったな。パパだよ。おまえを見つけてやったからな。ちい祖父ちゃんも一緒だ。みんないるぞ。もう何も心配しなくていい」

ジョニーが眉を寄せ、目を開いた。エヴァンは息を詰めた。眼帯と顔の傷が息子をますます怖がらせてしまうのではないかと、不安に駆られた。

「パパ？」

エヴァンはうなずいた。「ああ、そうだよ。パパだ。ちょっと見た目が——」

「パパは絶対に来てくれるって、モリーに言ったんだ。ホイッスルを吹いたらパパが来るって。本当に来てくれたんだね！」ジョニーは思いきり腕を伸ばし、エヴァンの首にしがみついた。

エヴァンは胸が詰まり、何も言えなかった。

「おい、ジョニー、マイク・パパだぞ」マイクが孫の背中をやさしくさすった。

ジョニーはエヴァンの肩ごしにマイクに笑いかけた。それからふいに、自分が見慣れない場所にいると気づいた。

「ああ。おまえを見つけるのに手を貸してくれた、やさしい女の人のうちだ」エヴァンが答えた。

「ここ、うちのなか?」

ジョニーの顔が曇った。「モリーはどこ? 悪いやつに殺されちゃったの?」

エヴァンは息子を胸から離し、知らない人間でも見るような視線を注いだあと、父を見上げた。

マイクもエヴァンと顔を見あわせ、肩をすくめた。

そのとき、浴室のドアをノックする音がした。デボラだ。

「話があるんだけど」

エヴァンがジョニーの体をタオルでしっかりと包み直す。マイクがドアをあけた。

「ジョニーの意識が戻った」マイクが言った。

デボラがマイクの肩ごしにのぞきこむと、ほっそりした顔と青い目の子供が見えた。

「よかったわ」それからマイクの肩に手をかけ、はっきりと言った。「あなたがたに話があるの」

マイクが顔をしかめた。「どうしたんだ?」

「ジョニーが話したかもしれないけれど――」

「悪いやつのことか?」

デボラが目をみはった。首を縦に振る。

「いま聞いたばかりだが。いったいなんのことだ？」

「殺人事件を目撃したらしいの。だから逃げたのよ。事故のあと、生き残った男がほかの客を殺して、客室を出ていったんですって。モリーは怖くなったんだわ。もし男が戻ってきて、目撃者がふたりいると知ったら、自分たちも殺されてしまうと思ったのよ」

その言葉はエヴァンの耳に入ったが、すっかり理解するのは難しかった。息子は墜落事故に遭っただけでなく、祖父母の死を目のあたりにして、そのうえ殺人まで目撃したというのか？　とても理解しがたい話だ。

「本当なのか？」エヴァンがジョニーにたずねた。

ジョニーは父にしがみつき、首に顔を伏せた。

「いいのよ、ハニー。あなたは心配しなくていいの。それに、モリーがすっかり話してくれたから」

ジョニーが顔を上げた。「モリーのとこに行きたい」

「いま、お風呂で温まっているのよ。あなたと同じようにね」

ジョニーは泣きだした。「あいつに殺されちゃったの？　あいつがやったの？　モリーのとこに行く。モリーのとこに行く！」

誰も言葉を発せられずにいると、モリーが寝室から飛びだしてきた。大判のバスタオルを巻いただけの格好なので、ひどくけがをしているのは一目瞭然《りょうぜん》だった。

モリーが駆けこんできたとき、エヴァンは息をするのも忘れてしまった。けがのひどさを目にしたエヴァンは、彼女が痛みも顧みずに息子を守ってくれたことを思いだし、絶句した。

エヴァンの視線にも気づかず、モリーはジョニーのそばに駆け寄った。

「ほら、ジョニー。わたしはここよ。あいつに殺されたりしてないでしょ。大丈夫。ふたりとも助かったのよ。ちゃんと約束したじゃない。そのとおりになったでしょ」

ジョニーが、見るからに安堵したような表情を浮かべた。エヴァンの腕を抜けだし、モリーに飛びついていく。父親よりも赤の他人を選んでいるとは考えてもいなかった。

ジョニーを抱きしめたときにタオルが少しずれたが、モリーは気にとめていなかった。

ジョニーをデボラの寝室に抱いていき、ベッドに腰かけると、やさしく揺すりだした。

ジョニーの体から力が抜けた。すすり泣きが聞こえてくる。

「かわいそうに」寝室に入ってきたデボラたちに、モリーが言った。「本当に勇敢な、小さい軍人さんでした。でも、あんなにひどい光景を見てしまったなんて、かわいそうすぎます」

エヴァンは黙りこんでいた。息子がほかの女性に抱かれているのは、なんだかショックだった。ジョニーに押しのけられるのも無理はない。長いあいだ会っていなかったし、自分の顔もすっかり様変わりしている。とはいえ、自分もほとんど知らない女性と息子が、これほど短いあいだに絆を強めるとは思いもしなかった。母親のいないことがそんなにさびしかったのかと、エヴァンは胸を突かれた。息子にここまで気に入られたモリーも、きっと特別な女性なのだろう。

「いいんだ」エヴァンは声をかけ、モリーの隣に腰を下ろした。ゆっくり身をかがめ、ジョニーの背中をさすってやる。「いいんだよ、ジョニー。泣いたっていい。なあ、ジョニー、よくホイッスルのことを忘れなかったな。えらいぞ。あのホイッスルがなければ、おまえたちを見つけられなかったかもしれない」

ジョニーはまだ少し鼻をすすりながらも、父の言葉にしっかりと耳を傾けていた。「ほんと？」

エヴァンはうなずいた。「本当さ」

ジョニーはモリーの腕のなかで体をそらすと、おもむろに父の顔を凝視した。

「目がなくなっちゃったの？」眼帯を指さしてきく。

「ああ。怖いか？」

ジョニーが眉をひそめた。「ううん。痛かった？」

エヴァンは大きく息を吐いた。真実、痛かった。「ああ」

ジョニーが身を乗りだし、エヴァンの顔の傷跡をそっとなでた。「泣いちゃった？」

「ああ」

ジョニーはたじろいだ様子だったが、モリーの膝の上からエヴァンのほうへ移った。

「パパ、かわいそう。悪いやつに痛くされたんだね。飛行機にいたのも同じやつだったのかな」

エヴァンの胃が引きつった。「いや、それは違う人だと思うけどな。それに、おまえはもう安心していいんだぞ。悪いやつも手出しはできないよ」

ふうっと息をつき、ジョニーはようやく緊張を解いた。デボラが割りこんでくる。

「そろそろジェームズがスープを温めてくれているころよ。温かいものをおなかに入れない？」

「ああ、そうですね」エヴァンが言った。「少ししたら行きます。シャツを着てから。ジョニーの服もなんとかしないと」

デボラはモリーのむきだしの肩に目をやり、ドレッサーを指し示した。

「背丈はわたしのほうが高いけれど、服のサイズは同じぐらいでしょうね。必要なものがあれば、どれでも好きに着てちょうだい」

「ありがとうございます」モリーが答えた。

「わたしはジェームズのところにいるわ。スープのしたくを手伝わないと」

「おれも行こう」マイクが声をかけた。

廊下へ出るなり、マイクがデボラの腕をつかんだ。

「待ってくれ」

デボラは足を止めた。

マイクはデボラの両肩に手をかけた。

「あんた、たいしたもんだ」穏やかに言う。「孫は死なずにすんだ。あんたのおかげだ」

「助けられてうれしいわ」デボラは歩きだそうとしたが、マイクに肩をつかまれていて動けなかった。

「最初、あんたにひどい態度をとってしまった。悪かった」マイクは謝り、一歩前へ足を踏みだした。

デボラは、鼓動が速くなるのを感じた。これがそうなの？　たったいまから、すべてが変わるというの？

「よくあることよ」

マイクはデボラの頬に触れ、その顔にじっと見入った。まだ新しいあざや傷も含めて、顔の特徴すべてを記憶に刻んだと確信できるまで、しげしげと見つめた。そして、体をかがめた。

はっと息を吸いこむ音が、マイクの耳に届いた。

デボラの口元がこわばるのもわかった。

マイクはデボラにキスをした。腫《は》れた唇や痛々しい鼻を気づかい、そっと、やさしく口づけた。

デボラは、マイクの両手が肩から腰へと下りてくるのを感じた。マイクの腕の力が強くなっていく。ぎゅっと抱きしめられ、彼と自分のあいだには、もう熱しか残っていない。あらがっても無駄なことはわかっていた。ふたりのあいだに何が起こるか、とっくに見えていたのだから。デボラは情熱に身をまかせた。

ややあって、ふたりは動きを止めた。マイクはうめき声をもらし、デボラを放した。

「こんなことになるとは思わなかった」

デボラはため息をついた。「わたしにはわかっていたわ」そっと言って歩き去る。

マイクは、いきなり殴られたように感じた。あの女、ただ者じゃないな。マイクの顔に笑みが浮かんでくる。ほかにもわかっていることがあるのか?

8

ジェームズは具だくさんの野菜とビーフのスープを選んでいた。スープに添えるバターサンドも作り、デザート用にフルーツカクテルの缶詰もふたつあけている。デボラたちは、むさぼるように食事をしながら、ジェームズにも事件の話を聞かせた。モリーとジョニーが大変な目に遭ったと聞かされたときのジェームズの驚きようは、ショックを受けたなどという生やさしいものではなかった。

「まずは食べましょう」デボラが言った。「食べ終わったら、警察に電話して殺人事件のことを話すわ」その言葉に全員が従った。彼女に従って山を登ったときと同じだ。

食事のあいだじゅう、ジェームズは心配そうに曾孫《ひまご》を見つめていた。まだ年端もいかぬ子供なのに、事故死ばかりか殺人事件まで見てしまったなんて、ひどすぎる。それでも、幼い曾孫がとても誇らしく思えたので、本人に言ってきかせることにした。

「おまえは立派な軍人の卵だね、ジョニー」

ジョニーは口いっぱいのスープを飲みくだし、にっこりと笑った。顔の切り傷や打撲傷の痛々しさとは大違いの笑みだ。

「ほんと？　パパみたい？」

ジェームズがほほえんだ。「ああ、そうとも。どう思う、エヴァン？」

エヴァンは息子から目が離せなかった。出征したとき、まだジョニーはよちよち歩きの赤ん坊だった。男らしく立派に育ったジョニーを誇らしく思う半面、成長過程の特別な段階を見そこねたのが残念でならない。

「ジョニーはいつだって自慢の息子だったし、いまも誇りに思っているよ」

ジョニーが顔を輝かせ、モリーに目を向けた。ちゃんと笑みを浮かべているかどうか、様子をうかがう。事故と祖父母の死が心の傷になっているのは明白だった。ジョニーにとって、モリー・シフェリは、安全かどうかを判断するうえでの試金石になったというわけだ。

「パパ……モリーも立派な軍人だったよ。僕の面倒を見てくれたんだ」

みんなが笑顔を向けてきたので、モリーは赤くなった。

「ふたりとも、やらなきゃいけないことをやったのよね、ジョニー」モリーが言った。

ジョニーはうなずき、スープの最後のひと口をスプーンで口に入れると、おかわりを頼んだ。

「いいとも」ジェームズがジョニーの皿にスープを入れた。「サンドイッチのおかわりは？」

「スープだけでいい」ジョニーは答え、スープをのみ始めた。

デボラは黙ったまま、そのやりとりを眺めていた。これまで、ほとんどひとりきりで過ごしてきたが、オライアン家の人々が一緒にいるのは妙に心地よい。

デボラはモリーにも目を向けた。こんなに若くて、どんな未来でも築けると思っていられるのは、どんな気分なのだろう。デボラが希望を失ったのは、父が同僚とともに炭鉱で命を落とした日のことだった。

他人に囲まれていても、モリーはくつろいでいるようだ。オライアン家のように温かく愛情に満ちた家庭で育ったのだろう。デボラの両親はやさしかったが、しょっちゅう娘を抱きしめたりキスをしたりするような人たちではなかった。母はデボラが十歳のときに再婚したけれど、義理の父は超能力を持つ少女を避けていた。

この能力のせいで、デボラはずっと、自分が人生の外側にいて、なかをのぞきこんでいるように感じながら育った。とっくの昔にあきらめてはいたけれど、こんな家族の一員になりたいと心のどこかで願っていた。

デボラはそのまましばらく座っていたが、過ぎ去ったことで落ちこんでいる自分が嫌になった。電話の受話器を取りあげて耳にあてたものの、なんの音もしない。デボラは眉をひそめた。「つながらない。またあとでかけるわ」

まだ食事や会話を続けている客たちを尻目に、デボラは自分の皿をシンクへ持っていった。洗剤を溶かしたお湯でシンクを満たし、皿洗いの準備をする。

水を止めながら、シンクの上の窓に目をやった。窓の外は暗く、ガラスに自分の顔が映っている。だが急に、もうひとつの顔が映り、デボラは驚いた。マイクだった。どきりとして、デボラはあわてて目をそむけた。

「手伝おうか?」

「ありがとう。でも、自分でやるからいいわ」

マイクは汚れた皿をカウンターに重ねて置き、袖《そで》をまくりあげた。「つまらないことを言うな」そう言って、洗剤液に両手を突っこんだ。

デボラは文句を言いかけてやめた。なんでも自分でやるのが習慣づいているだけで、手伝ってもらうのが迷惑というわけじゃない。

マイクは洗剤液に皿を入れると、皿洗い用の布に手を伸ばした。デボラは無言のまま隣に立ち、洗い終わった皿をゆすぎ、拭《ふ》いていく。さっきのキスで、彼の腕に抱かれる感触はわかっていたが、横たわって抱きあうのはどんな感じなのだろうかと思わずにはいられない。

マイクは肩幅が広く、脚が長かった。腕の筋肉も引きしまっている。全身そうなのかと思ったとたん、デボラの体が震えた。マイクはすぐに気づいたらしい。

「寒いのか？」

一瞬、動きを止め、デボラはマイクを見上げた。「いいえ」

その目をのぞきこんだマイクは、またもや殴られたような気がして、倒れそうになった。気まずい思いをしながらスープ皿の山を洗剤液に入れ、洗い始めた。

〝どうしたんだ。なんでしゃべらない。もうキスしてしまったんだぞ。うれしそうな顔ぐらいしてくれてもいいだろう〟

「ああ……そうね」デボラが口を開いた。

マイクは凍りついた。洗っていたスプーンが手から滑り、洗剤液の底に消えた。「なんだって？」

「うれしいわ」

デボラと目が合った瞬間、うなじの毛が逆立った。一瞬、重力が消えうせたような……ほとんど体が麻痺《まひ》してしまったような感覚に襲われた。デボラに心を読まれたという事実を認めなければ、たったいま起きたことの説明がつかない。ぞっとしても不思議はないはずなのに、胸の奥で好奇心が頭をもたげた。

「きれいなだけじゃない……あんた、何者だ。魔女か？」

デボラが目を細めた。「すんだ話だとばかり思っていたのだけど。わたしは魔女じゃないわ。別に、変わっているわけでもない……少なくとも、わたしの感覚ではね。ほかの人にはわからないものが感じとれるだけよ」

マイクは深く息を吸いこみ、ゆっくりと吐きだした。

突然、強風が家に吹きつけ、窓を鳴らした。誰もが体をこわばらせる。

食卓で寝入りかけているジョニー以外の大人たちは、風の音に、もうすっかり夜も更けてしまったと気づいた。エヴァンが息子をそっと抱きあげ、モリーが連れだって立ちあがったとき、デボラは手を拭きながら廊下を指さした。

「寝室は三つあるし、居間のソファーはベッドになるから。どの寝室の壁面ヒーターも、スイッチが入っているわ。温度は自分で調節してね。わたしは保安官につながるまで、がんばって電話するわ。行方不明の生存者が見つかったと知らせないとね。モリーたちが見た事件の話もしなきゃならないし」

「おれもトニーに電話したほうがいいな」マイクが言った。「親父《おやじ》……番号のメモを渡したよな。まだ持ってるか」

「わたしのコートのポケットに入れてある」ジェームズが答えた。

マイクが出ていったあと、デボラはジェームズを手伝い、一緒にテーブルの片づけと皿洗いの残りをやった。皿を洗い終えたジェームズはシンクの水を抜き、カウンターも拭いてくれた。

「ありがとう」デボラは礼を言った。「こんなに頼りになるお客さんだなんて思わなかったわ」

ジェームズが首を振った。「とんでもない……感謝しているのは、わたしたちのほうだよ。寝る前に、何かしておくことはあるかね。暖炉に薪《まき》をくべておこうか？」

「それは助かるわ」

「どのくらい必要かね？」

「そうね……五、六本もあれば、ひと晩持つでしょう。薪は裏口を出てすぐ左側にあるわ」

「ああ、来るときに見た。すぐ取ってこよう」そして、こう言い添えた。「わたしの番になってお湯が出なくなると困るから、風呂の湯を使いすぎないよう息子たちに言っておいてくれ」

デボラが見ている前で、白髪頭の大男はすたすたと部屋を横切り、ブーツを履きに行った。デボラはジェームズの人生に思いをはせた。彼は結婚指輪をはめていて、トゥルーディーという名前も口にした。いきなり黙りこんでしまい、はっとさせられたけれど。ジェームズは台所仕事にも慣れている。ひとり暮らしが長いような感じだ。エヴァンも妻を亡くしたらしい。マイクは女性の話をしなかったが、彼も独身のような気がする。それにしても、オライアン家の男たちはみんな並はずれている。いちばん幼いジョニーでさえ、父親にあたえられたホイッスルで無意識のうちに自分とモリーの命を救ったのだから。

ジェームズが薪を取りに出ていくと、デボラはひとりきりになった。あまり期待はしていなかったが、それでも電話に手を伸ばす。山の天気が荒れていると電話がつながりにくいのだ。雪はやんでいたが、強風が吹きあげている。降った雪が舞いあがり、朝にはあちこちに吹きだまりができているだろう。とはいえ、電話がつながるまでかけ続けるしかない。

隣家のファーリーにも、帰宅したから家畜の世話をしに来てもらわなくてもいいと知らせておきたい。電話をかけるには遅い時間だが、ファーリー家には電話機が一台しかないうえ、夜間は呼び出し音を消しているから、おおぜいの子供たちを起こしてしまう心配もない。留守番電話にメッセージを残しておけば、起床したファーリーに聞いてもらえるだろう。それで用は足りる。

だが、まずはウォリー・ハッカー保安官のオフィスに電話するのが先だ。

意外にも電話はつながり、三度目の呼び出し音で応答があった。夜間の通信指令にあたっているポール・ポーターの声がした。

「保安官事務所です」

「ポール……デボラ・サンボーンよ。聞こえる？」

「保安官事務所ですが。もしもし？」

デボラはため息をついた。向こうの声は聞こえるが、こちらの声は届いていないらしい。

デボラは声を張りあげ、もう一回言った。

「ポール！　デボラ・サンボーンよ。保安官はいる？」

「ミス・サンボーン、ミス・サンボーンですね？」

「そうよ！　保安官は？」

「保安官にお電話ですね？」

「そう！」もう叫び声になっている。

しばらくすると、保安官の声が聞こえてきた。「デボラ……デボラだね？」

「ええ！」大声を張りあげた。「聞こえる？」

「なんとか。そっちは無事か？」

「ええ、無事よ。みんな元気よ」

「みんな？　まだオライアン家の連中と一緒にいるのか」

「そうよ。生存者が見つかったの。聞こえる？　生存者が見つかったのよ」

保安官も叫んでいた。「生存者？　見つけたのか」

「そうよ」

「すごい。おい……いま、どこからかけているんだ」

「自宅よ。家に戻ったの」

「医者は必要か？」

ものが燃えるときのような、ぱちぱちという雑音が混ざり始めたかと思うと、いきなり通話が切れた。

「いいえ、でも――」

「ああもう!」デボラは吐き捨て、受話器を戻した。

生存者が無事に発見されたということだけは伝わった。

ほどなく、マイクが戻ってきた。

「つながったか」

「少しだけ。こっちの声はほとんど伝わらなかったようだけど、とにかくジョニーとモリーが生きていて、無事だってことは通じたみたい。殺人事件のことを伝えるには、嵐《あらし》が治まって通話が回復するのを待つしかなさそうね」デボラは眉をひそめ、不安げに暗い窓に目をやった。「殺人犯が野放しになっているのに、誰もそのことを知らないなんて、考えるのも嫌だわ」

「まあ、ひとつずつ片づけていこう」マイクが言い、さらにつけ加えた。「おれもトニーにかけようとしたんだが、うんともすんとも言わない」携帯電話をかかげてみせる。

「きっとウォリーが伝えてくれるでしょう。あなたのお祖父《じい》さまにもね。とにかく、いまはこれで精いっぱいだわ。電話がまた通じなくなってしまったし」

マイクがうなずいた。「一歩ずつだな」だが、さらに言葉を継ぐ間もなく、ジェームズが裏口に戻ってきた。マイクは駆け寄ってドアをあけ、薪を受けとった。

「居間の暖炉だ」薪を渡しながらジェームズが言った。

「一緒に行くよ」マイクはドアを足で閉めると、父のあとについて居間へ行き、暖炉のそばに薪を下ろした。

「警察には電話できたのかね？」ジェームズがきいてきた。

「少しね。わたしたちが無事だってことは伝えられたけど、殺人事件の話まではできなかったの。通話が切れてしまって」

「いずれ直るさ」ジェームズは、火の入っている暖炉に薪を一本くべた。「よければ先に風呂を使わせてもらって、寝場所を確保しておきたいんだが」

「おれと一緒のベッドを使おうか」マイクが言った。

「上等だ」ジェームズが答えた。居間を出ていきかけたところで足を止め、踵《きびす》を返して戻ってくる。

「忘れもの？」デボラはたずねた。

「ああ、そうだ」ジェームズがデボラの額にキスをして、その体をぎゅっと抱きしめた。

「ゆっくり休んでくれ、エンジェル。本当にありがとう」

デボラは赤くなった。こんなに温かい言葉をかけられたのは初めてだ。

「ありがとう……ああ、もっと毛布がいるなら、廊下のリネン用クローゼットにたくさんあるから」

ジェームズがうなずいた。そしてすぐに姿を消した。

「エヴァンを見てくる」マイクが言った。

デボラは疲れた表情で首をまわし、顔のまわりの髪をなでつけた。

「わたしもモリーの様子を見に行かないと。モリーにはわたしと一緒に寝てもらえばいいわね」

そう言ったとたん、マイクの顔つきから心のなかが読みとれた。自分と一緒に寝るところを思い浮かべていたのだ。

デボラは眉を上げた。

マイクはきまり悪そうな顔をしたあと、歯をむいて笑った。「勝手に人の心を読むほうが悪い」

デボラは含み笑いをした。「そうね。失礼しました。今後は気をつけます」

「完璧《かんぺき》になろうと気をつけなくてもいいからな。いまのあんたが、十分気に入ってるんだから」

今度はデボラが吹きだす番だった。

「あなたも悪くないように思うけど」

マイクの笑みが消え、目の色が濃さを増した。

「確かめてみたくなったら、いつでも呼んでくれ」

「もう行くわ」デボラは言い、せつない胸の痛みを感じながら背を向けた。いままで味わったこともない痛みだ。

ジョニーが祖父母のポラード夫妻の死についてエヴァンに話すあいだ、モリーは浴室に行った。丈の長いフランネルのナイトガウンと暖かいウールのソックスをデボラに貸してもらっている。いつもはポニーテールにして眠るのだけれど、髪にブラシをかけたあと、今日はそのまま垂らしてある。ジョニーが何やらエヴァンに問いかけていたときに浴室から出てきたモリーは、ドアのそばで立ち止まって耳を傾けた。

ジョニーは濡《ぬ》れた服が乾くまで、デボラのTシャツを借りていた。シャツは膝まで隠れてしまうほど大きいが、清潔で柔らかく、いいにおいもする。ジョニーはエヴァンの裸の胸にしっかりと抱きかかえられたまま、肩の大きな傷跡を人差し指でなぞっていた。傷は真っ赤な太い蛇のように脇腹《わきばら》にまで達している。

「パパ、これはなんで切った傷？」

エヴァンはためらった。道端で榴弾《りゅうだん》の破片を受けたときの様子など、どう説明すればいいというのだろう。

「鋭い金属のかけらだよ」

ジョニーはこくりとうなずいた。「その上に転んじゃったの?」

エヴァンは震えそうになるのをこらえた。耳をつんざくような爆発音と、同じトラックに乗っていた仲間たちの叫び声が脳裏をよぎる。灼熱《しゃくねつ》の榴弾の破片が兵士たちの体を切り刻んだあと、ぞっとするような静寂が広がった。肉の焼けるにおいと熱い金属、そして吹きつける砂は、体に受けた傷にも劣らぬほどはっきりと記憶に刻まれている。

「そんなところかな」ようやくエヴァンは言った。「さあ、質問は終わりだ。寝る時間だぞ」

エヴァンがジョニーをベッドに寝かせて毛布を引きあげてやったとき、ジョニーのまぶたは落ちかけていた。

「おやすみ、ジョニー」

寝返りをうったジョニーは、脇腹や脚のあざと傷の痛みに少し体を硬直させ、ベッドの中央で止まった。

「もうちょっと向こうへ寄ってくれ」エヴァンが声をかけた。「パパがこっちで寝るから」

ジョニーがしかめっ面でドアのほうを向き、モリーを見た。

「だめ。パパがそっち側で寝て、僕がまんなかで、こっちにモリーが寝るの。体を温めあうんだよね、モリー」

モリーはエヴァンをちらりと見て、顔を赤らめた。たとえ子供が一緒でも、男性と同じベッドで眠るだなんて。

「そうだったわね。でも、もうわたしがいなくてもいいでしょう。パパが一緒だし、デボラのあったかくてすてきなおうちにいるんだし。わたしがいなくても、気持ちよく眠れるわよ」

ジョニーの下唇が震え、目に涙があふれてきた。

「もし眠れなかったら？　あの悪いやつが来たら？」

エヴァンは気まずそうな顔になった。まだ傷が癒《い》えていないから、息子に頼りないと思われているのだろうか。

モリーはベッドの端に腰かけ、両手を伸ばした。ジョニーは毛布から出てモリーの膝によじのぼると、赤ん坊のように体を丸めた。

「ねえ、ちょっとだけわたしの話を聞いてくれる？」

「うん」ジョニーは返事をしたが、まだ声が震えている。

「パパは軍人だったから、あなたの守り方をわたしの倍も心得てるわ。マイク・パパも、ジェームズお祖父ちゃんもね。今夜はみんなこの家で、おんなじ屋根の下にいるのよ。みんながいてくれるんだから、誰の身にも悪いことなんて起きやしない。そうよね、パパ？」

モリーはエヴァンを振り向き、同意を求めた。

エヴァンは口の動きでモリーに礼を言うと、前かがみになって息子の後頭部をなでた。「そうだよ、ジョニー。おまえを傷つけるようなことは絶対にさせないから。約束だ」

ジョニーはしばらく黙っていたが、モリーの膝の上で座り直して父親の顔をまともにのぞきこんだ。

「でもパパ、パパはあいつを見てないでしょ。あいつがどんな顔をしてるか、知らないでしょ。僕とモリーは知ってるけど。だから、モリーは僕と一緒に寝なくっちゃ。あの悪いやつが来たときに僕が眠ってても、モリーが僕を起こしてくれるもの。あいつが来たよって」

エヴァンはため息をついた。本当にひどい目に遭ってしまった息子と、そんな話で言い争いなどしたくない。

「わかったよ」エヴァンは穏やかに言った。「おまえとモリーがここで寝るといい。パパは――」

「だめ!」ジョニーが泣き叫んだ。「パパもここで寝るの。ね、パパ、お願い。僕がまんなかで寝るから。蹴飛《けと》ばしたりしないし、小さくなって寝るって約束するから」

そのとき、デボラが部屋に入った。モリーとエヴァンがどうしていいかわからないといった顔をしているのをすぐさま見てとる。ここは助け舟を出したほうがよさそうだ。

「あらジョニー、ずいぶんいいことを思いついたようね」デボラが話しかけた。「今夜はわたしと一緒に寝ないかって、モリーを誘いに来たんだけど。あなたのアイデアのほうが名案みたいね」

モリーが目をみはった。「まさか、そんな——」

エヴァンも同時に口を開いた。「僕はただ——」

デボラは手を上げて制した。ふたりとも押し黙った。

「あきれた人たちね。お目付役がほしいなら、ジョニーくらい頼りになる人はいないわよ。それに、いちばん信頼できるふたりが、そばについていてあげるべきでしょう」

エヴァンは大きく息を吐いた。「そうですね。モリーさえよければ僕は構いませんよ」

モリーは彼を見ようともしなかった。「わたしだって、ちっとも構わないわ。ジョニーとはいままでずっと一緒にやってきたんだし、もうひと晩、この新しい親友と一緒に過ごすのも悪くないでしょう」

ジョニーはモリーの首に抱きついたあと、彼女の膝の上から父の腕のなかへと移った。

「じゃあ、いいんだね、パパ。僕の枕《まくら》を使っていいよ。僕はいらないし——」

「ああ、枕なら、ほかにもあったと思うわ」デボラが言った。「すぐ持ってくるわね」

デボラがリネン用クローゼットから枕を出してきたとき、モリーとジョニーは毛布をかぶって寝ており、エヴァンはベッドのそばに立っていた。ベッドサイドのランプ以外の灯《あか》りは全部消してある。

「ありがとうございます」エヴァンは枕を受けとり、ベッドのなかのふたりを見下ろした。「いろいろお世話になりまして」

デボラはうなずき、ほほえんだ。「いいのよ。ゆっくり休んでちょうだい」

エヴァンは首を縦に振り、疲れた様子で髪をかきあげた。「あなたのおかげで今夜はみんな、ぐっすり眠れますよ」

「わたしこそ、うれしいわ。本当よ」そう言うと、デボラはドアを閉めて出ていった。

エヴァンは枕をベッドに置き、浴室を片づけに行った。何分もしないうちに、古い黒のスウェットパンツと色あせた黒のTシャツ姿で戻ってくる。モリーを見もせずにベッドの端に座り、眼帯をはずした。

古い屋敷の軒下に風が音をたてて吹きつけている。だが重厚な壁のおかげで、部屋は暖かく保たれていた。エヴァンはランプの灯りを消し、ベッドにもぐりこんで脇腹を下に横たわった。快適な体勢に収まるまで、しばらくもぞもぞと体を動かす。

エヴァンの腹と膝のあいだにジョニーの小さな背中がはまりこんでいる。エヴァンは腕を毛布の外へ出した。眠っているあいだも息子が自分を感じられるよう、なにげなく腕をジョニーの体にまわした。だが、モリーの手にうっかり触れてしまった。彼女も同じ姿勢で寝ていたのだ。

モリーは思いがけず触れられてたじろぎ、腕を引っこめようとした。

「ああ、気にしないでくれ」エヴァンはそっと言い、モリーの手と腕をぽんぽんと軽く叩《たた》いた。「そのままでいいから」

「あなたも気にしないで」モリーがささやいた。

つかの間の沈黙のあと、エヴァンは息を吐くと、モリーの手のそばに自分の手を伸ばした。

「よく休むといい。何度も言うようだが、息子の命を救ってくれてありがとう」

「お礼なんていいわ」モリーは答えた。

ジョニーはふたりの声を耳にしたが、寝入りかけていたので会話に入れなかった。この二日間で初めて、世界がちゃんとした状態に戻っていくような気がした。祖父母を亡くしたことは本当につらく、パパの顔が普通じゃなくなってしまったのも悲しい。それでも目を閉じれば、前と変わらないパパの声が聞こえる。そのうえ、モリーもまだここにいてくれる。強くて頭がよくて、とてもいいにおいがする。ジョニーは毛布の下でもっと体を丸め、ふうと息をついた。これからは、いいことばかりだろう。

デボラは不本意ながらも早めに入浴を終えた。もっとゆっくり熱い湯に浸《つ》かっていたかったが、とうとうお湯が出なくなってしまい、体を洗うだけですませたのだ。やっと足の感覚が戻ってきたけれど、顔はまだひりひりしていた。保湿ローションをたっぷりとつけてはいるが、寒さのせいで荒れてしまった肌は、一度の手入れでは治らないだろう。

ピンクのフランネルのナイトガウンが浴室のドアにかけてある。フックからナイトガウンをはずして頭からかぶると、肌になじんだ柔らかさと芳香にほっとした。デボラは室内履きに足を滑りこませ、ていねいに髪のブラッシングをしてからブラシを置いた。

まず大丈夫だとは思うが、エヴァンとモリーの様子を見ておこう。そう考えたデボラは、ベッドの足元にかけてあったローブを取り、寝室を出た。

家のなかはしんとしていたが、ときおり誰かのいびきが廊下にもれてくる。いびきはジェームズとマイクの部屋から聞こえていた。デボラは笑みを浮かべ、どちらがいびきをかいているのだろうと考えた。最初ひと悶着《もんちゃく》あったジョニーの部屋も、問題ないことはすぐにわかった。エヴァンとモリーが向かいあうように横たわり、そのあいだにジョニーが眠っている。熟睡しながらも指をからませているふたりに、デボラの視界が涙でぼやけた。子供を守ろうとする気持ちは、眠っているときでも弱まっていないらしい。

デボラはそっとドアを閉めてキッチンへ行き、裏口の戸締まりを確認した。時計を見上げる。そろそろ朝の四時だ。デボラはため息をついた。三時間眠ったら、日々の仕事に取りかからなければならない。ファーリーに電話をして、もう帰宅したから来てくれなくてもいいと伝えられればの話だけれど。犬と猫のえさは少しぐらい後まわしにしても大丈夫だが、年老いた牛の乳しぼりを遅らせるわけにはいかない。

居間に入ろうとしたとき、正面玄関とソファーのあいだを影が横切った。デボラは息をのんだ。

「そこにいるのは誰？」デボラが問いただし、目をこらしていると、暗い部屋から人影が現れた。

「すまない」マイクが光のなかに歩みでた。「火の粉が飛び散るといけないから、暖炉の前にファイヤー・スクリーンを立てていたんだ」

「ありがとう」デボラは言い、つけ加えた。「眠っているとばかり思ったから」

マイクがにやりと笑った。「冗談じゃない。親父のいびきが聞こえなかったか？」

デボラは頬をゆるめた。「ああ、そうね。それは聞こえたわ。どちらのいびきかと思ったのだけれど。謎《なぞ》が解けたわ」

「わかっただろう……おれは、いびきをかかない」

「後学のために覚えておきましょう」

マイクがまた笑った。

デボラはしばらくその場に立ったまま、マイクのエネルギーが体にしみこんでいくのを感じていた。

「なんだ？」マイクがたずねた。

デボラは肩をすくめた。「ごめんなさい、じろじろ見るつもりじゃなかったの。ただ、ずいぶんよく似た家族だと思って。黒髪で目が青くて、みんな背が高いし。いちばん身長の高いのは誰？」

「おれの祖父さんだ。年もいちばんいってるぞ。八十五歳だ。背丈は一九八センチかな」

「あらまあ。お父さまがいちばん長身だと思ったのに」

マイクが相好を崩した。「ああ。あんなふうに大きくなりたいと夢見たのに追いつけなかった息子の立場は、なかなかつらいものがある」

「あなただって背が高いじゃない」

マイクが少し体を寄せてきた。

マイクにも、エヴァンのようにTシャツを着るくらい慎みがあればよかったのに。こんなに幅広い肩や、温かそうな裸の胸、よく日焼けした肌、引きしまった腹部を見ていると、なんだか落ち着かなくなってしまう。ほかのところはどんなだろうかと思わずにはいられない。

「あの、わたしはもう休むから……その……おやすみなさい」

マイクは、すんでのところでデボラに触れてしまいそうになった。触れたくてたまらないが、デボラが不安になっているのは見てとれた。

「ああ、また明日」マイクは言い、カウチを指し示した。「おれに用があれば、あのソファーで寝てるから。大声で呼んでくれれば、すっ飛んでいくよ」

「じゃあ、シーツと毛布を出すわね」デボラは足早に廊下のリネン用クローゼットに向かった。

震える手で清潔なシーツと枕カバーを出す。毛布を取ろうと背伸びをしたとき、マイクが背後に立った。

「おれが出そう」そう言ったマイクはデボラの頭上に手を伸ばし、上の棚から二枚の毛布を取った。

デボラはマイクから目をそらしながらシーツを渡した。

「寝室のクローゼットから予備の枕を出してくるわ。それから、ソファーをベッドに変えてあげる」

そのくらい自分でできるとマイクが言う前に、デボラは居間から出ていった。マイクは黙っていることにした。そうすれば、あと何分かはデボラとふたりきりでいられる。

デボラが枕を手に急いで居間に戻ってくると、マイクはもうソファーを広げ、シーツを敷きかけていた。

「じゃあ、反対側はわたしがやるから」デボラはシーツの端を持って引っぱり、マットレスの下にたくしこんでいった。「わたしは早く起きるけれど、なるべく物音をたてないようにするから。でも、うるさかったらごめんなさいね。いまのうちに謝っておくわ」

マイクが顔をしかめた。「なんで早起きなんかするんだ」

「仕事があるもの。家畜の世話とか――」

マイクはシーツを奪いとり、デボラを廊下へ押しだした。

「まったく。あんたの睡眠時間がなくなるとわかっていたら、手伝いなんかさせなかったのに。とにかく、もう寝ろ。あとは自分でできるから」

「大丈夫よ。慣れているし……」

マイクはデボラの正面にまわりこみ、顔を見すえた。視線を合わせたまま、しばらく黙りこむ。ふたりのあいだに張りつめた空気が流れた。

デボラの胸が高鳴りだした。

マイクは目を細めると、デボラの髪のあいだに指を差し入れて首のうしろに手をやった。指先から激しい鼓動が伝わってくる。かがみこんでキスをしたとたん、心臓がどきりと脈打つのがわかった。

ふたりの唇は、触れあうのとほぼ同時に相手を受け入れた。しかし、もっと激しく唇をむさぼりたいという思いに心が乱れ、ふたりは体を離した。

「おやすみ」マイクが言った。

デボラは答えもせず、背を向けて歩きだした。腹を立てていたからではない。口を開けば、誘うようなことを言ってしまいそうだったからだ。

9

ウォリー・ハッカーは受話器を置きながら壁の時計を見上げ、指令係に向き直った。

「ポール、行方不明の生存者が発見されたと発表してくれ。詳細をきけないうちに電話が切れてしまったが、ミス・サンボーンの話だと医者は不要とのことだから、みんな無事なんだろう」

「わかりました。すぐ手配します」そう言ってから、ポールがたずねた。「ただ者じゃないですね、デボラって人は」

ウォリーがうなずいた。「たしかに、ただ者じゃないな。特別な人間だ。ああ、ところで……航空局の捜査官の番号をさがしてくれ。なんという名前だったか……トニー・デヴローだ。わたしが自分でかける」

ポールは紙をぱらぱらとめくり、電話番号のリストを見つけて保安官のためにデヴローの番号を書きとめた。

「どうぞ」

「すまんね。じゃあ、電話にかかろうか。テレビ局や新聞社から問いあわせがあったら、わたしのオフィスにまわしてくれ」

「了解しました」ポールが言い、自分の仕事にかかった。

ウォリーはメモを持ってオフィスに入り、デスクの前に座って電話をかけた。呼び出し音が鳴っているあいだ、つながってくれとつぶやく。三人の生存者が無事に発見されたとデヴローに知らせるため、こんな夜中に車で墜落現場まで出かけたくはない。

捜索隊の一員がなるべく現場に近いところに停《と》めた大型キャンピングカーの床で、トニー・デヴローは寝袋にくるまっていた。キャンピングカーは六人乗りだが、いまは十二人がひしめきあっている。ひょっとすると十三人かもしれない。寒さと雪の心配のない場所で眠りたいのはみな同じだ。

横になったのは何時間か前だが、寝入ったかと思うとすぐに目が覚めてしまい、トニーは悪態をついた。おおぜいの人間が狭い場所に集まっているせいで、物音やいびきが耳につく。もっとも、雪のなかで眠るよりましだということは、トニーも承知してはいたが。屋外で寝るはめになった者も少なくない。

携帯電話が鳴り、トニーはぎくりとした。応答しようとしたものの電話を落としてしまい、それから四回目の呼び出し音の最中に暗闇《くらやみ》のなかでやっと拾いあげた。

「デヴローだ」トニーは低い声で電話に出た。

「ハッカー保安官だ。こんな時間に電話してすまないが、知らせておいたほうがいいと思ってね。たったいま、デボラ・サンボーンから連絡があった」

トニーは身をよじらせて寝袋から抜けだし、上体を起こした。

「誰だって？　ああ、あんたの超能力者か」

ハッカーはにやりと笑った。「ふん、わたしの超能力者ってことにしたいなら、それでもいいが。行方不明の生存者を見つけたそうだ。それだけ言って電話は切れてしまったが、とにかく全員無事だってことはわかった。彼女の家にいるらしい」

トニーは呆然《ぼうぜん》とした。「嘘《うそ》だろ！」

「本当さ。こんなことで冗談など言うものか。ああ、それから、さしあたって医者は必要ないらしい。ともかく、生存者が無事だってことは心得ておいてくれ。あとでデボラの家に迎えをやるが」

「すごいじゃないか」これでみんな帰宅できると思いながら、トニーはつぶやいた。「電話をくれてありがとう。捜索隊には、おれから知らせる。あとでそっちに寄るよ。ミス・サンボーンの電話番号も教えてもらいたいし。なんでマイクは直接おれに電話をよこさなかったんだろうな？」

「電話が通じなかったんだろう」

「ああ、そうか……それは考えてなかったな。とにかく、連絡してくれて助かった。じゃあ、またあとで」

「待っているよ」ハッカーが言い、通話が切れた。

トニーは電話をポケットに戻し、立ちあがって電灯をつけに行った。スイッチを入れたとたん、うなり声や悪態がキャンピングカーのあちこちから聞こえてきた。

「黙って聞け」トニーが吠《ほ》えた。「行方不明の生存者が見つかった。捜索に出た連中にも伝えなきゃならんが、携帯電話も無線も通じないだろう。それでも朝までには知らせたい。そうでないと連中がまた森に入って、もっと広い範囲の捜索を始めちまうからな。そういうわけだから、協力してくれ。すぐに服を着て、十五分で出られるようにしてくれ」

ぼやく声が大きくなったが、どの声も明るい。行方不明の乗客が発見されたという知らせに誰もが喜んでいた。男たちは身じたくを始め、トニーは外へ出た。

夜明けまで何時間もない。空は真っ暗で星も見えなかった。月が出ていたとしても雲に隠れているだろう。付近には照明がいくつか吊《つ》るしてあり、発電機の音も聞こえる。懐中電灯だけで車両のあいだを歩きまわるよりもずっと楽だが、山の空気ではなく燃料のにおいが立ちこめていた。

墜落した飛行機の残骸《ざんがい》は回収され、格納庫へ運ばれていた。機体を組み直し、墜落の原因を究明するためだ。破片がすべて回収されるまでには何日もかかるだろう。引き裂かれ、ねじまがった金属の塊が、人工的な灯《あか》りを受けて不気味に輝いている。

トニーが歩いていくと、武装した警備員ふたりが遠くから会釈してきた。トニーは手を振り、通信用のワンボックスカーに歩を進めた。一回の短いノックの合図で車に乗りこむ。担当の通信技師は眠りこんでいた。トニーは何も言わずにコーヒーポットに近寄り、発泡スチロールのカップに中身を注《つ》いだ。出てきたのは真っ黒いシロップのような液体だった。

「ひでえな、カーター、いつ淹《い》れたやつだ?」

カーターがペンの先端で頭をかくと、ふけが落ちてきた。不格好にくせのついた髪はあちこちに跳ね、これ以上は乱れようもないほどだ。

「さあね」カーターは小型の冷蔵庫のほうへ手を振ってみせた。「自分用のソフトドリンクが別にありますんで」

コーヒーを口に含んだトニーは渋い顔になり、カップに砂糖を入れてかき混ぜた。

「これで少しはましかな」そうつぶやいて、飲んでみる。

だが、甘くなっただけで何も変わらない。

「だめだ、ごまかせんな」トニーはコーヒーをあきらめ、冷蔵庫のコーラを飲むことにした。

「それで、どうしました?」カーターがきいた。

「捜索隊全員に連絡がある」

カーターがうつむいた。「悪い知らせだなんて言わないでください」

「その反対だ。行方不明の乗客が無事に見つかった。夜が明けたら戻ってくるよう、全員に伝えろ」

「了解しました！　そういう指令を送るのは大歓迎ですよ」

トニーは歯をむいて笑った。「ああ、そうだな。おまえの声も、ずいぶんしゃきっとしたじゃないか」

トニーはコーラを飲みほし、空き缶をごみ入れに放《ほう》りこんでから外へ出た。キャンピングカーに戻りかけたとき、誰かに名前を呼ばれた。

「ねえ、デヴロー捜査官！　待ってくださいよ！」

トニーは立ち止まって振り向いた。駐車した車のあいだから男が駆けてくる。頭上に吊るされた照明の下まで来たとき、ようやく誰だかわかった。質問を浴びせかけられ、トニーは顔をしかめた。

「なんだ、デヴロー捜査官、ずいぶん早起きなんですね。現状は？　何か情報は？　捜索隊からの連絡は入ったんですか？　行方不明の乗客は見つかったんですか？　死んでるんでしょ。やっぱり、そうなんでしょう？」

トニーはリポーターの首を絞めてしまわないよう、両手をコートのポケットに突っこんだ。

「モリソンだったな」

リポーターがうなずいた。「ええ……何か情報は？」

「寒くて凍えそうだ」トニーは言い、キャンピングカーに向かった。

「ちょっと……答えてくださいよ」

「どの質問に？」トニーはドアに手をかけながらきいた。

モリソンが毒づいた。

「そいつは質問じゃないだろ」そう言い残し、トニーはキャンピングカーに乗りこんでドアを力まかせに閉めた。

だがモリソンは簡単にはあきらめなかった。しばらくその場で待っていたが、トニーが車に閉じこもったきりだと見るや、通信車のほうへ歩きだした。

ワンボックスカーのステップを上がったモリソンは、少しためらってから、ドアの引き手を握りしめて数センチほどあけた。内部の声を聞くにはそれで十分だった。耳をすまして確かな情報を入手すると静かにドアを閉め、モリソンはにんまりと笑いながら自分の車に戻っていった。

キャンピングカーのなかでは、トニーが連絡係として九人を選んでいた。

「通信車に行け。カーターが指令を出してる。どの班が応答してこないのか確認しろ。その班が最後に連絡をよこしてきた場所までスノーモービルで行って、直接伝えるんだ」それから、長身の中年女性に向き直った。彼女はトニーと同じくらい長いあいだ連邦航空局で働いている。「ボニー、指揮をとってくれ。誰がどっちへ行くか調整しろ。残りのメンバーもふたりずつ組んで連絡にあたれ」

「わかりました」ボニーがドアに向かった。「さあ、みんな、小汚い通信車に移動よ。なんなら、わたしがコーヒーを淹れてあげるから、ポットに入れて持っていく？」

みんな口をそろえてボニーのコーヒーの味について冗談を言いながら、どやどやと出ていった。キャンピングカーに乗りこんできたときに比べると、ずっと陽気だ。通常、墜落現場で目にするのは遺体や瀕死《ひんし》の乗客ばかりで、行方不明者が出る例はめったにない。しかも、その三人がもう風雪にさらされることもないとわかり、誰もがほっとしていた。

静かになったキャンピングカーで、トニーはコーヒーを淹れようとミニキッチンをあさった。だが、見つからない。トニーはいつものように悪態をつきながら、仲間を追って外へ出た。ボニーのコーヒーはとても上等とは言えぬ代物だが、ないよりましだ。

朝のトーク番組はいずれも、この話題をトップニュースとして紹介した。クリスマスの奇跡を特集に組んでいた『ＵＳＡモーニング』では、番組内容にぴったりのオープニングとなった。クリスマスまで残すところ数日となったいま、飛行機事故で一命を取りとめ、吹雪のアパラチア山脈でさまよったあげく無事に発見されるというのは、まさに最高の奇跡と言っていいかもしれない。事故が起きてからというもの、行方不明の乗客の名前を誰もが口にしており、三人の写真も随所で目についた。国会議事堂でのウィルソン上院議員の姿や、大学の卒業式で角帽とガウンを身につけたモリー・シフェリ、そしてジョニー・オライアンのいちばん最近の顔写真だ。ジョニーの父のエヴァン・オライアンがイラク戦争で負傷した兵士だったうえ、何代にもわたって国に仕えてきた軍人一家の人間だということまで調べあげたニュースもある。ジョニー・オライアンの父が、重傷を負って名誉除隊をした軍人だという話が報じられると、カーライルの保安官事務所にテディベアが続々と送られてきた。どれもみな、クリスマスに家へ帰る途中で行方不明になったジョニーへの見舞いの品だ。

生存者のインタビューを誰もが求めたが、いまだに三人の居場所がはっきりせず、気象予報ではまた吹雪になるということで、面会の見通しは立っていない。

ウォリー・ハッカーは動じることなくエヴァンの部屋のあるモーテルへと足を運び、息子たちが無事でいるうえ、やしゃごも発見されたとソーンに知らせた。

しきりに礼を言ったソーンは、またモーテルの部屋でひとりになると、安堵《あんど》のあまり泣きだした。自分でもジェームズに電話をかけようとしたが、つながらない。それでも吉報に大喜びしながら、ひげをそりに浴室に向かった。

曇った鏡の前で、ソーンは顔にシェービング・クリームを塗り、不精ひげをそった。目を細めて見れば、それほど歳月の影響を受けていないと言いとおせる顔だ。老けたという感じもない。まだ気持ちが若いので、八十五年も生きてきたと思うことすら難しい。若々しい気分でいられるのは、家族がみんな無事でいてくれたうえ、心に安らぎもあるからだ。妻とのあいだに結ばれていた絆《きずな》が、この安らぎをもたらしている。死してなお、妻は決して遠くへ行ったわけではないことをはっきりと示してくれた。

ソーンは熱い湯を出してシェーバーを洗い、立ちのぼる湯気ごしに鏡を見ながら、もう一回、頬のひげをそった。ひげをそり終えると、顔に残ったシェービング・クリームを拭《ふ》きとり、すぐそばに立つ妻に話しかけるような口調で言った。

「なあ、マーセラ。働き者のおまえに、また助けられたな」穏やかな声で話す。「おまえのおかげで、ジョニーが見つかったよ」

身じたくをすませたソーンは、コートと財布を手に取った。何日かぶりに空腹を感じている。そろそろ何か食べに行ってもいいころだ。

ダレン・ウィルソンは、そんなニュースなど何も知らずにいた。それどころか、あまりに悲惨な状況に陥っていたので、もし誰かに見つけてもらえれば、暖かい場所に行けるというだけで大喜びしただろう。そこが刑務所でも構わなかった。

だがダレンは孤独で空腹のまま凍えきっていた。厄介ごとだらけなのも変わっていない。

ポケットから残りのグラノラ・バーを出し、少しだけかじった。片側の歯で三回かみ、ひどく痛むが反対側でも三回かんで、のみこんだ。また三分の一だけグラノラ・バーを食べ、残りは取っておくことにした。包み直したグラノラ・バーをポケットに戻し、昨夜と同じように口をゆすぐと、立ちあがって小便をした。白い雪の上に小便のしみを三箇所作る。すると、ようやく落ち着いた。

絶望的な気分で狩りを再開したが、まもなく足跡が見つかり、がぜん元気が出てきた。女と子供だけにしては足跡が多すぎると、脳の奥のほうが警告を発してきたが、もうこの山で生きている人間は自分ひとりではないということしか意識できなかった。それだけで十分だった。

ダレンは足跡をたどっていった。足跡は山の上に向かっていたが、それでも構わず必死にあとを追った。どんな結果になろうと、どうでもいい。とにかく、暖を取れる場所と食べものがほしかった。

目を覚ましたファーリー・カムストックは、デボラの家に行かなければならないと思い起こし、うなり声をあげた。薪《まき》のお返しに牛乳とクリームがもらえるとはいえ、この雪のなか、牛の乳しぼりに行くことを考えると、ついベッドに戻りたくなってしまう。たとえ天気がよくても、乳しぼりなど好きではない。冷えこみの厳しい日には、粉末ジュースでも水に溶かして九人の子供に飲ませればいいじゃないかと妻に言いそうになる。だが、妻はまたもやお産を間近に控えている。こういう状態のときは母性本能をことごとく発揮して、夫の文句を蹴《け》りつぶすのだ。粉末ジュースのことを口にしただけで、どなり散らすに違いない。どうしてそんなに怒るのか、ファーリーにはわからなかった。彼自身は粉末ジュースを飲み、なんの問題もなく育ったというのに。

ひげそりを終えたファーリーは鏡のなかで顔をしかめ、欠けた下の前歯二本を見ないようにしながら、毛穴を引きしめるためのアフターシェーブ・ローションを肌に叩《たた》きつけた。冬のあいだはひげを伸ばしておくほうが顔も暖かくていいのだが、妻が粉末ジュース以上にひげを嫌っている。とはいえ、彼女はよき妻で、よき母でもある。最悪の要求が、ひげをそることと子供たちに牛乳を飲ませることなのだから、自分は幸運なのだろう。

ファーリーはタオルで手を拭き、そっと浴室を出て廊下を忍び足で歩いた。運がよければ薪もすぐに燃えあがり、みんなが起きてくる前に淹れたてのコーヒーが飲める。そのあと、デボラの牛の世話をしに行かなければならないが。

ファーリーは、静かに過ごす時間が好きだった。これほど心が休まるものはない。だが、なか

二本の薪を暖炉に置き、床暖房の設定温度を上げてからキッチンへ向かう。

ば凍りかけ、顔面血だらけの見知らぬ男が、立ったままジャムサンドをむさぼっていようとは思いもしなかった。

「おい！」ファーリーはどなった。「あんた、そこで何してる！」

ダレン・ウィルソンがいきなり振り向いた。口の端から食べかけのサンドイッチが垂れさがっている。ダレンは政治家らしく、人前ではいつも上品にふるまうよう心がけていた。ファーリー・カムストックの目で自分の姿を見たら、ぞっとしただろう。

だがいまは空腹で、絶体絶命の危機に陥っている。見た目を気にする余裕はない。ダレンは裏口のドアの上から取ってきたライフルをつかみ、ファーリーに向けた。

「座れ。静かにしていろ」ダレンはぼそりと言い、サンドイッチを左右の歯で三回ずつかみ続ける。

ファーリーは呆然と口をあけ、目も丸くして椅子にへたりこんだ。自宅のキッチンで男が盗みぐいをしているという現実が、どうにも受け入れられない。

「腹が減ってるんなら……好きなだけ食えばいい。食べるのに銃を使わんでもいいだろう」

ダレンもさすがに気がとがめた。だが、ときには、そうするしかないこともあるものだ。

「いいから黙れ」ダレンはもぐもぐ口を動かしながら言い、残りのサンドイッチをほおばった。

ファーリーは、食べ続ける男を見つめた。妙な具合にものをかむやつだと思いながら、どうすれば九人の子供たちが起きてこないうちに銃を奪えるかと考えていた。ひとりでも起きてきたら、その後どうなるか想像もつかない。

彼自身、一時間でいいから九人全員を鶏《とり》小屋に閉じこめて心静かに過ごしたいと思うときもあったが、大切な子供たちであることに変わりはない。九人の子供を目のあたりにしたら、この見知らぬ男はどうするか。何をするにしても、ただではすまないだろう。男が銃を構えていようが、ジャムサンドに手をつけてしまえば同じことだ。わが子を熟知しているファーリーには容易に想像がついた。子供たちは男の銃に目もくれず、ジャムサンドがなくなったことで怒り狂うに違いない。

ダレンがこの家にたどりついたのは偶然だった。よろめいて倒れたり、世界のすべてに呪《のろ》いの言葉を吐いたりしながら、見つけた足跡をやみくもにたどっていたダレンは、いつしか森が静まりかえっていることに気づいた。

ときおり聞こえていた鳥のさえずりや、りすの声がやんでしまっただけではない。折にふれて上空を鋭く切り裂いていた鷹《たか》の鳴き声までもが、急に聞こえなくなった。

そのとき初めてダレンは足を止め、あたりを意識的に見まわした。

最初のうちは、見渡すかぎりの森と雪しか目に入らなかった。だが、そのまま周囲を見まわしていたとき、目の隅で何かが動いた。それがピューマで、こちらを見返していると気づいた瞬間、ダレンは錯乱しかけた。

森で熊《くま》に遭遇しても絶対に背を向けて走ったりしてはいけないという話を、何かで読んだことがある。ピューマの場合でも同じなのだろうか。とはいえ、一か八《ばち》かに賭《か》けたあげく、食われてしまうなんてまっぴらだ。

何か武器になりそうなものがないかと、そっと付近を見まわしたとき、そばの木の根元に落ちている太い枝が目に入った。ピューマから目をそらさず、じりじりと枝に近づき、拾いあげる。枝を取るやいなや、頭上高く振りあげて、いきなりダレンの体がひとまわりも大きくなったようにピューマの目に見せた。

ピューマも視線をそらさない。飢えているのか、はっきりと腹が鳴った。いらだたしげに目を細め、しゃーっという音をたてて威嚇する。

その口のなかにずらりと並んだ鋭い歯に、ダレンは震えあがった。

「くらえ！」ダレンはどなり、枝を頭の上で大きく振りまわした。

ピューマはダレンの動きを見すえていた。両耳をうしろに倒し、何歩か後ずさりした。しゃっという音をふたたび出したかと思うと、今度はうなり声をあげた。

いいかげんうんざりしたダレンは、思わずうなり返した。

体を伏せたピューマは、次の瞬間、大きく跳躍して逃げだした。ピューマの背中が見えたとたん、ダレンは失禁してしまった。不名誉きわまりないが、小便をもらしていなければ泣いていただろう。膀胱《ぼうこう》が先にゆるんだだけの話だ。

生温かい小便が脚の内側を伝って流れ落ちたとき、ダレンはぬくもりを感じた。墜落事故が起きて以来、初めてのことだ。悪態を並べたてながら、ピューマが去っていった方向をうかがい、もう戻ってこないかどうか目をこらす。

女と子供の足跡は、ピューマが姿を消したのと同じ方向へ続いていた。ふたりの追跡をあきらめるのは不本意だが、あの恐ろしいピューマを追って森へ入る気にもなれない。別の方向へ歩くしかなかった。

まもなく、雪に覆われた一車線の道路に出た。わずか数メートル先に、小ぢんまりとした木造家屋がある。安堵が体じゅうにわきあがるのを感じながら、ダレンは必死にその家を目指した。煙突から煙が細く立ちのぼっている。納屋の裏手の赤い小屋からは、明け方のえさを待つ鶏たちのにぎやかな物音が聞こえていた。

煙が出ているなら暖かいはずだ。鶏がいるなら食べものもある。

もう、誰に姿を見られようと構わなかった。とにかく、暖かいところで何か食べたい。乾いた服や、鎮痛剤もあるかもしれない。

一家を人質に立てこもることなど思いもしなかった。だが、どうやらそうするしかない朝が始まろうとしている。もう引き返せない。

そしてとうとう家の主にでくわしてしまったダレンは、のっぴきならぬ事態に陥ったと痛感した。口のなかのサンドイッチをのみこみ、楽な体勢でライフルを持ち直すと、はからずも銃口がファーリー・カムストックの頭をぴたりと捉《とら》えた。

ファーリーは頭から爪先まで汗びっしょりになっていたが、男が次のジャムサンドに手を伸ばすのを見て、いちおう注意だけはしておこうと思った。

「なあ……腹が減ってるんなら……女房を起こしてこようか。喜んで卵やらビスケットやらを焼いてくれるぞ。ソーセージやグレービー・ソースも添えてくれるかもしれん。でも、ジャムサンドを全部食べるのは、よしたほうがいい。子供らの機嫌が悪くなる」

ダレンが顔をしかめた。

「子供の機嫌がどうなろうと知ったことか。こっちは何日も食べていないんだ。銃もある。食べたいものを食べるだけだ」

ファーリーは肩をすくめた。「注意はしたからな。あとになって、聞いてないなんて言うなよ」

ダレンが次のジャムサンドをほおばったとき、ばたばたと廊下を駆けてくる足音が聞こえてきた。ダレンは眉をひそめた。

ファーリーが言った。「いいか、うちの子に銃を向けたりしてみろ、ただじゃおかないぞ」

「だったら、子供を近づけさせるな。そうすれば手は出さない」ダレンは口を動かしながら答えた。

そのとたん、次々と廊下を駆けてくる足音が響いた。もう何人の子供が走っているのかもわからない。ふたり以上いるとは思ったが、パジャマやナイトガウン姿の子供たちがわらわらとキッチンに駆けこんでくるとは予想もしていなかった。

「なんてこった！」ダレンは悲鳴をあげた。「いったい何人いるんだ！」

九人の子供たちの視線が見知らぬ男に集中し、自分たちのジャムサンドが食べられてしまったのを即座に見てとった。男が悪夢から抜けだしてきたような形相だろうと、父の銃を構えていようと、そんなことはどうでもいい。子供たちは叫びだした。

「パパ！　パパ！　ジャムサンドがなくなっちゃう！」

ダレンは顔を真っ赤にしながらライフルを子供たちに向けた。

「近寄るな、みんな出ていけ！　出ていかないと親父《おやじ》を撃ち殺すぞ」

いちばん幼いふたりが泣き叫びだしたが、父親がいなくなるのを恐れてのことではなかった。ジャムサンドを食べられてしまったせいで逆上したのだ。

ダレンにとっては、これまで耳にしたこともないような泣き声だった。ダレンは肝をつぶしてわめき、天井に向けてライフルを撃ってしまった。だが子供たちは静かになるどころか、残りの七人までもが絶叫し始めた。

そのとき、身重のルース・カムストックがピストルを手に、よたよたとキッチンへ入ってきた。

ダレンは目を丸くした。

「いったいなんの騒ぎだい！」ルースがどなった。

目に入ったのは、夫の銃を持ち、自分のキッチンをめちゃくちゃにした侵入者の姿だった。かわいい子供たちを泣かせたのはこの男か。ルースはピストルを構え、相手が伏せる暇もあたえず発砲した。

狙《ねら》いがはずれ、ダレンは命拾いをした。

すぐそばの壁が粉々に砕けた。ダレンはライフルを構えて撃ち返そうとしたが、身重の女性を撃つのは気が引けた。ダレンが自分の道徳観を考え直すよりも早く、ルース・カムストックがもう一発撃ってきた。

今度は弾が跳ね返り、はじかれた木片がダレンの頬をめがけて雨のように飛んできた。

「うわっ、やめろ！　やめてくれ！　奥さん、撃つな！　撃たないで！　わたしはただ――」

三発目の銃弾が腰をかすめ、ドアの側柱にあたった。狙いが低くなっていると、ダレンは瞬時に悟った。次の一発で股間《こかん》を撃ち抜かれそうな気がして、とっさに背を向け、不自由な脚を引きずって裏口から飛びだした。

女がポーチまで追いかけてきているのはわかった。九人の子供たちの絶叫が聞こえてきたからだ。もう撃ってこないが、自分を追うあいだに弾を切らしただけのことだろう。彼女の射撃の腕が悪くて助かったと思いながら、ダレンはひたすら走った。

ファーリーは、いささか度肝を抜かれていた。すんでのところで愛妻ルースが侵入者を追い払い、ジャムサンドも守り抜いたからだ。だがルースのほうは、あまりのできごとに気が動転し、陣痛が始まったと言い放ってベッドに戻った。

子供が生まれたらパイプカットの手術を半額でやってもらおうと思いながら、ファーリーはかかりつけの医師に電話をかけた。だが悪天候のせいで電話がつながらない。そこで、年長の子供たちに弟や妹の面倒を見るよう言い聞かせ、十人目の赤ん坊の誕生を見届けるため寝室へ入った。デボラの牛のことなど、すっかり頭から抜け落ちていた。

10

ようやくベッドに入ったときには疲れきっていたし、デジタル時計のアラームも鳴らなかったというのに、デボラの体内時計はきちんと朝を告げた。デボラは起きあがり、ベッドの端までにじり寄ると、目を閉じたまま室内履きを爪先でさぐった。

ふらつきながら浴室に入ったが、ややあって出てきたときにはすっかり目が覚めていた。歯磨きをすませ、髪も頭の上でまとめてある。デボラはクローゼットをかきまわし、黒のパンツとピンクのざっくりしたセーターを選んだ。手早く服を着て、厚手のウールのソックスもはいてキッチンへ向かう。コーヒーの抽出が始まると、昨夜から暖炉の前で乾かしておいたハイキング用ブーツを取りに行った。ブーツは少しごわごわしていたが、足を入れてみると暖かい。だが、また寒い戸外へ出ていくことを思うと背筋に震えが走った。

居間に入ったデボラはマイクの姿をさがし、ソファーに目を向けた。昨夜、彼は居間のソファーで寝た。デボラは足音をたてないよう、そっと近づき、ソファーをのぞきこんだ。マイクはまだそこにいた。あおむけになり、両手を頭上に伸ばした格好で、ぐっすり眠っている。思わず見ほれてしまいそうな寝姿だ。暖炉の火はまだ赤々と燃え、マイクの顔に濃く薄く影を落としていた。デボラは、かがみこんで半開きの唇にキスするところをはっきりと思い浮かべてしまった。あまりにも長いあいだ孤独に過ごしてきたせいだと自分に言いわけをする。

うしろ髪を引かれる思いで背を向け、マイクを起こしてしまわないよう忍び足で暖炉に近づいた。暖炉のそばで寝ていたパピーが頭を起こし、眠そうな顔で見上げてきた。デボラはしゃがんでパピーの頭をなでてやり、そっとファイヤー・スクリーンをどけて火床に新しい薪《まき》を置いた。残り火が燃えあがり、たちまち薪に火がついた。とどこおりなく家事が始まったことに気をよくしたデボラはファイヤー・スクリーンを戻し、もう一度だけマイクにせつない視線を向けてから、日々の仕事へと頭を切りかえた。パピーがデボラを追って居間から出てきた。キッチンに入ると足の小さな爪が硬材の床にあたり、かちかちと音がする。

牛舎では乳牛のミルドレッドと猫たちが待っているだろう。やることは山ほどある。お客もたくさんいる。ファーリーが来ても、ただいまを言うくらいの暇しかないだろう。ああ、そうだ……いつも孤独だらけの生活を送っているのだから。ほんの少し変化がつくのは、心のためにはいいだろう。

家は静まりかえっているが、なんだか様子が違う。いつもより活気がある感じだ。妙な話だけれど、これと同じような感覚が体に流れこんでくる。予期せぬ客たちのエネルギーのおかげだ。一日の始まりにあたってこんなに浮きたつ気分になったのは、いつ以来だろう。人づきあいには縁がないのだ。五人のよそものを家に迎えただけなのに、自分にとっては大事件なのだから情けない。ひとりぼっちが癖になってはいたけれど、これからどうなるのかとわくわくしながら、デボラは屋外へ足を踏みだした。

ぴんと鋭く、凍えるように冷たい空気が頬を打つ。大変な冷えこみだが、モリーとジョニーを襲った寒さとは比べものにならない。あのときふたりを発見できて本当によかった。あとひと晩、火もない屋外で過ごしていたら、ふたりの命はなかっただろう……。早く仕事を片づけて屋内へ戻ろうと、デボラはミルク用のバケツを手に牛舎へ向かった。

歩を進めるたびに、凍りついた雪の表面が軽い音をたてる。家から牛舎まで、足跡がくっきりと残った。ミルドレッドが足音を聞きつけ、うれしそうな鳴き声をあげた。パピーが柔らかく鳴き返す。デボラが牛舎に入ると、そばの貯蔵室から黄金色の猫のバターカップが飛びだしてきて、足首にまつわりついた。

「おはよう、バターカップ。子供たちは元気？」

それが合図だったかのように、だいぶ大きくなった四匹の子猫が同じ貯蔵室から駆けてきて、にぎやかに鳴いた。

「はいはい。ちょっと待ってね」

デボラはミルク用のバケツをフックにかけ、物置のキャットフードを取りに行った。振り向くと、戸口に座ったパピーがこちらをじっと見つめている。

「ええ、パピー、わかってる。おまえのごはんも出すからね」

そう言いながらドライキャットフードの袋を取り、三つの容器にあけた。二つは猫用で、残りがパピー用だ。いままで、ほとんどいつも猫とともに暮らしてきたパピーは、猫と同じものを食べたがる。パピーにもみんなと同じように好き嫌いを言う権利があると、デボラは思っていた。

ミルドレッドがまた鳴いた。さっきよりも柔らかく、低い声だ。デボラは笑みを浮かべながら大きなひしゃくで飼料をすくい、かいば桶《おけ》に入れた。年老いた牝牛《めうし》が朝の定位置についた。腹をすかせているうえ、えさのあとでデボラに乳をしぼってもらうのが待ち遠しいのだ。

ファーリーはどうしたんだろうと思いながら、デボラはバケツを下ろし、乳しぼり用の腰かけを牛の足元に置いて座った。いつものように腹をさっとなでてやり、やさしい声で話しかけながら、乳しぼりの前に手を温める。ミルドレッドは満足げに、のんびりとえさを食べている。デボラは牛の腹をなで、これから乳しぼりをすると知らせてから、張りつめた乳首を両手でそっと握りしめた。何度か手を動かしていると、乳が出てきた。牛の温かな腹から温かい牛乳が冷たいバケツにほとばしり出たとたん、湯気が上がった。

ら立ちのぼる蒸気にデボラの息が混じる。幼いころから慣れ親しんできたにおいが立ちこめていた。寒い日に牛の世話をするのは大変だけれど、決して嫌いな作業ではない。動物たちと一緒にいれば、ほかの嫌なことはみんな忘れてしまえる。何かを気に病むこともなく、助けが必要な人もおらず、自分の能力にふりまわされることもない。だからこうして腰を下ろし、額を牛の横腹に押しあて、乳をしぼり続けているのだ。指に力を入れてリズミカルに乳をしぼっていると、やがてミルドレッドの乳首に張りがなくなり、朝の牛乳でバケツがいっぱいになる。

デボラは腰かけをうしろへ押しやって立ちあがり、バケツを提げて歩きだした。ちょっと足を止め、しぼったばかりの牛乳を猫用に少し注《つ》いでやる。猫たちは器に群がって牛乳をなめ尽くすと、積みあげた干し草の上に姿を消した。

パピーが羨《うらや》ましそうな目で干し草の山を見上げ、ひと声鳴いて振り返った。

「さあ、もう火のそばに戻っていいわよ」

パピーが尻尾《しっぽ》を振り、先に牛舎から出ていった。デボラは空模様を眺め、足早に家へと向かった。空は今日もどんよりしている。また雪になりそうだ。暖炉の煙が屋根の上空に立ちのぼり、空に消えていく。燃える木のにおいと、近くの針葉樹林から流れてくる清々《すがすが》しい香りが鼻をくすぐる。キッチンで自分を待っている熱いコーヒーの味わいを想像したとき、ひとりで朝食をとるのではないことを思いだした。

思わず足どりが速くなる。裏口のポーチまで来たときには息を切らしていた。網戸に手をかけようとした瞬間、いきなりそれが開いたのでデボラは飛びあがった。

驚きの声をあげる。

マイクがバケツを奪いとったあと、デボラの腕をつかみ、ポーチを上がるのに手を貸してくれた。ふたりのあいだで元気にはしゃぐ年老いたコリー犬に、マイクは頬をゆるめた。

「やあ、おはよう、お嬢さん。おまえもデボラも、えらく早起きなんだな」それからマイクはデボラに顔を向けた。「なんていう名前だ?」

「パピーよ」デボラは足踏みをして、ブーツの底の雪を落としながら答えた。

「子犬《パピー》?」

デボラは肩をすくめた。「しょうがないでしょ。ずいぶん前には、ぴったりな名前だったんだから」

マイクは眉を上げ、デボラの腰に腕をまわして引き寄せた。

デボラは抵抗しなかった。

「牛乳をこぼさないでね」小さな声でささやく。

「心配するな」そう言うと、マイクがキスしてきた。

マイクの引きしまった唇は温かく、かすかにコーヒーの味がした。キスだけでなく、もっと彼を味わいたいと、デボラは思った。でも、そんなことが起こるわけもない。いまはまだ、その時ではない。

デボラの唇の間からうめき声がもれてくると、マイクの頭のなかは真っ白になった。冷えきっていた唇はもう温かくなり、口づけにも素直に応じてくる。マイクは、自分たちがどこにいるのか忘れそうになっていた。ふたりきりでいるわけでもないことさえ、あっさり失念してしまいそうだ。

こんなにも急速に心惹《ひ》かれたのは自分でも信じがたいが、幸運にけちをつけるつもりはない。ここまで女性にのめりこむのは久しぶりだった。しくじるわけにはいかない。女を求める男の常で、デボラのすべてがほしかった。ふたりが我を忘れたちょうどそのとき、パピーが吠《ほ》えた。

しぶしぶ体を離したデボラは、パピーを見てほほえんだ。

「火のそばに戻りたいのね」

マイクはため息をつき、しかたなさそうにデボラを放した。

「あんたもそうじゃないのか？　これはどうしたらいい？」牛乳のバケツをかかげてたずねる。

「こっちによこして。ここで牛乳を漉《こ》して、そのあとバケツを洗うから」

「手伝おう」

「前にもやったことがあるの？」

マイクは少し考えこんでから、にやりと笑った。「やったって、何を？」

デボラは顔をしかめてみせた。

「からかわないで。慣れてないんだから。牛乳を漉すことよ。セックスのことじゃないわ」

「いったいなんの話だ？」

「誰に向かってものを言っているのか忘れたの？」デボラはマイクの手からミルクを取り、大きな容器の上の漉し器に牛乳を注いだ。それから容器の口に清潔な綿布を詰めた。バケツを洗いにキッチンへ入る。

家のなかは、うっとりするほど暖かかった。

「ああ、やっぱり暖かいのはいいわね」デボラはコートを脱ぎ、裏口のそばのフックにかけた。「ほかに誰か起きてる《アップ》？」

マイクの笑みが大きくなった。

返事がないのでデボラは顔を上げた。すると、同じ問いが返ってきた。

「〝立ってる《アップ》〟やつがほかにいるかって？」

「みんなが起きてきたら――」

そこまで言って、デボラは吹きだした。この手の会話を男性と交わしたことはない。それでも腹が立つどころか、マイクの正直であけすけなところが愉快だった。

デボラの顔に驚いたような色が浮かび、やがて喜びに変わった。マイクは欲望にうずく下腹部を意識しないようにしながら、デボラの表情を見つめていた。警戒心を解いたデボラはとても愛らしい。笑い声ときたら……天然の美そのものだ。

「よからぬことを考えないように、せっせと手を動かしたほうがよさそうね」デボラがマイクにミルク用バケツと漉し器を手渡した。「はい、終わったら熱いお湯と洗剤でしっかり洗ってね。あとは裏口の外のフックに引っかけておいてくれればいいわ」

「かしこまりました」そう答えたマイクは、いわれなき非難を受けて心外だという顔をしてみせた。

デボラは小さく笑った。

「わざとらしい人ね。でも、かわいいわ」

マイクが立ち止まった。「おれが？　そうか？」

「そうって、何？」デボラは自分用にコーヒーを注ぎながら小声できいた。

「かわいい？」

デボラは砂糖入りのコーヒーを混ぜていた手を止め、視線を上げた。マイクの口調や表情から楽しげな様子が消えている。デボラは息をついた。

「あまり率直に言うと、あとで悔やみそうな気もするけど……あなた、かわいいわよ、マイク・オライアン」

マイクはうなずくと、重荷が取り除かれたかのように背筋を伸ばし、シンクに向かった。

デボラはコーヒーをすすり、もう少し砂糖を入れてかき混ぜてから、また口に運んだ。最高の味だった。マイクがバケツと漉し器を裏手のポーチに運んでいったあと、デボラは手を洗い、冷蔵庫からベーコンのパックを出して朝食のしたくを始めた。マイクが外へ薪を補充しに行き、デボラはベーコンを焼きだした。かりかりに焼きあがった最後の一枚をフライパンから皿に移していると、ジョニーの甲高い声が聞こえてきた。耳慣れぬ声なので、おびえているのか上機嫌なのか、どちらともつかない。デボラは様子を見に居間へと急いだ。

ジョニーとパピーが顔を合わせていた。

デボラが居間に入っていくと、火をかきたてるジェームズのかたわらで、マイクが新しい薪を暖炉にくべていた。

「もめてるわけじゃなさそうね」子犬のようにはしゃぐ老犬の姿に少し呆然《ぼうぜん》としながら、デボラは声をかけた。

「おはよう」ジェームズが言った。「昨日までの二日間に比べたら、今朝は天国だな」

デボラはマイクを見ないようにしていた。顔を赤らめてしまいそうだったからだ。それでも、彼がこちらをじっと見つめ、あのキスを思い浮かべているのはわかった。

パピーがジョニーの耳のすぐ下に鼻づらを押しあてたあと、顎をなめ始めた。ジョニーが金切り声をあげた。

そのとき、エヴァンが駆けこんできた。かろうじてズボンだけは身につけているものの、まだシャワーの水滴をつけたままだ。居間に入ってくるなり、まっすぐに息子を見すえた。

「ジョニー？」

ジョニーがあおむけに寝転がって見上げた。

「パパ！　ほら、かっこいい犬！」

エヴァンはほっとしたように息を吐きだし、髪をかきあげた。眼帯がないので顔のひどい傷がむきだしになっていたが、エヴァンには気にする余裕もなかった。悲鳴のような声を聞き、思わず体が動いてしまったのだ。

「なんだ」エヴァンは声をもらした。「心臓が止まりかけたぞ」

「ごめんなさいね」デボラは謝った。「うちの犬がこんなに興奮するとは思わなかったわ。外に出しましょうか」

「だめ！」ジョニーが叫び、年老いたコリー犬の首にしがみついた。「やめて、パパ、お願い！　静かにする。約束するから」

エヴァンはひざまずいてジョニーと目線を合わせ、髪をくしゃくしゃとなでてやった。

「いいんだ。パパが心配しすぎただけさ」やさしい声で息子に謝り、老犬に笑顔を向けた。

「やあ、お嬢さん。きみの名前は？」

「パピーよ」デボラが答えた。

「最高の名前だね」ジョニーが言い、握手をする格好で犬の前足を取った。「こんにちは、パピー。僕はジョニーだよ。よろしくね」

紹介に応《こた》えるかのようにパピーが吠えたので、誰もが笑った。みんなの機嫌がいいのに安心したのか、ジョニーはにっこりして、また犬との取っ組みあいを始めた。パピーもジョニーに劣らず楽しそうだ。

エヴァンは服を着るため部屋に戻り、ジェームズとマイクはふたたび暖炉に向かった。デボラは、客のひとりが姿を見せていないことに気づいた。

「今朝、モリーを見た人はいる?」

マイクとジェームズが首を横に振った。答えたのはジョニーだった。

「まだ寝てるよ」

デボラは眉をひそめた。こんなに騒がしいのに寝ていられるなんて妙だ。

「ちょっと様子をのぞいたら、朝ごはんにしましょうか」

ジョニーの言うとおり、モリーはまだ眠っているようだった。エヴァンは息子に起こされてベッドを抜けだしたあと、ていねいに毛布をモリーの体にかけ直したのだろう。モリーは濃い色の髪を枕《まくら》の上に広げ、毛布の下で体を丸めている。

デボラは部屋を出ようとしたが、ふと、何かが心に引っかかった。眉根を寄せてベッドに近づき、間近からのぞきこむ。

モリーの頬は、ひどく暑い場所にいるように赤く染まっていた。部屋は肌寒いくらいなのに、これはおかしい。

デボラはすぐに手の甲をモリーの額にあてた。燃えるように熱い。

「エヴァン！」

浴室のドアが大きく開いた。ちゃんと身じたくを整え、眼帯もつけたエヴァンが立っている。ベッドにかがみこむデボラを見て、エヴァンは顔をしかめた。

「どうしました？」デボラの視線がモリーに向いているのに目をとめる。「モリー？　モリーがどうかしたんですか？」

「ひどい熱なの。夜のあいだに何か気づかなかった？　眠れなかったのかしら。何度も目を覚ましていたみたい？」

エヴァンがベッド脇《わき》に飛んできた。

「病気でしょうか？」

「けがのせいかもしれない。感染症ってこともあるわ。昨夜《ゆうべ》はジョニーのことにかまけてばかりで、モリーの具合をよく見てあげなかったわね」デボラの表情がさらに険しくなった。「お風呂に入るのを手伝ったときは、深い切り傷も、内臓を傷つけるようなけがも目につかなかったけれど」

「どうしますか?」エヴァンがきいた。

「よく調べてみないとね。あなたは席をはずして――」

「モリーをひっくり返すのは、あなたひとりじゃ大変でしょう。それに、モリーは息子のために危険な目に遭ったんだ。放っておくわけにはいきません」

デボラは反論しなかった。人手がいるという点ではエヴァンの言うとおりだ。

「わかったわ。じゃあ、おなかを見てみましょう。内臓に損傷があれば、腹部がふくれていると思うの」

「そんな……」エヴァンはつぶやき、毛布をはがすのに手を貸した。

デボラがモリーの体を調べているあいだ、エヴァンはただ息を詰めていた。ほっそりした腕や脚はあざだらけだった。これほどの傷を負ったからには相当の衝撃を受けたに違いないと想像し、エヴァンは気分が悪くなった。デボラがナイトガウンの前をあけたとき、脇腹のあざの大きさに、ふたりとも息をのんだ。

「ひどい……なんでこんなことに」エヴァンが口を開いた。「肋骨《ろっこつ》が折れたのでしょうか?」

「何かにぶつかったのか……何かが飛んできたのかしら。肋骨は……大丈夫みたいね。さわったかぎりでは、別に問題ないみたい。ひびが入っているかもしれないけれど、骨がずれた感じはしないわ」

「よかった」エヴァンが声をもらした。

「本当ね。じゃあ……モリーを横向きにさせるから手伝って」

されるがままのモリーに、エヴァンは最悪の事態を覚悟した。

「ひとこととも口をきかないし、服を脱がされてもじっとしているなんて……普通じゃない」デボラと一緒にモリーを横向きにさせながら言った。

デボラは口を開きかけて絶句した。

「なんてこと」そうつぶやき、体をかがめて背中の傷に手を触れた。

「どうしました？」エヴァンがたずねた。

「ここ……背中の下のほう。昨日の夜、どうして気づかなかったのかしら」

エヴァンがのぞきこんできた。皮膚のすぐ下に黒く細長いものが入りこみ、周囲が赤く腫《は》れあがっている。

「なんです、これ？」

デボラはそっと黒いものを押してみた。動かない。

「わからないけど……何かが皮膚の下に刺さっているみたい」

「父さんを呼んできます」

「いいえ、モリーのそばについていて。応急処置の道具を取ってくるから。そのときマイクにも話すわ」

「応急処置って、何をするんですか？」

「何が刺さっているにせよ、よけいなものには違いないんだから、取りださないとね」

モリーがうめいた。

デボラは心配げにモリーに目を向け、部屋を飛びだしていった。エヴァンはモリーとふたりきりで残された。

熱いほてりがモリーの体から伝わってくる。幼い息子を抱きしめたときのように、モリーを膝にのせて揺すってやりたかった。事故でこんな傷を負ったのに、彼女はひとことも言わなかった。ジョニーとふたりで生きのびることしか頭になかったのだろう。

エヴァンはモリーの体に毛布をかけてから、ベッドの縁に腰かけた。思わず彼女の手を取る。モリーが手を握り返してきたとき、エヴァンは胃が締めつけられるのを感じた。モリーの話をしていたのが本人にもわかったのだろうか。それとも、ただ反射的に握り返してきただけなのか。おびえているのだろうか。エヴァン自身はおびえていた。モリーの額にかかった髪をかきあげてやり、頬に手のひらをあてた。

「モリー、聞こえるか」

モリーのまぶたの隙間《すきま》から涙がこぼれ落ち、エヴァンの指を濡《ぬ》らした。

「ああ、ハニー……怖がらなくていい。きみはひとりじゃない。きみは息子についていてくれたんだ、今度は僕がきみについているよ」

その声が聞こえたのか、モリーはゆっくりと大きく息をつき、腫れている背中に手を伸ばそうとした。

「何か……痛い……」

エヴァンはモリーの腕に手をかけた。

「そうだね、モリー。すぐ楽にしてあげるから」

モリーのまぶたが震え、わずかずつ開いた。

「いや……来ないで。近寄らないで。死にたくない」

エヴァンの胃が引きつった。自分は例の殺人犯だと思われている。「心配するな、モリー。僕だよ、エヴァンだ。大丈夫、絶対きみを死なせたりしない」

その直後、デボラが駆け戻ってきた。すぐうしろにマイクもいる。

「ジョニーはどこに?」エヴァンがたずねた。

「親父《おやじ》と一緒だ」マイクが答えた。「こっちはどうなってる?」

「モリーは事故でけがをしていたのに、何も言わなかったんだ。もっと気をつかってあげればよかった。具合くらいきいてあげればよかったのに、僕らときたら、みんなジョニーのことにかまけてばかりで……」

マイクは、エヴァンの声に混じる後悔の響きを聞きとった。「ああ、申しわけないことをしたな」そう言ってベッドに近づき、毛布に手を伸ばした。「傷を見せてみろ」腫れあがった背中を見て顔をしかめる。「ひどいな」

「はい、これ」デボラが何枚かの大きなバスタオルをマイクに手渡した。「モリーの体の下に敷いて」

マイクはバスタオルを広げ、モリーの下に押しこもうとした。体を押されたモリーが寝返りを打とうとする。

「動かないで、モリー。そのまま寝ていて。聞こえる？　デボラよ。傷の具合を診るから、そのままじっとしていて」

「痛い」くぐもった声がモリーの口からもれた。

「でしょうね。早く気づいてあげられなくて、ごめんなさいね」

マイクとエヴァンは、デボラが動きやすいよう脇にどいた。デボラはひとつかみのコットンをアルコールにひたし、患部をていねいに拭《ふ》いた。

「これ、なんだと思います？」エヴァンがきいた。

「何が刺さっていてもおかしくないわね」デボラは答え、応急処置の道具をかきまわした。

「ああもう！」吐き捨てるように言う。

「どうしました？」エヴァンがたずねた。

「冷却スプレーがあったはずなのに。傷のまわりを冷やそうと思ったのに、冷却スプレーがないのよ」

「どうしようか」マイクが問いかけた。

デボラは部屋を見まわし、窓に視線を向けた。ガラスにびっしりとついた霜の模様を見て、外にあるものを思いだした。

「雪！　雪を使えばいいんだわ。マイク、裏口のポーチのテーブルに大きい洗い桶があるの。それに雪を入れてきてくれる？　冷却スプレーがわりに使えるわ。効果抜群というわけじゃないけれど、なんの痛み止めもせずに背中を切開するよりはましでしょう」

「そんな……」エヴァンがうめいた。

戦場で応急処置を受ける兵士たちの姿が、まざまざと脳裏によみがえってきた。どういうことだ。イラクでもないのに。古めかしい家のなかにいて、クリスマスまであと何日もないのに。雪が降っている。ジョニーと一緒に雪だるまや雪のアイスクリームを作る日だ。モリーの背中から金属片を摘出する日じゃない。

打ち沈んだ息子の様子に気づかず、マイクはデボラの求めに応じて出ていった。「すぐ戻る」

「大丈夫かね？」足早に居間を通り過ぎるマイクに、ジェームズが声をかけた。

マイクはジョニーをちらと見て、首を横に振った。

その意図を察したジェームズは、すかさずジョニーの注意をそらした。「パピーはおもちゃをかじって遊びたいのではないかね。ほら、暖炉の脇の寝床にあるぞ」

また雪混じりの風が吹きあげていた屋外で、マイクは古びた洗い桶に大急ぎで雪を入れた。雪の入った桶をかかえて戻るころには指がかじかみ、感覚もなくなっていた。

「これでいいか」ベッドのかたわらに桶を置く。

デボラはモリーの向こう側に広げたタオルに桶を引き寄せた。

「さあ……ふたりとも、雪をすくって傷にあてるのよ。雪が溶けだしたら、どんどん取りかえて」

三人は桶に手を突っこみ、雪をすくって患部に押しあてた。

モリーは朦朧《もうろう》としながらも、雪の冷たさに顔をしかめた。うめき声をあげ、力ない動きで苦痛から逃れようとする。

エヴァンはモリーに不快な思いをさせたくなかった。何がどうなっているのか本人が気づいていないのだから、なおさらだ。

「ごめんよ、ハニー」新しい雪を患部に押しあてながら、そっと話しかける。「本当にごめん……でも、すぐ楽になるからな」

モリーの肌が氷のように冷たくなった。いよいよだ。デボラはラテックス製の手術用手袋をはめ、小型のメスにアルコールを振りかけた。

「モリーを押さえて」そう言うと、すばやい手つきで背中の異物ぞいに皮膚を浅く切った。

苦痛にうめくモリーの声がエヴァンの心を引き裂いた。傷口から流れだした血に、すくみあがる。真っ赤な血と、真っ白な肌。

デボラがてきぱきと手を動かした。手術の心得があるらしく、危なげない手つきだ。異物を取りだせるだけの開口部ができると、デボラは大型のピンセットを取り、あけたばかりの傷口に差し入れた。

「何が刺さってるんだろう？」マイクがきいた。

異物をピンセットでつかんだ瞬間、デボラの眉間《みけん》のしわが深くなった。だが、たちまちピンセットの先が滑った。

「ああもう！」デボラはつぶやき、ピンセットを握り直した。あふれ出る血のなかで、なんとか異物を捉《とら》えようとする。「やった。なんだかわからないけど、つかんだわ」

モリーがふたたびうめき、身をよじった。そのはずみでピンセットの先がまた滑った。

「ああ、だめ」デボラはマイクを見上げた。「しっかり押さえて」鋭い声で言う。

「すまない」マイクが謝った。

エヴァンは痛みを自分のことのように感じ、体を震わせていた。

「頼むから……早く終わってくれ」小さな声で祈る。

デボラはガーゼをひとつかみ取って傷口の血を拭《ぬぐ》い、再度ピンセットを構えた。

「ようし、捕まえたわ」デボラが声をあげた。「モリーを押さえて……しっかり押さえて……そうよ、いい子ね、モリー。もう少しよ」

モリーの背中から金属片が出てきたとき、エヴァンとマイクは信じられないというように目をみはった。幅は五十セント硬貨より広く、長さは八センチほどもある。何かの金属の先がちぎれたものだろう。縁はぎざぎざだが、かみそりのように鋭い。

「信じられんな。こんなものを背中に刺したまま歩きまわっていたなんて」マイクが声をあげた。

「わたしたちこそ、どうしてもっと早く気づいてあげられなかったのかしら」デボラが言った。

傷口をアルコールで濡らすとモリーがまた声をあげたが、デボラは手を止めなかった。傷口を拭いて消毒し、外科用の針で手早く傷口を縫いあわせた。

針が皮膚に刺さるたびにモリーがうめいた。エヴァンが手を握ってやったとき、モリーの目から涙がこぼれた。細い指がエヴァンの手を握り返してくる。モリーの爪が手のひらに食いこんだが、エヴァンは放そうとしなかった。

「よし、これで終わりよ」デボラがふいに言葉を発した。最後にもう一度、消毒液で傷口を拭く。モリーはぐったりしていた。

「失神したらしい」エヴァンがつぶやいた。

デボラは薄手の包帯で傷口を覆い、ナイトガウンを着せてやった。立ちあがると体が震え始めた。

「お疲れさん」マイクがそっと声をかけた。

「ありがとう、ふたりとも。抗生物質があると、もっとよかったのだけれど」

エヴァンが顔を上げた。表情が険しく、顔色は真っ青だ。まるで、モリーが皮膚を縫われるたびに、自分まで痛みを感じていたかのようだった。「ありますよ。抗生物質なら、少し持ってきています」

マイクが顔をしかめた。「だめだ、おまえがのまなきゃならん薬だろう。それをモリーにやってしまおうっていうのか」

エヴァンが父をにらみつけた。「ああ、絶対のんでもらう。僕の傷はもう治っているから、なくても大丈夫だ」

エヴァンが薬を取りに出ていった。マイクも濡れて血まみれになったタオルと、溶けかけた雪入りの桶を片づけに行く。部屋に戻ると、デボラがベッドの端に腰かけ、床を見つめていた。

「大丈夫か？」

デボラが深く息を吐き、顔を上げた。「こんなことをしたのは何年ぶりかしら」

「手術の心得があるんだな？」

デボラがうなずいた。「こういうところで暮らしていると、なかなか医者にもかかれないから。応急処置のやり方を知っているかどうかで生死が分かれることもあるのよ」

「モリーは運がよかったんだな」

デボラは何も言わず、モリーの背中から出てきた異物に手を伸ばした。

「なんだかわかるか？」マイクがきいた。

デボラは金属片に指を滑らせ、視線を上げた。

「さあ……」そう答えたとたん、デボラの目の焦点が合わなくなり、がくりと頭が落ちた。

へし折れる木々。

雪のなかに突っこんでいく。

落ちる……落ちる。

何かが近づいてくる。

背を向けたとたん……背中に激痛が走る。

デボラがあえぎ、大きく息を吸いこんだとたん、頭のなかの光景が消え去った。

「機体の外側の破片だわ」デボラは金属片をベッド脇のごみ箱に捨てた。

マイクは濡らした布を取り、血まみれのデボラの指をやさしく拭いた。

「なあ、デボラ」

デボラは顔を上げた。「何？」

「あんたに背中を預けて戦える男は幸せだ」

唐突にほめられ、デボラは礼を言おうとした。けれども、口を開けば泣いてしまいそうだった。

「薬を持ってきました」そのときエヴァンが戻ってきた。

デボラたちの視線はモリーに集まり、それからエヴァンの手のなかにある薬へと移った。

「起こさないと、薬をのませられんぞ」

「感染症がひどくならないうちに、のませたほうがいいわ」

「水も持ってきました」そう言ったエヴァンが指示を出した。「父さん、モリーの体を起こしてくれないかな」

マイクはモリーの肩の下に腕を差し入れ、水にむせたりしないよう起こしてやった。

「モリー？　モリー、僕だよ、エヴァンだ。口をあけてくれ。熱があるから、薬をのもう。聞こえるかい。口をあけて」

モリーが反応したので三人とも驚いた。エヴァンは歯の隙間から薬を滑りこませると、口元に水のグラスを近づけてやった。

「水だよ。飲んで、モリー」グラスを傾け、モリーの口に水を滴らせる。「飲むんだ、モリー。水で薬を流しこむんだ」

モリーがむせ、水が少しばかり口元から喉へと流れ落ちた。

エヴァンは眉根を寄せ、モリーが薬を吐きだしてしまわぬよう、あわててモリーの顔を上に向けた。

「だめだ。ちゃんと飲むんだ、モリー。ほら、飲んで」

今度はうまくいった。

「飲んだな」モリーの体から力が抜けるのと同時にマイクが言った。

「よかった。あとはゆっくり休ませてあげないとね」

「僕がついています」エヴァンが申し出た。

マイクはエヴァンに目をやり、モリーを見下ろしてからうなずいた。

「それがいいだろうな。何かあったら呼んでくれ」

エヴァンは首を縦に振った。モリーの青白い顔と、頬を伝う涙に目を奪われていたので、マイクとデボラが部屋から出ていったことにも気づかなかった。

11

デボラが居間を通り抜けたとき、ジョニーはまだそこにいた。さきほど、みんなでテレビのニュース番組を見たが、墜落事故については触れていなかった。もっと早くに報道されたのを見逃したのか、あるいは悪天候のせいで新しい情報が集まっていないのか。ジョニーは暖炉のそばで床に座りこみ、アニメ番組を見ている。パピーはジョニーの膝に頭をのせ、寝そべっていた。デボラはにっこりした。わたし、捨てられたのかしら。パピーはもっと年若い遊び相手を選んだのかもしれない。

デボラはくすくすと笑いながらキッチンへ入った。ジェームズがコーヒーを注《つ》いでいる。その背後にマイクの姿を見つけたとたん、デボラの笑みが大きくなった。

マイクはデボラの瞳のきらめきに、うっとりと目を奪われた。自分でもこんなふうにデボラを笑わせられたらいいのにと思う。「ずいぶんかわいい顔で笑ってるじゃないか。どうしたんだ？」

「ジョニーとパピーよ。恋に落ちたみたいね」

「そうなっても無理はないな」

デボラがマークとジェームズをそわそわと見比べた。みんなを雪のなかに置いてきぼりにするべきだったかもしれないと、たったいま思いついたような表情だ。

「食事にしよう」ジェームズが口を開いた。「腹がすいたよ」

デボラは両手でシャツの前をなでおろしたが、それでも緊張はほぐれなかった。

「そうね……すぐに——」

「座っていなさい」ジェームズが制した。「ベーコンはあんたが焼いてくれたし、もうすぐトースターから、ほどよく焼けたパンも出てくる。わしがスクランブル・エッグを担当させてもらえないなら、あんたの食料をもらうわけにはいかないよ。みんなを呼んできてくれ。早く来ないと料理が冷めてしまうと言ってきなさい」

「あとはジョニーだけよ。エヴァンはモリーに付き添っているし。ふたりの分は残しておきましょう」

「よろしい。それでは卵に取りかかろうか。ジョニーを呼んでおいで。顔と手を洗ってくるように言いなさい。パピーとさんざんキスをしていたからな」

「それのどこが悪いの？」

ジェームズとマイクが振り向き、デボラをまじまじと見てから吹きだした。

「まったく……あんたみたいな人がいるなんて、知らなかったぞ」そう言いおいて、マイクはジョニーを呼びに行った。

デボラは赤くなり、ばかなことを言ってしまったと悔やんだ。無邪気な若い娘じゃあるまいし。浮世離れした超能力者のせりふじゃないわね。

マイクに連れられてきたジョニーは、父とモリーがいないと即座に気づいた。

「パパは？　モリーはどこ？　一緒に食べなきゃだめ」

その口調から、デボラはジョニーのおびえを感じとった。けれどもマイクはジョニーのわがままをたしなめようと考えたらしい。

「モリーは具合が悪くて、パパが看病してるんだ。座って食べよう。食べ終わったら、ふたりのところへ行けばいい」

「いや！　パパとモリーも一緒に食べるの」

マイクがいらだたしげに髪をかきむしった。「なあ、ジョニー……いいかげんに――」

デボラは、騒ぎが大きくならないうちに助け舟を出すことにした。ジョニーの恐怖心が伝わってきたからだ。恐怖心をやわらげてやるくらいのことは自分にもできる。

「ねえ、ジョニー。わたしがモリーの看病をしているから、あなたはパパと一緒に食べましょう。食事がすんだら、パパとふたりでしばらくモリーのそばにいられるし。わたしが食べるのは、そのときでいいわ。でも、わたしの分は残していてね。約束よ。どう？」

「いいよ」ジョニーは答え、マイクを見上げた。その決定に横槍《よこやり》を入れてこないかどうか、顔色をうかがう。

「ありがとう」マイクはデボラに言いながらジョニーを食卓の椅子に座らせた。「また借りを作っちまったな」

なんでもないというふうに肩をすくめたデボラは、謎《なぞ》めいた笑みをゆっくりと浮かべた。

「あなたがここを発《た》つ前に、まとめて返してもらうから」

デボラがキッチンから出ていくのと同時に、マイクのうなじの毛が逆立った。いまの言葉はどういう意味だろう。

エヴァンは亡き妻の顔を思いだそうとしていた。だが脳裏に浮かんでくる妻は、どうしてもモリーの顔になってしまう。エヴァンは罪悪感を覚えた。同時に、息子の命を救ってくれた女性に対して感謝以上の気持ちを抱いていると悟った。

それどころか、モリーがかすかにうめくたびにエヴァンは動揺した。病院に連れていかなければならないが、天気が回復するまでは不可能だろう。ベッド脇《わき》に座って見つめていると、モリーが毛布を押しのけた。体を動かした拍子に激痛が走ったらしく、うめき声をあげる。

「かわいそうに、ハニー……かわいそうに」エヴァンはやさしく言い、毛布をかけ直した。

モリーのまぶたの隙間《すきま》から涙がこぼれ、鼻の脇を伝って落ちたとき、寝室のドアがあいた。エヴァンは、やっとの思いで顔を上げた。

入ってきたのはデボラだった。そっとエヴァンの頭に触れ、その手を首の下にまで滑らせながら口を開く。

「ジョニーと一緒に朝食をとってあげて。そのあいだ、わたしがモリーについているから。食べ終わったらジョニーを連れていらっしゃい」

はじかれたようにエヴァンが立ちあがった。「何かあったんですか」

「たいしたことじゃないの。ジョニーが少し不安がっているだけ。無理もないけれど。もう安全だってことを、わからせてあげないとね。あなたがそばにいれば、ジョニーも安心するはずよ」

「どうしましょう」エヴァンがモリーに顔を向けた。「寝ながら泣いているんです。ひどく痛むのでしょうか？」

「昨日の夜、眠れなかったのかしらね？」

「そのようです」

デボラはため息をついた。「とにかく鎮痛剤と抗生物質はのませたんだから、様子を見ましょう。さあ、ジョニーと食事をしていらっしゃい。わたしの分のベーコンと卵を残しておいてね」

エヴァンは無理やり笑顔を作った。「はい……わかりました。何度も言うようですが、僕も父たちも、あなたに心から感謝しています」

「そのうちお返しをしてもらうわ。あなたのお父さまにも同じことを言ったんだけどね」

もう一度モリーに目をやり、エヴァンは足早に出ていった。

デボラはベッドのそばに腰を下ろし、モリーの肌に触れた。まだ熱い。薬が効いてくるには、もう少し時間がかかるようだ。

デボラは毛布を直し、モリーの顔にかかっていた髪を軽くなでつけた。

「あなたには知る由もないことだけれど、ジョニーとエヴァンはすっかりあなたに惹《ひ》かれているわ。気をつけないと、永遠に離れられなくなるわよ」

デボラは浴室に行き、冷たい水で濡《ぬ》らしたタオルを持ってきた。モリーの額にタオルをあてる。この程度のことでも、熱のある身には気持ちがいいかもしれない。

デボラはベッド脇に座り、濡れタオルを換えてやりながら、早く雪がやむよう願った。モリーとジョニーを医者に診せ、もう大丈夫と言われたなら、ずっと気が楽になるのだろうけれど。

静まりかえった部屋にいると、なんの心配もないような気さえしてくる。聞こえるのは、柔らかい音で時を刻む電池式の掛け時計と、反対側の窓をときおり叩《たた》く雪や風の音だけだ。

モリーの額に新しい濡れタオルをのせ、デボラは窓に近寄って外を見た。

空は灰色で、どんよりとしている。吹きあげる雪のせいで、あたりは真っ白だ。窓の左上の隅から、かすかに隙間風が入ってくる。早く充填《じゅうてん》剤を詰めなければいけないと、デボラは記憶に刻みつけた。

牛舎まで行き来したときの足跡は、ほぼ消えかけている。いまのところ、外界と連絡を取るのは難しいが、どうすることもできない。とはいえ、妙な不安を感じる。

窓に背を向けたとき、遠くの光景が脳裏に浮かんだ。いきなりの千里眼にデボラはバランスを失い、床に両膝をついてしまった。

手のひらにはカーペット表面の毛玉の感触があるのに、見えるのは自分の部屋ではなかった。部屋どころか、この家の光景でもない。

男の脈拍は乱れていた。呼吸は浅く、荒い。壁のごとく周囲に立ちはだかる木々を見まわした瞬間、男の胸に恐慌が渦巻いた。その恐慌はデボラにも伝わった。

デボラは殺人犯の姿を見ているだけでなく、いつしか男の心のなかにまで入りこんでいた。そうとわかったとたん、胸の悪くなるような気分に襲われた。この男は人の命など、なんとも思っていない。デボラは、まるで自分が殺人事件を目撃したかのように、そのことをはっきりと感じた。苦痛も伝わってくる。そして、男も事故の傷から回復しようとしているのがわかった。

男は向きを変えて歩きだした。デボラは、はっとした。このまま歩いてくれれば、男の顔が見える。

男が一歩、また一歩と近づいてきた。デボラの脈拍が速くなった。ゆっくりと息を吸いこみ、男の顔を正面から見ようとした。だが無理だった。いつものことだが、頭のなかの光景を自分で操作するのは不可能だ。

胃が引きつりだした。あと数歩で男の顔が見える。

男は震える手で目をこすった。男が顔を上げたとき、その横顔がデボラの目に飛びこんできた。

男の顔は細長く、明るい色の目は小さい。鼻を骨折したばかりのようだ。乱れた髪には乾いた血がこびりついている。灰褐色の髪の色も判別できないほどだ。服は雪だらけで、何日分かの不精ひげが伸びている。彼はごく普通の男だったのだろう……もっとも、口元は冷酷にゆがんでいたが。

デボラが見つめていたのは男の口だった。唇が動いているものの、声は聞こえない。なんと言っているのか。いくぶん正気を失っているように見えるが、ひどい怒りようだ。いらだちが伝わってくる。

マイクが朝食のトレーを手に部屋へ入ってきたが、デボラの目には入らなかった。マイクが小声で悪態をつく声も聞こえず、自分を立たせてくれたことも気づかない。デボラは男の顔を正面から見ようと、やっきになっていた。

あと一歩、少しだけ右に行って。ほんの少し歩いてくれれば……。見えた！　男の顔が見えた。男はそっと顔の傷やあざをさぐり、折れた鼻筋を慎重にさわった。そのとき男の声がはっきり聞こえてきたので、デボラは驚いた。

〝しっかりしろ、ウィルソン。目撃者を消さないと身の破滅だぞ〟

デボラは息をのんだ。そのとたん、頭のなかの光景が消えた。そしてふいに、マイクが自分の体を支えながら顔をのぞきこんでいるのに気づいた。

「何が見えた？」

デボラの体がふらついた。

マイクはうなり、デボラを抱き止めた。

「尋常じゃないな」そうつぶやくと、デボラの頭のうしろに手をまわし、自分のほうへ引き寄せた。デボラの頬が肩にあたる。「こんな質問をしていること自体、我ながら信じられない」

「殺人犯よ。殺人犯が見えたわ」デボラは恥ずかしくなってマイクの腕から逃れた。

「どこにいた。そいつの名前は？　電話が通じるかも――」

デボラは夢中でマイクの腕をつかんだ。指が筋肉に食いこむ。

「自分のことをウィルソンと言っていたわ。名前なのか姓なのかは、わからないけれど。居場所の見当もつかない。でも、何をしているのかは見えたわ」

「なんだって。外をうろついてるのか。こんな吹雪なのに。逃がすわけにはいかんぞ」

デボラはベッドに横たわるモリーを不安げに見て、声をひそめた。

「逃げようとしているんじゃないわ」抑えた声で言う。「モリーとジョニーを追っているのよ」

「あとをつけてきたっていうのか？」

いきなり首筋に冷たい風を感じたかのごとく、デボラは身を震わせた。

「ええ。ふたりをさがしているみたい。殺人の目撃者を消してしまいたいんでしょう」

その言葉はマイクの耳に入ったが、長いトンネルの向こうの声を聞いているようだった。現実のできごととは思えない。まだ危険が去っていないなんて、とても信じがたい。

「ふたりを殺しに来るのか？」

デボラがうなずいた。

「そいつを見たのか？」

「ええ」

「それなら、おれたちのほうが少し有利だな。あんたのおかげで、そいつの風体がわかるんだから」

デボラは目を見開いた。胃が引きつる。

「わたしを信じてくれるの？」

「心の底から信じてるさ」

マイクは本気だった。その表情を見ればわかる。デボラの肩から大きな重荷が転がり落ちた。夢にも思わなかったことだ。

「どうしたらいいかしら？」

マイクは急速に冷めかけている朝食を指さした。

「まずは食べることだな。それから全員で作戦会議だ」

デボラはうなずき、フォークを取った。


ダレン・ウィルソンは起きあがった。頭がずきずきするうえ、苦痛のまっただなかにいる。三箇所に小便のしみを作ってひと息つくと、また倒木に座りこみ、ほかに何ができるかと考えた。

アルフォンソ・リベーラと墜落事故と負傷のせいで、外国へ高飛びする計画は丸つぶれだ。この苦境を乗り越えたとしても、別の飛行機に乗ってリベーラの追手をかわすだけの気力が残っているだろうか。連中は自分と、そしてリベーラの金をさがしまわるはずだ。

運ばれてきた朝食は、そのまま下げられた。目を覚ましたモリーは、ベッド脇の椅子でうとうとしているエヴァンに気づいた。自分の隣にはジョニーがいて、毛布の上で大の字になって眠っている。昨夜パジャマがわりに着ていた古いTシャツのままだが、胸にぶどうジャムの小さなしみがついている。ウールの靴下を膝の上まで伸ばしてはいていた。打撲傷は青黒いあざになっているが、脇腹の痛みは日ごとに薄れていったに違いない。頭がふらふらするし、胃もむかつくけれど、背中の痛みはそれほどひどくない。

「エヴァン?」

エヴァンが反射的に体を起こした。

「モリー? 痛むか。何かほしいものはあるかい?」

親身な気づかいを意外に思いながら、モリーは何か必要なものがあるだろうかと考えた。

「気分が悪いの」

「熱があるんだよ」エヴァンは手の甲をモリーの頬にあてた。

「背中が……」

エヴァンの手がモリーの頬を包みこんだ。「けがのことを、なぜ黙っていたんだ?」

「なんのこと?」

「まったく、きみは背中に金属片を突き刺したまま何日も歩きまわって、感染症を起こしていたんだぞ。自分で気づかなかったわけはないだろう」

モリーは信じられないというふうに目を見開き、痛む背中に手を伸ばした。

「痛かったのは確かだけど、全身が痛くて。どこからどこまで痛いかなんて、わからないわ」

デボラがあててくれた包帯をほどいてしまわないよう、エヴァンはモリーの手をそっと押さえた。

「何時間か前に、デボラが切開して金属片を取り除いてくれたんだ。傷を縫ったから、さわらないで」

「いやだ、本当?」モリーはつぶやいた。ジョニーを見下ろし、髪をすいてやる。「ジョニーは大丈夫?」

「元気だよ。きみのことをひどく気にかけている。気を悪くしないでほしいんだが、きみがいないと精神的に不安定になるみたいだ。ふたりで苦労してきたんだから無理もないがね」

モリーの目に涙があふれた。「気を悪くするだなんて、とんでもないわ。ジョニーは特別な子よ」

ベッドに腰を下ろしたエヴァンは、しげしげと見つめてくるモリーの視線を感じた。思わず顔をそむけ、傷跡がモリーの目に触れないようにする。

「僕の顔は不気味だろう」

「不気味だなんて」モリーはまばたきをして、目を閉じた。「そんなことないわ……痛々しいだけ」ぽつりと言う。

エヴァンは喉のつかえをのみくだし、薬に手を伸ばした。鎮痛剤と抗生物質を手のひらに振りだす。

「モリー、寝る前に薬をのんだほうがいい……ほら」

モリーは目を開こうとしたが、口しかあけられなかった。

エヴァンはふたつのカプセルを歯のあいだに滑りこませ、テーブルの水を取った。

「ゆっくり飲んで。むせないように」そう声をかけ、モリーの頭の下に手を差し入れた。水を飲みやすいよう、体を起こしてやる。

水を飲ませ終えると、モリーを寝かせて毛布をかけた。また椅子に座ろうとしたとき、モリーの指がエヴァンの腕にかかった。

「ここにいて」モリーがささやいた。

小さな痛みがエヴァンの胃を駆けめぐった。ここに？　一緒にいる時間が長くなればなるほど、寄り添いたいという気持ちがつのっていく。

「ああ……わかった」エヴァンは静かに言い、ジョニーをベッドの中央にずらして自分が寝る隙間を作った。

モリーが目をあけると、じっとのぞきこんでくるエヴァンと視線が合った。傷のある顔に眼帯をかけたエヴァンは、ハリウッド映画の海賊と言っても通るかもしれない。けれども、モリーにはよくわかっていた。彼は戦場から戻った男というだけではない。息子との約束を果たした父親だった。

モリーは微笑し、ジョニーをはさんでエヴァンの手に触れた。エヴァンと指をからませると、ようやく緊張がほぐれた。薬が効き始め、まぶたが重くなっていく。そして、ついに眠りに落ちた。

モリーの寝息が遅くなり、肌が冷えていくまで、エヴァンは間近で見つめていた。熱が下がったのを確信し、目を閉じる。そのとたん、別の悪夢に引きずりこまれていった。あたりは血と爆弾だらけで、死に行く兵士たちの悲鳴がひっきりなしに響いている。迫りくる戦車から逃れようとしたとき、抑えようもないほど体が引きつった。何台ものトラックにひかれ、砂漠の地面に押しつぶされそうになった瞬間、モリーの指に力がこもるのを感じた。これこそまさに、現実へと戻るのに必要なものだった。エヴァンは身ぶるいした。少しずつ体の力が抜けていく。そうだ、僕は安全なベッドのなかにいるのだった。息子と……彼女とともに。

12

デボラとマイク、そしてジェームズは、暖炉のそばで膝を突きあわせていた。廊下の先の部屋で眠っているモリーたちを起こさぬよう、抑えた声で話をする。ジェームズはデボラの見た光景にショックを受けていた。殺人犯が悪事の目撃者を消してしまおうと迫ってくるなんて、とんでもない。ジェームズはあわててカーライルの保安官事務所に電話をかけたが、つながらなかった。

テレビがつけっぱなしになっているが、三人とも、ろくに見ていない。どうしようかと考えこんでいたので、廊下を歩いてくる小さな足音も聞こえなかった。ジョニーがぐずりだすまで、そばに来ていることさえ気づかなかったくらいだ。

デボラがぎくりと振り向いたとき、はじかれたようにマイクが椅子から立ちあがってジョニーに駆け寄った。ジョニーは目を固く閉じたまま、エルモの縫いぐるみを胸に抱きしめ、ひどく震えている。ジョニーを抱きあげたマイクは、病気ではないかと心配した。

「なんだ、どうした。マイク・パパに話してごらん。具合でも悪いのか?」

ジョニーがマイクの首にしがみつき、胸元に顔をうずめた。エルモの縫いぐるみが床に落ちる。

「どうしたのかね？」ジェームズがジョニーの背に手を置いてきいた。

「わからん。熱はないようだが」

デボラはジョニーの首のうしろに手をあてて熱をはかった。とたんに、ジョニーの恐怖心が手から流れこんでくる。

「かわいそうに」やさしい声で言い、マイクに顔を向ける。「おびえているのよ」

マイクが渋い顔をした。「そうなのか、ジョニー。何が怖いんだ？」

ジョニーはこくりとうなずいたが、顔は上げなかった。

マイクはジョニーを抱きしめた。悪い夢でも見たのかもしれない。

「夢を見たのか。怖い夢か？」

「ううん」ジョニーが答えた。

「じゃあ、なんだ。話してみたらどうだ。誰にもおまえに手出しなんかさせないぞ」

ジョニーが顔を上げ、マイクの肩ごしに居間の隅のテレビを見つめて指さした。

大人たちはそろって振り返り、何がジョニーを怖がらせているのかと見てみたが、別段おかしなところはなかった。

「何を指さしているの？」デボラはたずねた。

ジョニーはマイクの耳に両手を添え、ほとんど聞こえないくらいの声でささやいた。

「あいつ。あいつだよ」

マイクの眉間《みけん》のしわが深くなった。「あいつ？　誰のことを言ってるんだ」

ジョニーの目がうるんだ。たちまち涙が頬を伝う。

「飛行機に乗ってたやつ。友達を殺した」

孫を抱く手に思わず力をこめ、マイクはテレビの画面を見すえた。

「テレビに映っている人のことか」

ジョニーがうなずいた。

「誰だろう？」マイクはつぶやき、テレビの前に座りこんでジョニーを膝に抱きかかえた。

デボラは駆け寄ってボリュームを上げ、無言で画面に見入った。テレビのインタビュー
に耳を傾ける。いまカメラの前にいるのはパトリック・フィン上院議員の妻しかいない。

喪服を着て、ひどい悲しみようだ。話を聞いているジャーナリストは、ケンタッキーの飛行機事故でフィン上院議員が亡くなったことに対し、哀悼の意を示していた。ダレン・ウィルソンの家族と話をしたのかとたずねている。行方不明のウィルソン上院議員が女性や子供と一緒に発見されたことになっていて、もう誰もがそのニュースを知っていた。

「もちろん、ウィルソン議員が無事でよかったと思います。ご家族もお喜びでしょう」フィン夫人は新たにあふれる涙をこらえて言った。「ダレンが救出されたのは、まさに奇跡

だと感じていらっしゃるでしょうね。クリスマスですし」

その発言とともに画面が切りかわった。ワシントンDCの議事堂の階段で撮影したらしい写真だ。外国の要人を上院議員が囲んでいる。カメラはパトリック・フィンをクローズアップし、続いて要人の反対側に立つ人物を写した。〝ダレン・ウィルソン上院議員〟のテロップが入る。

インタビューは進み、ふたりの上院議員が同じ飛行機に乗りあわせる確率についての話になった。

「なんてことだ」ジェームズがつぶやいた。「ダレン・ウィルソンじゃないか。テキサス選出の議員だ」

その名前に、デボラは体をこわばらせた。「ウィルソン」すかさず録画ボタンを押す。殺人犯の顔は見たけれど、身ぎれいで洗練された写真の男とはまるで違う。

「録画なんかして、どうするのかね」ジェームズがきいた。

「モリーが起きてきたら、確認してもらおうと思って。どういう反応をするか見たいわ」

「いい考えだ」マイクが言った。

「ねえマイク・パパ、あいつ、僕を殺すかな？」

孫の声には、あきらかに恐怖が混じっていた。マイクはふたたび怒りをつのらせた。

「いや、そんなことは絶対にさせない」

「でも、あいつ――」

「マイク・パパの顔を見てごらん、ジョニー」

ジョニーは身を震わせ、祖父の顔を見つめた。

マイクの目は細くなり、冷たい光を放っていた。口元の筋肉は硬く引きしまっている。左目の縁の筋肉がかすかに痙攣《けいれん》していた。

「マイク・パパが、おまえに嘘《うそ》なんかついたことがあるか？」

ジョニーは深く息を吸いこむと、声を震わせながら長いため息をついた。

「ううん」

マイクはジョニーを抱きしめた。

「だろう？　忘れるな。マイク・パパは絶対に約束を守る。おまえに手出しをさせないと言ったからには、絶対そのとおりにするからな」

ジョニーが首を縦に振った。

「よし。ところで、腹が減ってないか？」

ジョニーは肩をすくめた。

マイクはあきらめなかった。ジョニーの気をそらしてやらなければいけないと思ったからだ。

「デボラのクッキー入れのなかに、クッキーがあったぞ」

ジョニーの顔に笑みが浮かびかけた。「すごくおいしいのよ」デボラが言い添えた。「チョコレート・ミルクも一緒にどう？」

ジョニーの表情がまた少し明るくなった。「クッキーをミルクに浸《つ》けて食べようかな」期待に満ちた声だ。

デボラはにっこりと笑った。「いいわね。ほかにも、おいしそうな食べ方はない？」

息をするたびにジョニーの緊張がほぐれていくのは、マイクにもわかった。

「わたしと一緒に来る？」デボラがきいた。「マイク・パパは暖炉用の薪《まき》を割らなきゃいけないの。終わったら、キッチンであなたと一緒にクッキーを食べるって。どうする？」

「チョコレート・ミルクも？」

「チョコレート・ミルクもね」デボラは約束し、マイクの腕からジョニーを抱きあげた。

マイクは声を出さず口の動きだけでデボラに礼を言った。デボラとジョニーが居間から出ていったのを見はからい、ジェームズに向き直ってたずねる。

「さて、どうしたもんかな」

ジェームズは、こぶしを握りしめていた。険しい顔で反抗的に顎を突きだしている。その様子が息子のマイクとそっくりなことには気づいていない。だが、ふたりとも、愛する者を守るためならどんなことでもすることはわかっている。

「警察に知らせねばならん」ジェームズが答えた。

「また電話してみようか」マイクが言った。

ジェームズは電話を取り、足早にキッチンへ向かった。マイクもあとに続く。「デボラ、保安官事務所の番号は？」

デボラはチョコレート・ミルクを混ぜながら早口で電話番号を言った。グラスをジョニーの前に置く。

「ありがとう」ジェームズは番号をプッシュしながら居間へ戻っていった。

マイクはジョニーに目くばせをしてクッキー入れのお菓子をつまむと、父を追ってキッチンを出た。残念ながら、あいかわらず電話はつながらなかった。

「この天気じゃな」ジェームズはひとりごとを言い、電話を充電器に戻した。危険が迫っているのに何もできない。

マイクはクッキーの最後のひと口をのみこみ、手についた砂糖を払った。

「モリーにビデオを見せてから、次の手を考えよう」

「具合が悪かったらどうする？　病人を起こすのは賛成できんな」ジェームズが難色を示した。

「いつでもベッドに戻れるんだ。重大なことだから、もう待ってられない」

ジェームズがため息をつき、うなずいた。「そうだな。では……どっちがエヴァンに言いに行く？」

「おれが言おう。すぐに戻る」

チョコチップ入りピーナッツバター・クッキーのおいしさをデボラに力説するジョニーの声が聞こえてくる。マイクは廊下を早足で歩きながら顔をしかめた。おぞましい事件に子供が巻きこまれたと考えるだけで胸が悪くなる。巻きこまれたのが自分の孫なのだから、なおさらだ。あんなに幼い子供を、靴ひもの結び方より難しいことで悩ませてはいけない。寝ているあいだに殺されるのではないかとおびえるなんて、あまりにも不憫《ふびん》だ。

マイクは寝室の手前で立ち止まり、なかから声が聞こえてこないかと耳をすませた。ふたりを起こしてしまうより、会話の邪魔をするほうがずっとましだ。しかし、父にも言ったとおり、ほかに選択の余地はない。

一回ノックして、そっとドアをあける。

エヴァンはノックの音を聞いて寝返りをうった。マイクが入ってきたときには、もうベッドの端にいた。

「ああ、父さん……どうかした？」エヴァンはたずねたが、ジョニーが部屋にいないのに気づいた。「ジョニーはそっちに？」

「ああ、デボラとキッチンにいる。大丈夫だ。それより話がある。少し状況が変わった」

エヴァンはモリーをちらりと見て、ベッドから出た。

「向こうで話そう」廊下を指して言う。「モリーを起こしたくない」

「すまんが、モリーを起こしに来たんだ。見てもらいたいものがあるんだ……次の手を考える前に、確認してほしいことがある」

エヴァンが眉をひそめた。「まだ熱があるんだよ。起こすなんて――」

「起きてるわよ。どうしたの」モリーは問いかけ、体を起こそうとした。だが頭を上げたとたん、部屋がまわりだした。「だめだわ」モリーはうめいた。「起きられない」ぐったりと体を横たえる。

「父さん、まだ無理だよ」

「テレビに殺人犯が映っていると、ジョニーが言ったんだ」

エヴァンはパンチをくらったかのように後ずさりした。「なんだって？」

「本当？」モリーがきいた。

「ひどくおびえてる」マイクは言った。

モリーがまた起きあがろうとした。「まだ映ってる？　見たいわ。見てみないと」

エヴァンは、なんとか起きようとするモリーの腕をつかみ、倒れかかってくる体を支えた。

「デボラが録画してる」マイクが答えた。

「居間に行くにしたって、歩くのは無理だ」抵抗させる暇もあたえず、エヴァンはモリーをかかえあげた。「動かないで。傷が開いてしまう」

「じっとしているわ」モリーが小声で言った。「とにかく見たいの」

「しっかりつかまって」そう声をかけ、エヴァンは父について居間へ入った。

デボラはテープを巻き戻し、ジェームズと一緒にモリーを待っていた。ジョニーとパピーはキッチンにいる。ジョニーはテーブルで絵を描《か》いており、パピーは下の床に座って足をなめていた。ジョニーの笑い声が聞こえてくる。

「あの声はどれだけ聞いてもいやにならないわ」デボラは居間の大人たちに言った。

モリーに目をやる。モリーはさっそくソファーに座りこんでいた。

「こっちの床に横になるといいわ」デボラは飾り用のクッションをいくつか床に置いた。

エヴァンがモリーをソファーから下ろした。ますます顔色が悪くなり、声も震えている。

「心配しなくていいから、早く見せて」

デボラはリモコンの再生ボタンを押して待った。

たちまち、画面に男の顔が大写しになった。

「なんてこと」モリーが声をもらし、エヴァンを見上げた。「この人よ！　殺人犯だわ」

「名前がわかるか」マイクがきいた。

「隣の席の人からダレンと呼ばれていたわ」

マイクの目が鋭くなった。「そのダレンってやつは、隣の男をなんと呼んでいた」

モリーは眉を寄せ、記憶をたぐった。過去二日間の記憶の断片をまとめて意味のあるものにするのは、ひと筋縄ではいかない。モリーは目をつぶり、口論が聞こえてきたときの様子を思いだそうとした。そうして、はっとした。

「ああ、思いだした！　パトリックよ。パトリックだわ」

ジェームズが急に立ちあがった。「信じられん！」大声をあげる。「もうひとりの上院議員のパトリック・フィンだ。ふたりとも大物だぞ。悪党が仲間を殺したというだけの話じゃない」

マイクはうなずいた。「ただ待ってるわけにはいかなくなったな。ウィルソンが殺人犯で、まだ行方不明だと警察に知らせないといけない。モリーとジョニーの身を守るには、それしかないんだ」

「車で山を下りるのは難しいでしょうね」デボラが言った。「いちおう、四輪駆動のオフロード車があるけれど。この天気じゃ、カーライルの町に着く前に崖《がけ》から落ちてしまいそうだわ」

窓に近寄ったマイクはポケットに両手を突っこみ、降りしきる雪をいらだたしげに見すえた。風も相当に強く、北から南へと吹きつける雪で、家の片側に窓の高さほどの吹きだまりができていた。

「ちょっと目を離した隙《すき》に誰かの背中に羽が生えたんならともかく、こんな日に車を出すのは無理そうだな」

「ご近所さんのファーリーは、どうやってここまで行き来しているのかね？」ジェームズがきいてきた。

「四輪駆動のトラックで来るのよ。一キロちょっとしか離れていないし。ファーリーの家に行くだけなら、そんなに危なくもないの。でも、こんな天気では、そこから先の山道が危険だわ」

デボラは立ちあがり、暖炉の火をかきたてた。デボラが暖炉の前から離れると、マイクが新しい薪を二本くべた。デボラはスエットシャツの下で動く筋肉質の体を見つめていたが、うっとりした気分を振り払い、当面の問題に意識を戻した。

「わたしは生まれてからずっとここで暮らしてきたし、この山のことは家のなかと同じくらいに詳しいの。わたしなら歩いて山を下りられる――」

「だめだ」ジェームズが跳ねつけた。「わたしが行く」

マイクは顔をしかめた。「やめてくれ。誰かが行くんなら、それはおれの役目だろう」

ジェームズも、しかめっ面でにらみ返した。「なぜだ？」

「おれのほうが若いし――」

ジェームズは怒りに目を細め、両手で頭をかきむしった。髪がいっそう逆立つ。

「わたしへのあてつけで言っているのではないだろうな。それに、おまえの年齢くらい承知している。おまえが生まれたときに立ち会ったんだからな。忘れたか？」

マイクは大きく息をついた。「なあ、親父《おやじ》には無理だと言うつもりなんかじゃなくて――」

「それなら結構。無理ではないし、やってみせる。健康で体力もあるからな。サバイバル訓練も受けてきた。おまえと同じか……あるいは、おまえ以上にな」ジェームズはデボラに顔を向けた。「わたしが発《た》つ前に、何か言っておきたいことはあるかね……たとえば、まったく問題ないという予言とか」

デボラは眉をひそめた。「そう言ってあげたいのは山々だけど、いまのところはみんなと同じで、先のことは何も見えないわ」

マイクは父の肩に手を置いた。「いいかげんにしろよ、親父。せめて朝まで待ったらどうだ。いま出かけたら、山を下りる前に闇《やみ》のなかで身動きが取れなくなるぞ」

ジェームズは首を振った。「暗くならないうちに墜落現場まで行けるさ。そこで捜索隊と一緒に夜明かしをするか、町まで車に乗せてもらう。案ずるな。それに、父さんの様子も見に行きたいし。まだあのモーテルにいて、えらく心配しているだろうから」

マイクとしては不服だったが、父の言葉には筋が通っていた。ジェームズは自分と同じく元気だし、フィン上院議員が事故死したのではなく、行方不明の生存者に殺されたのだということを一刻も早く警察に知らせる必要もある。

「携帯用の食料と熱いコーヒーを用意するわね」デボラが言った。

ジェームズがにやりとした。「まさにピクニックだな」そう言ってから、つけ加えた。「着替えてくる。すぐ出かけられるようにしたいんだが」

「待たせないようにするわ」デボラはマイクとジェームズを残し、キッチンへ急いだ。

ジェームズは息子の顔色をうかがった。「わたしのことなら大丈夫だから」

マイクは首を縦に振った。「ああ、わかってる」

「おまえは、ここにいなきゃならん。わかるだろう。エヴァンがまだ本調子ではないからな。いまはのんびり静養させてやる暇もないがね。ジョニーとあの娘のために、ひと踏ん張りするときだ。あいつはモリーに少し惹《ひ》かれているらしいな」

「ああ、そうみたいだ」エヴァンが朝食をとりに来たときの心配そうな表情を思い浮かべながら、マイクは言った。

「で、あの娘のこと、おまえはどう思う？」

「そういうことで気をもむのは、まだ早いだろう」

ジェームズが、かぶりを振った。「恋に落ちるのは、あっという間だぞ」

マイクは顔をしかめた。「先走りしすぎじゃないか。会ったばかりなのに」

「そう言うおまえも、わたしにコーヒーを淹《い》れてくれている小さな魔女にぞっこんのようだな」

「デボラは魔女じゃない」マイクは低い声で言った。

ジェームズは頬をゆるめた。「ほら見ろ」

「なんの話だ」

「デボラをかばってなんかいない。彼女には感謝してるが、それだけだ」

「誰もかばっている」

「ああ、わたしも根っからの共和党支持者だが、それだけだ」

マイクは思わず笑ってしまった。オライアンの家に生まれたからには、共和党への支持を声高に叫ぶのがあたりまえだった。アイルランド出身の先祖や、労働者階級に誠意を尽くすことにもつながる。「負けたよ」

「よろしい」ジェームズは言った。「口論なんて何年ぶりかな。さて、申しわけないが勝ち逃げさせてもらう。着替えて荷づくりもしなくては。わたしの懐中電灯はジョニーにやってしまったから、おまえのを借りていいか？」

「ああ。こっちだ。荷づくりを手伝おう」

ジェームズがふたたびキッチンに顔を出したとき、魔法瓶には淹れたてのコーヒーが入っていた。デボラが魔法瓶を手渡すと、ジェームズはすぐバックパックに入れた。

「携帯電話を持っていくといいわ。カーライルに近づけば、電話も通じやすくなるはずよ」

「ここにある」ジェームズは、防寒着のファスナーつきポケットを叩《たた》いてみせた。

「気をつけてね。ここでは道に迷いやすいし、日が暮れたら、ますます危険よ。暗くなってからは動かないで。さもないと自力で這《は》いあがれないところに落ちたりするから」

「気をつけるよ」ジェームズは居間へ出ていった。ドアのそばでマイクが待っている。

「いい子にしているんだぞ」息子に声をかけ、デボラにウインクした。デボラは、なんのことかわからないという表情を作った。

「約束なんかしないからな」マイクが答えた。

ジェームズは首を振り、デボラに笑いかけた。

「あいつには用心したほうがいい。走りだすと止まらないやつだからな」

デボラは唇をとがらせ、ふたりに顔をしかめてみせた。「平気よ」

「うちの連中の面倒をちゃんと見ろよ」ジェームズはマイクを力強く抱きしめた。「おまえも含めてな」

「心配いらない」マイクは答えた。

「頼んだぞ」それから、ジェームズはデボラの頬に軽くキスした。「幸運を祈るよ」穏やかに言う。

「わたしも祈ってるわ」デボラは戸口に立ったまま、ジェームズの姿が見えなくなるまで手を振っていた。

デボラがドアを閉めて振り向いたとき、こちらを見ているマイクと目が合った。

「何?」

マイクは何も言わず、黙りこんでいた。しばらくして、ただ首を横に振った。

「エヴァンたちの様子を見てくる」そう言うと、デボラを残して廊下を歩いていった。

いつもどおりドアに鍵《かぎ》をかけたあと、デボラは数分間その場を離れず、次に何をしようかと考えた。何も置かれていないマントルピースが目に入ったとき、屋根裏部屋にあるクリスマスの飾りを思いだした。あれを下ろせばいい。居間の飾りつけをするのは、ジョニーの気晴らしになるだろう。

昨夜ジェームズが使っていた部屋から、マイクの足音が聞こえてくる。居間のソファーから部屋のベッドへ寝床を移しているのだろう。デボラは足も止めずに廊下を通り過ぎた。マイクのせいで気もそぞろになってしまうのは、わかりきっていたからだ。

屋根裏への階段を上がりかけたとき、家の北側の壁に風が強く吹きつけ、不気味な音をたてた。階段を上がるにつれて風の音は増し、空気もひんやりとしてきた。

屋根裏まであと二段というところで手を伸ばし、電灯のスイッチを入れると、広々とした空間に光があふれた。きちんとラベルを貼《は》った箱が壁際に積み重ねてある。デボラの左側には古いトランクが置いてあった。右側の時代がかった衣類だんすは、以前、両親の寝室で使っていたものだ。正面には裁縫用の古びた人台がある。ふくよかな体形のボディに祖母が布をあて、服を仕立てていたのを、デボラはかすかに覚えていた。

ほぼ一年ぶりに屋根裏に上がったが、冷えきっているので長居は無用だ。赤い蓋《ふた》のついた透明プラスチックの大型収納ケース三つにクリスマス飾りを移した記憶が鮮明に残っている。あれをさがせばいい。

収納ケースは何分もしないうちに見つかった。古い汚れ防止シートになかば覆われた状態で、ほかの箱の上にのせてある。デボラはシートをどけ、収納ケースを戸口のほうへ引きずりおろし始めた。作業に没頭していたので、背後の階段を上がってくる足音も耳に入らなかった。

「なんだ、ずいぶん寒いな。肉を吊《つ》るして冷凍できそうだ」

デボラは、はっとして振り向いた。「ああ、マイク！　驚いたわ」

「すまない、ハニー。そんなつもりはなかったんだが。さあ、運んでやるよ」

デボラはうしろに下がった。「ありがとう」そう言ってドアを押さえる。「いちばん上の箱には壊れものが入っているの。箱はひとつずつ持って下りるほうがいいわね」

「わかった」マイクは上の箱をかかえあげた。「中身は？」

「クリスマス飾りよ。ジョニーが喜んでくれると思って」

マイクは足を止め、収納ケースを下ろして振り向いた。生身の人間だとは信じられないというような目つきでデボラを見つめる。数秒後、両肩に手を置いてきた。デボラが気づくよりも早く、唇を重ねる。短いキスでも、理性を吹き飛ばすには十分だった。マイクがやっと体を離す。

「なぜキスなんかしたの?」デボラはつぶやいたが、理由など本当はどうでもよかった。キスをしてもらったのが、とにかくうれしい。

「あんたがいたからだ」マイクはまたクリスマス飾りのケースをかかえあげた。「どこに運べばいい?」

「とりあえず居間にでも置いといてくれる?」

「いいとも」マイクは返事をして、階段を下りていった。

階下まで無事に下りたのを見届けてから、デボラもケースをひとつかかえ、あとに続いた。

マイクが戻ってきて、階段の途中でケースを受けとった。

「あとは全部、運んでおくから。暖かいところにいてくれ」

デボラはマイクの顔に触れ、そして彼の胸のまんなかに手を置いた。規則正しい鼓動が伝わってきた。心臓の音が力強い。マイクが深い愛情を家族に注ぐところも見てきた。頼もしい男性だという思いがわきあがってくる。

「あなたって……特別な人ね」デボラはそっと言った。

マイクはデボラの手に胸を押しつけるように上体を傾け、このひとときを堪能《たんのう》した。

「そんなことはない。そっちこそ特別だろう。はっきり言いたかったんだが、超能力をけなしたりして本当に悪かった。孫の命を救ってくれたうえ、いまもおれたちを守ってくれているのにな」

「相手があなただもの、やり甲斐《がい》があるわ」デボラは身を乗りだした。

今度は自分からのキスだった。唇が柔らかく重なる。ふたりの体が強い力で引きあっているのを感じ、デボラはマイクに劣らぬほど情熱的なキスを返した。マイクが荒く息をつきながら、うめき声をあげる。デボラはようやく自分を抑えた。

体を離し、マイクの顔をまっすぐに見つめる。その瞳は情熱をたぎらせて深みを増し、唇は半開きになっていた。ふたりそろって後悔するようなことを口に出してしまいそうだ。

「今夜ね」デボラは言い、歩き去った。

マイクはすっかり息を切らしていた。やっと思考がはたらくようになったときには、デボラの姿はなかった。収納ケースを居間に運びこむと、デボラとジョニーがさっそくクリスマス飾りを広げていた。少し前までジョニーの顔には恐怖が浮かんでいたのに、いまは喜びに満ちている。できることならデボラに世界でも贈りたいと、マイクは思った。

そしてもちろん、マイクの心のなかでもデボラのほのめかしたとおりになるという確信があった。問題は、みんなが寝静まるまで待たなければ、誘いを受けられないということだ。

13

デボラの暖かな家を出たジェームズは、自分がこのうえなく快適な場所にいたことを痛感した。ポケットにはピストルと携帯電話が入っている。電波の届くところまで行ったら保安官事務所に電話をかけ、これからそちらへ行くと伝えるつもりだ。いま何が起きているのかも知らせなくてはならない。

いざとなればピストルを使う覚悟もある。ベトナムでの経験を受け入れられるようになるまで何年もかかったが、罪悪感に駆られたことは一度もない。ベトナムでは情熱と誇りを胸に、国のために戦った。あのときと同じ気構えで家族のために役立ってみせる。

とはいえ、ウィルソン上院議員の写真をテレビで見たときのジョニーのおびえた顔がどうしても頭から離れない。子供が殺人事件を目撃してしまうなんて、とんでもない。ましてや、その犯人に狙《ねら》われているとおびえ、身の危険を感じるなんて、もってのほかだ。そう考えるだけで、ジェームズは風雪をものともせず歩き続けることができた。

まっすぐに行けば近道だと思える場所は何度もあったが、デボラの忠告に従い、ちゃんとした道からはずれないよう気をつけながら山を下りていく。

冷たい風と吹きつける雪のせいで頭がおかしくなってしまいそうだ。道に迷ったのではないかと、一度ならず不安になる。そのたびに立ち止まり、自分の居場所を確認してから歩きだすのが常だった。

ベトナムでは何度も離れ業をやってのけたし、それ以上に、想像を絶するような人生の危機を切り抜けたこともある。だが今回は話が違う。途中で倒れ、ただ運を天にまかせるわけにはいかないのだ。ジョニーとモリーがふたたび危険にさらされないうちに、パトリック・フィン殺害についての情報を当局に知らせる義務がある。

風の音だけを道連れに歩いていると、介護施設に入ったトゥルーディーのことを、つい考えてしまう。わたしが一緒にいないので、さびしがっているのではないか……。ジェームズは喉のつかえをなんとかのみくだした。トゥルーディーはさびしがったりしない。わかりきったことだ。記憶から抜け落ちてしまった相手と離れたところで、さびしがるわけもない。しかしジェームズ自身は、トゥルーディーと会えないのがさびしかった。言葉にできないほどさびしい。

デボラはジェームズが道に迷わないようにと心配してくれた。しかしトゥルーディーの魂は何年も前から迷ったままだ。ふたりで人生を過ごした記憶はすべて失われ、わけがわからなくなってしまった。いまや彼女は、わけのわからない世界で暮らしている。トゥルーディーのことを考えるのは、まるで水中で息をしようとするかのようだ。次の呼吸が最後の息になるのを痛切に感じ、パニックと恐怖が入り混じるのだ。トゥルーディーなしでは生きられないとさえ思っていたのに、彼女の魂が消滅してしまったいま、どうして生き永らえることができよう。ジェームズの世界は言葉に尽くせぬほど孤独だった。

道の両脇《りょうわき》に広がる森を突風が吹き抜けたとき、ジェームズは身ぶるいした。寒さのためではない。トゥルーディーの人生が終わってしまうことへの苦痛のせいだった。だが、自分にとって何よりも大切な人の命が尽きかけているとはいえ、時間とエネルギーを無駄にする余裕などない。これから最高に充実した人生を歩んでいくふたりの命を救わなければならないのだ。やるべきことをやろうと心に決めたジェームズは、向かい風のなか、頭を下げて突き進んだ。これまで歩んできた人生の道のりを振り返ることなく、ひたすら足を前に出した。

ダレン・ウィルソンのカレンダーは、つきあいの予定でいつも埋まっていた。とくにクリスマス・シーズンは大忙しだ。ダレンはパーティーが好きだった。しかし、よほどのことが起きないかぎり、死ぬまでパーティーには行けないだろう。死んでしまうのも、あまり先のことではないような気がする。

ダレンはピューマに遭遇した場所へ戻ろうとしていた。あそこで足跡の追跡をあきらめたのだ。いまにして思えば、早朝に見た足跡は捜索隊のものだったかもしれない。あの女と子供がもう発見されていたらどうしよう。墜落現場から離れたふたりは自力で山中を歩きまわっているのだろうか。殺人を目撃したせいで逃げたのかどうかも、いまだにわからない。それさえわかれば捜索隊に助けを求め、厳寒の山から出ていけるのだが。

自分の存在が見落とされているはずなどない。まだ捜索が続いているはずだ。ダレン・ウィルソンも行方不明だという報告が行くだろう。乗客名簿に名前があるのだ。すでに女と子供が発見されているとしても、まだひとり足りない。とにかく、警察と捜索隊のどちらが自分をさがしているのか、突き止めるのが肝心だ。

ひどい苦痛と自己憐憫《れんびん》をかかえ、ダレンは重い足どりで森を歩き続けた。押し入った家のことが、たえず脳裏に浮かぶ。そこそこ空腹を満たせたのはいいとしても、あれは完全な失敗だった。あの夫婦はもう、泥棒に入られたと警察に通報しているだろう。いま、こんな格好で捜索隊に発見されたら、泥棒に入ったこともばれてしまうのは時間の問題だ。けがと空腹のせいで頭が混乱したと言いつくろうにしても、あの家のライフルを奪ったことは説明のしようもない。殺人など犯しておらず、ただ道に迷っただけなら、銃を盗んで命からがら逃げだしたりせず、町まで連れていってくれと頼むのが普通だ。

あの女の銃撃から逃げるとき、無意識のうちにライフルを持ってきてしまった。それでも、武器を手に入れたというだけで、ずっと気が楽になったのは否めない。一度ライフルを撃っているから、反動の強さもわかった。妊娠した女と部屋いっぱいの子供たちに追いだされてしまったのは、なんだか情けない。だが、激怒した母親が弾の入った銃を手に自分の家族を守ろうとしているときは、どんな悪党よりも危険だということを、ダレンは身をもって知った。無事に逃げられて運がいいと言うべきだろう。

厳しい寒さと吹きつけてくる風に耐えながら、ダレンは前かがみになって歩き続けた。何度か腿まで雪に埋もれてしまったが、おおむね、雪は膝のすぐ下までの深さに積もっていた。風と寒さがナイフのように服をつらぬき、もう足の感覚がない。とにかく、ひと休みしたい。こんなことになるなんて、ありえない。

ダレンは低く垂れた枝を押しやろうとして、雪のなかの何かにつまずいて転んでしまった。ライフルが手からすっぽ抜け、木の幹にあたる。転んだ瞬間、ダレンは手を伸ばし、本能的に受け身をとっていた。そうでなければ頭を幹に強打し、一巻の終わりとなったに違いない。とはいえ、雪に倒れこんだときに両肘を打ってしまい、しびれが腕から奥歯まで走った。転んだせいで全身がずきずきと痛む。傷ついていた脇腹をふたたび痛めてしまったうえ、墜落のときからずっとかばい続けてきた膝まで、再度くじいたのだ。また鼻血が出ている。切れた顔からも血が流れだした。

ダレンはあおむけに転がったまま腹をかかえ、もだえ苦しんだ。なんとか起きあがろうとする。ようやく体を起こしたとき、しゃーっという音とうなり声が頭上から聞こえてきた。

ダレンは木の根本にあった銃をあわててつかんで地面を転がった。雪で視界がぼやけているが、薄茶色の毛に覆われた体が上のほうに見える。ダレンは引き金を引いた。銃声が響いた。頭上の枝から雪が顔に落ちてきた。ダレンは半狂乱になって雪を払いのけ、目をあけた。またしても、目の前には何もいなかった。

ダレンは銃を構えて立ちあがり、周囲の三百六十度に目をこらした。最初は何も見えなかった。

ふと、踏み荒らされた雪のなかに血が点々と落ちているのを見つけ、ダレンは顔をしかめた。何かはわからないが、弾が命中したのだ。

「やった」ダレンはつぶやき、あのピューマを思い浮かべた。「自業自得だ。どこにでも行って死んでしまえ。戻ってくるな」

雪まみれの体をはたき、手の甲で顔の血を拭《ぬぐ》うと、背筋を伸ばしてふたたび周囲を見まわす。自分がアウトドア生活に向いていると思ったことなど一度もないが、なかなかどうして、結構うまくやっているではないか。

自信がわき、苦しくなる一方の状況さえ乗り越えられそうな気がしてきた。アルフォンソ・リベーラのことなど、何時間も前から忘れている。ギャングへの借金よりも重要なものはいくらでもあるのだ。暖かい寝場所と食料がほしい。さっさと山を下りて救助されたいという誘惑が、たえず襲ってくる。あのふたりに見られてさえいなければ。自分が一命を取りとめたというニュースは、奇跡のごとく華々しく報じられるだろう。次の選挙に向けて非常に有効な宣伝材料になるかもしれない。パトリックには気の毒だったが、よけいなことをしようとするから悪いのだ。

まあなんとかなるだろうと自分を納得させたダレンは、どこか休む場所をさがし、明日になってから山を下りようと決めた。その後しばらくたって、休む場所を物色していたとき、東側の森で何かが断続的に動いているのに気づいた。捜索隊かもしれないと思いつつ、ダレンは駆けだした。こんなハイキングはもう終わりだ。早く見つけてほしい。

ジェームズ・オライアンは早足で歩いていた。両手をポケットに入れ、紺色のニット帽をかぶっている。少し首を片方に傾けて激しい風から顔をそむけ、うつむきかげんで歩いていく。心臓の鼓動は安定していた。足どりは力強く、しっかりしている。呼吸をするたびに温かい息と冷たい空気が混ざり、水蒸気が凝結して顔の前に小さな白い雲のような塊ができる。

どれだけ遠くまで来たのかはわからないが、日没までの残り時間はずっと気にしていた。保安官事務所へ行くという任務で頭がいっぱいだったため、手遅れになる寸前まで、自分の足音しか耳に入らなかった。

ついさっき通り過ぎた茂みから二羽の鶉《うずら》が急に飛びたち、ジェームズはようやく、誰かが追いかけてくるのに気がついた。鶉が何に驚いたのかといぶかしみ、足を止めたとき、雪を踏みしめる足音が背後から聞こえてきた。ジェームズは振り返り、無意識に目の上で手をかざして夕日をさえぎった。まず見えてきたのは、片脚を引きずって走る男の姿だった。それと同時に、男が持っているライフルも目にとまった。ジェームズは反射的にポケットのピストルをつかんだ。

「おい、待ってくれ！」男が声を張りあげた。

ジェームズは男をにらんだ。見れば見るほど、様子がおかしい。

体に合っていない服はしみだらけだ。そのほとんどは乾いた血だろう。顔じゅうに青黒いあざがあり、何日もひげをそっていないらしい。

近づいてきた男の顔には見覚えがあった。夕方のニュースで見た顔だ。墜落した飛行機の乗客で、行方不明になっている三人のひとりだ。モリーとジョニーをつけ狙う悪党だと思いあたり、ジェームズの胸に怒りがこみあげてきた。

ポケットからピストルを抜き、狙いをつける。

「止まれ！」ジェームズは叫んだ。

ダレンは駆けていこうとして、よろめいた。男が銃を構えている！

「待て！」悲鳴をあげる。「わたしはただ――」

「ライフルを捨てて、ひざまずけ！」ジェームズがどなった。

ダレンはうめいた。

どうしてこんなことになったのだろう。だが、銃を捨てろと言われたのは確かだ。やはり、あの女と子供に見られてしまったらしい。だからピストルなんぞを向けられるはめになった。あのふたりが、あちこちで殺人の話をしゃべりまくっているのだ。どうすることもできない。ダレンは大きく息をついた。結局、今日は救助される日ではなかったというのか。

ダレンはライフルを構えて撃った。意外にも弾は命中した。こんなに離れているのに。鉛の弾が服を引き裂き、脇腹に食いこむのをジェームズは感じた。同じ記憶が脳裏によみがえる。何年も前、ベトナムのジャングルでの記憶だ。息子のことが頭をよぎった。マイクは一生、父親を死なせてしまったと自分を責め続けるだろう……。ジェームズは撃ち返したが、遠すぎてあたらなかった。

すべてが暗転し、ジェームズは地面に崩れ落ちた。

二発の銃声が山肌に反響した。ひどい耳鳴りで、ダレンは数秒のあいだ何も聞こえなかった。そして、ようやく我に返る。見ず知らずの男を撃ってしまった。似たような連中が近くにいるかもしれないのに。ダレンは踵《きびす》を返して森に駆けこみ、町と捜索隊に背を向けて山を登っていった。温かい食べものや乾いた服、柔らかな寝場所も遠ざかっていく。

この手で寝床をこしらえてしまった。雪だ。雪のなかで眠るしかなくなった。

デボラは窓辺に立ち、家の前の庭を見下ろした。ジェームズが出かけてから何時間もたっているが、心配でたまらない。天候は最悪だ。一時間前、テレビで天気予報を見ていたときに停電になってしまった。デボラは夜にそなえ、急いで灯油ランプとろうそくをかき集めた。いつもなら早々に寝てしまうところだった。しかし退屈ぎみの五歳児に、まだ明るいうちからベッドへ行けなどと言おうものなら、面倒なことになるのは必至だろう。

キッチンから笑い声や話し声が聞こえてくる。一時間ほど前に、エヴァンたちが古いチェッカー盤と駒《こま》を見つけたのだ。みんなでキッチンに閉じこもったきり出てこない。笑い声に、孤独とむなしさがつのった。なぜか落ち着かない。よからぬことが起きようとしている。そんな気がする。

玄関の時計が時を告げた。四時だ。あと一時間かそこらで暗くなる。

デボラは戸口のそばに積んだ空き箱に目をやったあと、飾りつけをすませたクリスマスの装飾に視線を移した。小さなもみの木に加えて、収納ケースから掘りだした作りもののリースがふたつと、ひとかたまりのプラスチックのやどりぎ。プラスチックのサンタに、そりを引く八頭のトナカイまでそろっている。

ジョニーは、そりとトナカイが気に入ったらしく、午後じゅうずっとおもちゃにしていた。いま、トナカイたちはコーヒー・テーブルの上に整列しており、いよいよ空に駆けだしそうに見える。

モリーはまだ寝ているが、熱はだいぶ下がったようだ。切開手術と抗生物質が効いたのだろう。マイクとエヴァン、そしてジョニーは、キッチンでにぎやかに遊んでいる。デボラも仲間に加わりたかったが、そろそろ夕方の仕事を始めなければ、全部終わらないうちに日が暮れてしまう。

デボラは急ぎ足で廊下を歩き、寝室に入った。日々の仕事に戻れるようになってよかったと、つくづく思う。ファーリーの家で何かあったのだろうから。デボラはジーンズから厚手のウールのパンツにはきかえ、キッチンに向かった。

キッチンに行くと、マイクが声をかけてきた。「なんだ、どこにいるのかと話してたところだぞ。すまないな、クッキーを全部食べてしまいそうだ」

デボラは笑みを浮かべた。「もっと食べたければ、また焼くわ」裏口のそばの椅子に腰を下ろし、作業用ブーツを履く。

「何かなさるんですか」エヴァンがきいた。

「雑用よ。たいした手間でもないけれど、暗くならないうちにすませたいの」

「手伝おう」マイクが言った。

「大丈夫よ。いつもひとりでやっているし……隅のキャビネットに灯油ランプがあるでしよう？　暗くなる前に、火を入れてもらえる？」

「わかりました」エヴァンがランプを取り、手早く火をつけた。「こら、ジョニー。ずるをしちゃだめだぞ」

ジョニーが笑い、チェッカーの駒を元の位置に戻した。

マイクは眉を寄せた。デボラに避けられている。だが、そんなことはさせない。「あんたは自分でなんでもできるだろうが、一緒にいるからには手伝う」

デボラは立ちあがり、コートとマフラーに手を伸ばした。

「そうしたいなら、お願いするわ」

「そうしたいんだ」ぶっきらぼうに言い、マイクは自分の防寒着と手袋をつかんだ。「すぐ戻るよ、ジョニー」

ジョニーはにっこりと笑い、父親の駒を飛び越して自分の駒を進めた。「キングになったよ」はしゃぎ声をあげる。

エヴァンは大げさにうろたえてみせたが、胸のうちでは感心していた。しばらく会わないうちに、幼かった息子がすっかり成長している。いつのまにか、チェッカーができるようになっていた。しかも、手加減なしで勝負できるほど強い。もうジョニーは自分の力だけで、正々堂々と勝ちを収めていた。

「この借りは返すからな。覚えてろよ」エヴァンは釘《くぎ》を刺した。

デボラがマイクと一緒に外へ出たとき、ジョニーの楽しげな笑い声が背後から聞こえてきた。

服を切り裂くような冷たい風が吹きつけてくる。暖かい家から出て何秒もしないうちに、吹きだまりのなかを歩くのは容易ではないと思い知らされた。

「ずいぶん積もってる。スノーシューズがいるかもしれないわね」デボラはひとりごとを言い、雪のなかを歩きだす。

「おれの手につかまれ」マイクが言った。

デボラはマイクを見上げてほほえんだ。「ちゃんと歩けるわ。からかおうったって無駄よ」

マイクが喉の奥で笑った。「だめだったか」

デボラは言い返してやろうと口を開きかけたが、その刹那《せつな》、足元の地面が消えうせた。立っていたはずなのに、いつしか腹這《ば》いに倒れ、命がけで闘っている自分に気がついた。首のうしろの肉が切り裂かれる感触とともに、銅に似たにおいをかぎとった。自分の血のにおいだ。

デボラは悲鳴をあげ、両手両脚を突っぱって立ちあがろうとした。

マイクが助け起こす。

「大丈夫か？」

デボラはマイクを押しのけ、家のほうへ顔を向けた。「銃！　銃がいるわ！」大声で言って駆けだした。

マイクは血相を変え、何が起きたのかと周囲を見まわした。

「デボラ！　どうした。なんで銃がいるんだ？」

しかしデボラは足を止めて答えようとはしなかった。すぐに階段を駆けあがると、網戸で囲ったポーチから屋内へ飛びこんだ。デボラが通ったあとには、溶けかかった雪が点々と床を汚している。ぎょっとしたエヴァンはデボラを追って廊下を走り、主寝室に入った。

「どうしたんです？　父に何か？」

「いいえ、そうじゃないわ」くぐもった声が返ってきた。だが、クローゼットから出てきたデボラは銃を手にしていた。

「殺人犯？　飛行機に乗っていたやつですか？」

「いいえ、違うの」そう言うと同時にデボラは駆けだした。ブーツの音を響かせながら廊下を走る。

エヴァンも廊下を走っていき、デボラについてポーチから外へ出ようとした。だが、銃を見て蒼白《そうはく》になったジョニーが、おびえた様子でしがみついてきた。

デボラは雪のなかを走りだし、マイクのそばを駆け抜けようとしたものの、腕をつかまれて立ち止まった。

「いったい、どうしたんだ？」

「牛舎で……急がないと……」デボラはまた走りだし、雪に足を取られながらも大急ぎで牛舎に向かった。

雪を蹴《け》散らして走るたびに背後に雪煙が上がり、コートとパンツの背中側に白くこびりつく。牛舎に近づいたとき、必死に吠《ほ》えたてる犬の鳴き声が聞こえてきた。乳牛のミルドレッドも精いっぱいの大声で鳴いている。

「ああ、だめ……パピー！」デボラは叫び、かかえていたライフルの安全装置をはずした。牛舎で何か騒ぎになっているのはマイクにもわかった。デボラに続いて牛舎に入るなり、ただごとではないと悟る。デボラがいつでも撃てるようにライフルを反対の手に持ちかえるのを見て、マイクはどきりとした。まったく判断もつかないが、デボラは何を見たのだろう。

傷ついたピューマは牛舎に逃げこんでいた。寒いうえに空腹で、けがもしている。なんとか屋根の梁《はり》に上がり、攻撃の機会をうかがっていたとき、ピューマの肩から血が流れて干し草に落ちた。大きな屋根の下で雪をしのいでいた動物たちの恐怖がにおいに混じる。だが、飢えて血を滴らせているピューマの恐怖とは比べものにもならない。

牝牛《めうし》がおびえて鳴いている。年老いた猫は子猫たちを連れて床下の狭い隙間《すきま》に隠れてしまった。牝牛を襲うには、まず犬を倒さなければならないと、ピューマは心得ていた。普段なら簡単なことだが、いまは肩に傷を負い、血を流したせいで弱っている。そのため、梁の上に身をひそめるしかなかった。そして攻撃のチャンスをうかがっている。

デボラは牛舎に飛びこみ、全速力でパピーに駆け寄った。地面の血を見て、はっと顔を上げると、そこにピューマがいた。デボラがライフルを上に向けたとき、ピューマはすでに体を伏せ、飛びかかろうと身構えていた。

マイクが牛舎の通路に駆けこむのと同時に、二発の銃声が響いた。天井から黒い影が落ちてきて、デボラをあおむけに押し倒すのが見えた。それがピューマで、デボラが動かないと気づいたとき、マイクの心臓は止まりそうになった。マイクはピューマをつかみ、デボラから引き離そうとした。

「デボラ……しっかりしろ……」

デボラは目をあけ、息をしようとあえいだ。

「これをどけて！」大声で助けを求めた。むろんマイクはピューマを引きはがしにかかっている。

「なんてやつだ」悪態をついてピューマを放《ほう》り投げたマイクは、その大きさに目をみはった。肩に傷があり、こびりついた血が半乾きになっている。「見ろ。撃たれてる」

デボラは眉をひそめ、体をかがめてのぞきこんだ。「傷を負ったばかりみたい……今日、誰かに撃たれたのよ。ファーリーかしら」

デボラはライフルの筒先でピューマをつついた。それからライフルを脇へ置き、飛びついてきたパピーを抱きしめた。笑いながら体をなでてやる。老犬パピーはデボラの顔をなめては、死んだピューマに向かってうなり声をあげた。

「ええ、おまえは最高の番犬よ」デボラはパピーの頭をなでながら何度も言った。「よくやったわ。いい子ね。えらいわ」

パピーは心底うれしそうに身をくねらせた。それから首のうしろの毛を逆立て、うなりながら死骸《しがい》をかぎまわった。

「ピューマがいると、前からわかっていたんだな？」マイクがたずねた。

デボラは躊躇《ちゅうちょ》したが、首を縦に振った。「ええ」

「どうやって？　何が見えたんだ？」

「見えたというより、感じたんだけど」

「どんなふうに？」マイクは質問をやめなかった。

「首のうしろが痛くなって、血が顔に流れてきたのよ」

マイクは平手打ちをくらったように目を丸くした。

「どういうことだ？」

「つまり……銃を取りに戻っていなければ、牛舎に入ったとたんに襲われていたってこと。

さっき転んだときの感覚で、自分が死にかけているとわかったの」

「なんてこった」マイクはつぶやき、デボラを立たせて抱きしめた。

ふたりはしばらくその場に立ち尽くし、互いのぬくもりに包まれていた。ふたりとも無事でよかったと胸をなでおろす。マイクはデボラの頬を手のひらで包みこみ、そっと唇を重ねた。牛舎は寒く、デボラは体を震わせていたが、あらがうそぶりは見せなかった。マイクの首に両腕をまわし、情熱的な激しいキスで応《こた》える。ようやく体を離したとき、震えていたのはマイクのほうだった。デボラの体に手をまわしたまま首を振る。デボラが無事でいてくれたことが、まだ信じられない。

「転んで、立ちあがったあんたは、会ったこともない人間のようだった。超能力ってやつをしっかり見せてもらったよ。どんなしくみなのか、わかったわけじゃないけどな」

「あなたも目撃者の仲間入りね」デボラはつぶやいた。

マイクはもう一度デボラを抱くと、そばの干し草の山を指さした。

「そこに座って休むといい。仕事は全部おれがやるから」

デボラはためらったが、すぐにうなずいた。「ええ……そうさせてもらおうかしら」積みあげた干し草の塊に腰を下ろし、ぐったりと倒れこむ。脚も体も震えていた。胃がひっくり返りそうな不快感があるものの、吐いてみようにも力が出ない。

「まず何をしたらいい？」マイクがきいてきた。

デボラはピューマを指し示した。「それを牛舎の外に出して」

「そのへんに捨てておくわけにもいかないだろう?」

デボラはパピーを横目で見て、ため息をついた。「そうね。ちょっと面倒かもしれないけれど、柵《さく》の外の森まで運んでくれると助かるわ。後始末は山の動物にまかせるとしても、必要以上に近づかれるのも嫌だし」

「わかった」マイクはデボラに顔を向けた。「そのままじっとしていろ。戻ったら、動物のえさやりもするから」

「わたし、本当に大丈夫よ。ちょっと気が動転しただけだから」

「ピューマと格闘して、気が動転しただけってことはないだろう」

デボラは頬をゆるめた。「ここはそういうところよ」

「まったく」マイクは不満げに言い、長いロープを手に取った。ピューマの首にロープを結び、牛舎の外へ引きずっていく。雪の上に長い跡が残った。マイクについていったパピーは、ひと足ごとに地面のにおいをかぎ、うなり声をあげた。

14

ピューマを殺した直後にパピーと猫たちにえさをやり、牛の乳をしぼるというのは妙にあっけない感じもしたが、気を静めるにはちょうどよかった。マイクが放牧場の裏へ死骸《しがい》を捨てに行っていたとき、エヴァンが牛舎の入り口に現れた。デボラは立ちあがったものの、エヴァンの心配そうな顔を見たとたん、焼けるような熱さを喉の奥に感じた。他人の意識に共鳴しすぎると、いつも具合が悪くなってしまう。

「何があったんです?」エヴァンが問いかけてきた。

「ピューマを殺したのよ」デボラは答えた。また体が震えだしたので、積んだ干し草に座りこむ。

エヴァンの表情がゆるんだ。「そうだったんですか」

デボラは肩をすくめてうなずいた。

「父は?」

デボラは牛舎の裏手を指し示した。「死骸を捨てに行ったわ」

エヴァンは口ごもり、デボラの前にかがみこんだ。「大丈夫ですか?」

「ええ」そう言ったとたん、涙があふれてきた。

エヴァンが隣に腰を下ろし、涙が止まるまで無言で肩を抱いてくれた。

気分が治まり、ミルドレッドの飼料をバケツに入れていると、マイクが戻ってきた。もうエヴァンの姿はない。

「エヴァンが来たわよ」

マイクはうなずいた。「銃声がしたから、様子を見に来たんだろう」

「でしょうね」デボラはミルドレッドのかいば桶《おけ》に飼料を入れた。「あなたは無事だと言っておいたわ」

ミルドレッドが自分から、いつもの場所へやってきた。静かにえさを食べ始めたのを見はからい、デボラは乳しぼり用の腰かけを引き寄せて座った。

「何か手伝おう」マイクがきいた。

「器が三個あるから、キャットフードを入れてくれる?　それから、猫の水入れに張った氷を捨ててね。新しい水を入れてちょうだい」

「わかった」

言われたとおりに作業を終えたマイクはライフルを取り、牛舎の屋根裏をじっと見上げてから座りこんだ。

デボラの手はまだ震えていたが、夕方の日課をこなしていると気持ちも治まってきた。生温かい牛乳のにおいと、ときおり聞こえてくる猫の鳴き声、そして耳のうしろにあたるパピーの冷たい鼻は、デボラの世界になんの問題も起きていないことを告げている。残念ながら、オライアン家の男たちにとっては万事順調というわけにもいかないだろうけれど。

「お父さまは大丈夫かしら」

マイクは暗くなりつつある外に目をやった。山を下りる途中で事故に遭う恐れが多いことは考えないようにした。なんとか緊張をほぐす。父は他人の意見などに左右されない気質の持ち主だ。ベトナムでの四年間を耐え抜いたうえ、多くの帰還兵のように常軌を逸してしまうこともなく、その後の長い年月を生きてきた。このうえなくタフな男だ。ちょっと雪のなかを歩くぐらい、父のような男にとっては朝飯前だろう。

「ああ、きっと大丈夫さ」マイクはそう答えたが、自分が誰と話しているのかを思いだした。「嫌な予感でもするのか？」

デボラはマイクを見上げ、思わず笑みを浮かべそうになった。

「いいえ、そうじゃないの。ちょっと気になっただけ」

「そうか。親父《おやじ》のことを気にかけてくれてるんだな。ならば、おれはあんたのことを考えるとしよう」

なんだかきまりが悪くなり、デボラはそそくさと乳しぼりを終えた。マイクに見つめられているのを意識しつつ、震える手で生温かい牛乳を猫の器に注《つ》ぎ、牛舎のなかをもう一度見まわした。穀物貯蔵庫の扉はきちんと施錠してあるし、夜にそなえて動物たちの世話も万全だ。

「終わったのか？」マイクが声をかけてきた。

デボラは深呼吸をしてから振り返り、マイクの顔をまっすぐに見すえた。

「まだ始めてもないわ」

マイクの心臓が跳ねあがった。ライフルを反対の手に持ちかえ、デボラの表情が変わっていくのを見つめる。「デボラ……」

「何？」

「おれたち、どうなるんだ？」

デボラが口を開くまでずいぶん間があいたので、マイクはきかなければよかったと悔やんだ。そのとき、覚悟を決めて拒絶するかのように、デボラが毅然《きぜん》と顔を上げた。

「どうしたいの？」

マイクはデボラの頬に触れた。ピューマに引っかかれた顎の小さな傷を見て、顔をしかめる。髪にからまった干し草の切れ端に目をとめたあと、コートのフードを頭にかぶせてやった。

「聞いてくれ……こんなことは生まれて初めてなんだが、どうにも答えられない。気持ちを打ち明けたが最後、さっさと荷物をまとめて帰れと言われそうで怖いんだ。知りあってから何日もたっていないのに、あんたのことをずっと前から知っているような気がする。ピューマがあんたに飛びかかっていくのを見たとき、心臓が止まるかと思ったよ」

マイクが身をかがめた。

デボラの唇が開いた。

ふたりは互いの温かな吐息を顔に感じながら唇を寄せた。危機を脱したことで高ぶっていた感情が爆発する。

「あんたがほしい、デボラ……こんな気持ちになったのは初めてかもしれない」

デボラは間近からマイクを見つめ、口の動きに目をこらした。この口から紡ぎだされる言葉が、わたしの世界を変えてしまう……。

「わたしもあなたがほしいわ。どうなろうと構わない。流れに身をまかせるだけよ」

「そうだな」マイクが穏やかに言った。

デボラは夕闇《ゆうやみ》に溶けこんでいく母屋の輪郭を眺めた。

「帰りましょう」牛乳のバケツを取りあげる。

干し草の山の陰から出てきたパピーが二匹の子猫を鼻先で寝床へ押し戻し、先頭に立って家のほうへ歩きだした。

ふたりが牛舎を出るころには、紫色の影が雪原を東に向かって伸びていた。影の先端が森のなかへ消えてしまいそうなほど長い。

デボラは牛乳を運んだ。マイクは銃をかついで歩いた。

裏口で出迎えたジョニーが目を丸くして質問を浴びせかけてきた。パピーが三人の足元をすり抜けて居間の暖炉に突進する。

「ピューマを倒したんだってね。本当にピューマをやっつけたの？　猫は食べられちゃった？　ミルドレッドは大丈夫？」

デボラはまごついて口ごもったが、マイクが沈黙を救ってくれた。

「ああ、デボラがピューマを撃ったんだ。猫もミルドレッドも無事だ。なんだかいいにおいがするな。夕食か」

「パパがスープを作ったの。コーンブレッドも焼いたけど、下のほうが少しこげちゃった。死んだピューマはどうしたの？」

「スープか、うまそうだな。コーンブレッドのこげたところは型からはがさないで残しておけばいい。ピューマは遠くに捨ててきた」

「野菜スープの缶詰だよ。こげたコーンブレッドはパピーが食べるかな。なんで死骸を埋めなかったの？」

デボラは笑いだした。

マイクとジョニーが話すのをやめ、まじまじとデボラを見た。

「何がおかしい？」マイクがきいた

デボラはただ首を横に振った。「ふたりとも、そっくりなんだもの。自覚してる？」

エヴァンがスープをかき混ぜながら肩ごしに振り返った。

「ジョニーがしゃべりだしたころから、僕も同じことをずっと父に言っているんですよ」

デボラは笑顔のまま、からの容器を取り、ポーチでバケツの牛乳を移しかえた。後始末をすませて屋内に入ると、キッチンには誰もいなかった。家の奥から笑い声が聞こえてくる。水を使わず、なんとか工夫しながら手を洗っているのだろう。電気が止まってしまったので給水ポンプも動かない。それでも、きれい好きなデボラのおかげで、みんなが困るようなことはなかった。手洗い用の速乾性消毒液の小さな容器が家のあちこちに置いてある。デボラがコートをフックにかけていると、ジョニーに話しかけるエヴァンの声が聞こえた。容器のポンプの押し方を教えているらしい。デボラもブーツから室内履きに替え、消毒液で手を洗った。鍋《なべ》の蓋《ふた》を上げてスープの香りを楽しんでから、蓋を戻して寝室へと急いだ。スープのにおいが漂い、オーブンのなかで温かいコーンブレッドも待っている。思わず唾《つば》がわいてきた。それにしてもオライアン家の男たちは、食事のしたくや身のまわりの世話がちゃんとできる。自宅に連れてきて以来、デボラはそのことを一度ならず感じていた。いままでの経験からすると、男はただ座りこんで女に何もかもやってもらうのが普通なのに。あとで夕食の席に着いたとき、みんなをほめてあげなくっちゃ。

キッチンの灯油ランプにはもう灯《あか》りがともっていた。収納庫には予備のランプとろうそくもある。みんなが休む時間になっても停電が復旧しなかった場合にそなえて、デボラはランプとろうそくを家のあちこちに置いて火をつけた。

自分の寝室に入ったデボラは浴室のろうそくとベッド脇《わき》のランプに火をともし、作業着を脱いだ。点々とついた血痕《けっこん》に顔をしかめる。

ろうそくのほのかな灯りで暗い影が伸びている部屋を見まわした。今夜マイクと一緒に過ごせば、運命の道筋が変わっていくだろう。幸福に至る道となるのだろうか。いずれにしても、先のことはわからない。

何分もしないうちにデボラは寝室を出た。廊下を歩いていると、この古い家で暮らした記憶が一度によみがえってきた。こんなにも心がときめいたのは何年ぶりだろう。そのうち、みんなが出ていってしまえば、また孤独な日々が始まるのに。どうせ、またひとりぼっちになって、悲しい思いを味わうのはわかりきっているのに。

「やっと来たね！」キッチンに入ったデボラに、ジョニーが叫んだ。「早く座ってくれなきゃ、僕たちも食べられないよ。ほら、早く。おなかがすっごくすいてるんだから。モリーも起きてきたんだよ。モリーもおなかぺこぺこなんだよね」

デボラは笑い声をあげた。ジョニー・オライアンはすっかり元気になったようだ。

息子の自我が芽生え始めている様子に、エヴァンはやや当惑しながらも笑顔を作った。

「待たせてごめんなさい」デボラはジョニーに目くばせをした。「わたしもおなかぺこぺこ。さあ、食べましょう」

「やった！」ジョニーはスープにスプーンを突っこんだ。

「オライアン家のみなさんに、お礼を言っておかなきゃね。いつも食事のしたくや後片づけをしてくれてありがとう。本当においしいわ。すごく感謝しているのよ」

「お世話になっているんですから、このくらいさせてくださいよ」エヴァンが答えた。

「わたしなんて、なんの役にも立っていないから、なおさら肩身が狭いわ」モリーが言った。

「とんでもない」エヴァンがあわてて口をはさんだ。「息子の命を救ってくれたんだ。今後ずっと、きみのためならなんでもするよ」

モリーはエヴァンに指を振ってみせた。

「あら、女にそんな約束をしちゃだめよ。つけこまれるわ」

エヴァンは表情も変えず、モリーにバターをまわした。

「オライアン家の男に二言はない」

モリーは目を見開いたが、何も言わなかった。それから数分間、バターを取ってくれだの、これはおいしいだのという声があがるだけで、家のなかは静まりかえっていた。ふたたび会話が始まったのは、ようやく空腹が癒《い》えてからのことだ。

それでもジョニーはまだ食べるのに余念がない。テーブルの反対端にある蜂蜜《はちみつ》の瓶を指さした。

「蜂蜜をくれる？」

「ください、だろ？」エヴァンがやんわり訂正しながら蜂蜜に手を伸ばした。

ジョニーは笑った。「うん。パパにもあげるね」

エヴァンは苦笑しつつ、蜂蜜をジョニーに手渡した。ジョニーはコーンブレッドの小さなスライスに蜂蜜をたらそうとした。けれども狙《ねら》いがはずれ、蜂蜜まみれになってしまったテーブルや、べたべたの手をもてあましてしまう。

「ほら、パパが手伝ってやろう」エヴァンがテーブルにこぼれた蜂蜜をすくって皿に入れた。

モリーは無意識に自分のナプキンを取り、ジョニーの指を拭《ふ》いてやった。デボラは三人の姿に見入っているマイクに目をとめ、彼も同じ気持ちなのだろうかと考えた。自覚があるかどうかはともかく、三人はいい家族になれる。

デボラの視線に気づいたマイクは眉を上げ、肩をすくめた。三人がどうなろうと自分の知ったことではない、といった態度だ。

デボラはマイクの豊かな表情を眺めながら、もし母が生きていたらずいぶん彼を気に入っただろうと考えて笑顔になった。

ほほえむデボラに、マイクは興味を引かれた。「何を考えている?」

「あなたって、トム・ベレンジャーに少し似ているわね」

マイクは当惑したようだ。「誰だって?」

「俳優の?」モリーがきいた。

デボラはうなずいた。

「ふん」マイクが鼻を鳴らした。

エヴァンが笑った。「そういうことは言わないほうがいいですよ。このとおり、父はすごく自意識が強いんですから」

「あら、でも、デボラの言うとおりだと思うわ」モリーが声をあげた。「ねえマイク、サインしてくださらない?〝モリーへ、愛をこめて、トム〟って書き添えてね」

マイクは渋い顔を作ろうとしたが、好奇心旺盛《おうせい》なジョニーのおかげで場の雰囲気が明るくなった。

「ねえ、マイク・パパ、サインって何? トムって誰のこと?」

ついにマイクも笑ってしまった。

「トムって誰?」ジョニーがしつこくきいてきた。「絵本に出てくる大男のトム・バニヤン?」

「あれはポール・バニヤンだよ。トムじゃない」エヴァンが言った。

ジョニーは、ますます困惑したらしい。「トムの名前がポールなの？」

「話についていけなくなったわ」デボラは音をあげた。

笑みを顔に貼《は》りつけたまま立ちあがり、汚れた皿をシンクへ運ぶ。マイクも皿をかかえてついてきた。いつしかデボラはシンクに押さえつけられていた。

「自分で始めた話じゃないか」マイクがテーブルのほうへ顎をしゃくってみせた。向こうではジョニーがまだ甲高い声でしゃべっている。

デボラは体の向きを変えた。体が密着し、目の前にマイクの顔がある。温かな息が頬にあたる。顔を上げたものの、何を言おうとしたのか忘れてしまった。マイクの瞳の輝きが、今夜のできごとを予告している。

「わたし……その……」

マイクがにやりと笑った。「おれの気持ちがわかっただろう」低い声で言う。デボラが何も答えられずにいると、マイクはすばやく唇を重ねた。デボラをその場に残してテーブルに皿を取りに行く。

「マイク・パパ！　デボラにキスしたね！　どうして？　愛してるの？　女の子にキスをしていいのは、愛してるときだけなんだからね」

「そんなこと誰に聞いた？」マイクがたずねた。

ジョニーは蜂蜜つきのコーンブレッドをほおばると、もぐもぐ口を動かしながら答えた。

「うん、友達のデューイ。愛してなかったら、キスしちゃいくないんだって」

「〝いくない〟じゃなくて〝いけない〟だよ。それから、口にものを入れたまま話すんじゃない」エヴァンがたしなめた。「それに、やたらと質問ばかりだな。マイク・パパが誰にキスをしようと勝手なんだから、放《ほう》っておいてあげなさい。わかったね」

ジョニーは疑わしげな目つきで大人たちを見つめた。みんなが薄ら笑いを浮かべ、何かをごまかそうとしているのは明白だ。しかし文句を言おうとしたときに停電が直り、灯りがついた。

「やった！　アニメを見ていい？」

「ジョニー、〝見ていい〟じゃないだろう。〝見ていいですか〟とききなさい」エヴァンはまた息子の言葉づかいを正した。

ジョニーは父を見上げて笑った。「うん。パパも一緒に見ていいよ。見えてないほうの半分のテレビに何が映ってるか、教えてあげるから」

エヴァンはジョニーの誤解に愕然《がくぜん》とした。眼帯のせいで、目の前にあるものの半分しか見えていないと思われているようだ。

「普通に見えているんだよ」エヴァンは穏やかに言った。「ほら、口のまわりと手についた蜂蜜を洗っておいで。そうしたら、一緒にアニメを見よう」テーブルのところで立ち止まり、モリーに手を差しだす。「モリーも一緒に来たいかもしれないね」

「喜んで」モリーはやさしい声で答え、ごちそうさまとデボラに言うと、エヴァンたちと一緒に出ていった。

「モリーは恋に落ちたようね」デボラが言った。

マイクが首を縦に振った。「それはエヴァンも同じらしい」

かなり長い沈黙が続いた。

「さて、人心地ついたところで、またお皿でも洗うとしましょう」デボラはシンクの蛇口をひねった。

マイクがデボラの背後に立ち、肩ごしに手を伸ばして水を止めた。

「やっておくから。のんびり風呂に浸《つ》かってくるといい」

「でも――」

マイクはデボラの両肩に手をかけ、自分のほうへ体を向けさせた。

「こっちを見て」

デボラはため息をつき、顔を上げた。「なあに？」

「夕方しっかり働いたんだから、少しは自分を甘やかしてもいいんじゃないか？」

「そうね」デボラは静かに言った。

「だったら風呂に入れよ」

ぶっきらぼうな声に似合わず、マイクの手はやさしかった。

デボラは頬をゆるめた。「それじゃ、お言葉に甘えて」そして、ひとこと言い添えた。「あとでね」

マイクの目の色が深くなった。「当然だ」

強い期待が体をつらぬき、デボラはおののいた。これほど強い絆《きずな》を他人とのあいだに感じたのは久しぶりだ。夢が現実になった。ずっと待ち望んでいた夢だった。けれど、マイクが去っていったあと、絶望せずにいられるだろうか。

激痛に、ジェームズは意識を取り戻した。うめきながらあおむけになると、もう一番星が輝いているのが見えた。あわてて、気力だけで起きあがる。出血を止めるため脇腹の傷に手袋を押しあてたジェームズは、山を下りなければならないと肝に銘じた。

苦しみながら二時間も歩いただろうか。いますぐにでも墜落現場にたどりつけなければ身が持たない。失血のせいで体に力が入らず、頭がぼんやりして幻覚まで見えてくる始末だ。坂を下ったところに二度も母親のマーセラが立っていて、こちらへ来いと手招きしてきた。そのつどジェームズは立ち止まり、いぶかしく思った。いままで幽霊の存在を信じたことなどなかったのに。

脇腹の傷の応急処置と、鎮痛剤の注射が必要だ。熱いコーヒーと、ミディアム・レアに焼いたステーキもほしい。熱いシャワーをゆっくり浴びたい。そして何よりもまず、ダレン・ウィルソンのことを通報しなくてはならない。

警察を納得させるのに苦労しそうだと、ジェームズは何度も思った。上院議員という信望の厚い地位にあるウィルソンが殺人犯だと言っても、容易に信じてもらえやしないだろう。だが脇腹には銃で撃たれた傷がある。モリーも機内で目撃したことを証言してくれる。そしてパトリック・フィンの検死により、死因が判明するはずだ。墜落事故に遭ったのに、首を絞められて死ぬはずがない。

ジェームズは時計を見てから顔を上げ、半月の手前をたなびく筋雲の動きで風の強さを推しはかった。空には星も出ていたが、厚みを増していく雲に大半が覆われ、はっきり見えるのはわずかしかない。

ジェームズは痛みをこらえ、雪などないような勢いで道を突き進んだ。ほどなく、きらめく光のようなものが遠くに見えてきた。ジェームズは足を止めて闇に目をこらした。やはり、あの光は本物だ。

「いいタイミングだ」ぼそりと言い、光を見すえて歩きだす。感謝の祈りを唱えながら、光に向かって進んでいった。

エヴァンは、はしゃぎどおしの息子を入浴させたあとパジャマがわりのシャツを着せ、自分もシャワーを浴びた。石鹸《せっけん》の泡を洗い流していると、モリーのことが頭に浮かんだ。

モリーはいま、ベッドのなかでジョニーに童話を聞かせている。エルモをしっかりと腕にかかえた息子がモリー・シフェリの腕のなかで物語に耳を傾けつつ、まぶたを閉じかけている様子は実にいじらしい。

ベッドのなかの息子に少しだけ嫉妬《しっと》しているのではないかという思いが脳裏をよぎった。暇つぶし以外で女性のことを考えたのは、ずいぶん久しぶりだ。とにかく、モリーは特別だった。問題なのは自分のほうだ。女性が自分に対して同情とは別の気持ちを抱くとは思えない。

エヴァンは沈む気持ちを抑えて手早く体を拭き、パジャマがわりのTシャツとスエットパンツを身につけた。浴室を出るとき鏡に目をやったが、すぐに顔をそむける。自分でも正視できないのに、誰がこんな顔にがまんできるだろう。

けれどもエヴァンが浴室から出ると、モリーが顔を上げた。ほほえみを向けられ、エヴァンは思わず立ちすくんだ。ジョニーはモリーの胸を枕《まくら》に眠っている。それを見たエヴァンの目に涙があふれ、視界がにじんだ。前に美術館で《聖母子》という絵を見たことがある。いま、あの絵をふたたび目にしているかのようだ。

「やっと寝ついたね」エヴァンは小声で言った。

モリーがうなずいた。「起こしたくなかったから、あなたが来るのを待っていたの。この子を抱きあげるのに手を貸してもらおうと思って」

「いいとも」エヴァンはベッドの中央に片膝をつき、前かがみになって息子の体の下に両手を差し入れた。

ふと、エヴァンは顔を上げた。モリーの顔が目の前にある。わずかに開いた唇に視線が吸い寄せられる。近すぎて目をそむけることもできない。

「ああ、モリー」エヴァンは口ごもり、子供を抱いたまま首をわずかに右へ伸ばしてモリーにキスをした。

モリーは、かすかに声をもらした。初めてエヴァンの顔を見たときから、この瞬間をずっと心に思い描いていた。傷跡の残る凛々《りり》しい顔が忘れられなかった。

ようやくエヴァンが体を離すと、モリーの泣き顔が目に入った。

「頼むよ、泣かないでくれ」エヴァンはささやいた。

ふたりは一緒になってジョニーをベッドに寝かせ、前の晩と同じように向きあった。ジョニーをはさんだ格好で、暗闇のなか手を伸ばす。触れた指をからませ、目を閉じて眠りについた。

マイクは家じゅうの戸締まりを確認してまわった。新しい薪《まき》を何本か暖炉に置いたあと、静寂のなかでじっと耳をすます。聞こえてくるのは、薪に火が燃え移ってはぜる音だけだ。ぬくぬくと屋内にいることを心地よく思い起こさせる音だった。父のことが頭に浮かんだが、マイクは不安を打ち消した。いまごろ父はパトカーのなかで熱いコーヒーでも飲んでいるに違いない。あるいは、もうカーライルにいて、祖父と一緒にモーテルで休んでいるだろうか。むやみに心配ばかりしてもしようがない。

しっかりと薪に火が燃え移ったのを見届けて、マイクはファイヤー・スクリーンを暖炉の前に立てた。そのとき冷たい風が家に吹きつけ、がたついている窓がキッチンのほうで鳴った。低くうなるような風の音に、マイクは、森へ引きずっていったピューマの死骸に思いをはせた。もう狼《おおかみ》が死骸を見つけているだろう。生命の環《わ》はつながっている。それがよいことなのか悪いことなのかはともかくとしても。何かが死ぬことにより、別のものが生きていけるのかもしれない。

今夜、犠牲になったのがデボラでなくてよかった。本当によかった。

マイクは体を震わせながら深呼吸をして、髪をかきあげた。

デボラが廊下のつきあたりの部屋で待っている。

ふいに、早く行きたくてたまらなくなった。


デボラの入浴は、マイクとベッドをともにする前の儀式のような具合になっていた。温かなお湯と、なめらかで柔らかい泡が疲れを癒《いや》し、あかぎれのできた肌を潤してくれた。お湯が冷めてしまったころ、デボラはバスタブから出て手早く体を拭いた。さっと保湿ローションをつける。いつものフランネルのナイトガウンではなく、柔らかなフリースのガウンを選び、素肌の上に直接はおった。ガウンは瞳の色と同じ青だ。歩くたびに、ガウンの裾《すそ》が裸足《はだし》の甲をくすぐる。入浴中、頭のてっぺんでまとめていた髪は、まだ下ろしていない。灰色がかったブロンドのおくれ毛が首のあたりで揺れている。

ベッドカバーをめくったとき、廊下を歩いてくる足音が聞こえた。デボラは手を止め、戸口のほうを振り返った。気づかないうちに、ベッドカバーの端を握りしめていた。

脈が速くなった。脚に力が入らない。

ドアが開いた。

廊下からの灯りを背に、マイクが立っている。

「本当に、いいんだな？」黒い影がきいた。

「ええ。あなたは？」

部屋に入ったマイクは、後ろ手にドアを閉め、デボラを抱きしめた。

「ここまで本気になったのは初めてだ」穏やかに言う。ふと、ためらった様子で両手をガウンの背中にあて、ヒップまで滑らせた。「下に何も着ていないのか？」

デボラは微笑した。

「まったく」そうつぶやくと、マイクはデボラを抱きあげてベッドへ運んだ。「五分くれ。シャワーを浴びてくる」

「四分よ」デボラは言い返した。

マイクは三分で出てきた。

部屋の灯りが消えていたせいで、浴室を出たマイクは目が闇に慣れるまで動けなかった。

「マイク？」

自分を呼ぶ声に、下腹の筋肉が引きつった。「ああ」

「見える？」

「いや」

「じゃあ、声のするほうへ来て」

やや右方向に狙いを定め、八歩進むとベッドの輪郭が見えた。さらに前へ行くより先に、デボラのほうから腕に飛びこんできた。

マイクは無意識のうちに両手で体のラインをなぞった。首に巻きつけられた腕の感触を確かめながらデボラを抱き寄せると、柔らかなふくらみが胸にあたった。

あらかじめ寸法を測っておいたかのように、ふたりの体は、爪先も胸も唇もぴったりと合わさった。デボラの髪に指を差し入れたマイクは、頭の上で髪をまとめていたピンをさぐりあてた。ゆっくりと丹念に指を滑らせ、ピンを全部はずして床に落とすと、デボラの髪がふわりと腕にかかった。

15

「シルクみたいだ」マイクはデボラの体の輪郭をなぞりながらささやいた。

目が暗さに慣れると、デボラを抱きあげてベッドに寝かせ、自分も隣で横になった。デボラがこちらへ向き直り、首に腕をまわしてきたとき、引きつっていた腹の痛みが消えた。

唇が重なり、体が溶けあう。欲望の炎がやや落ち着きを取り戻し、ふと気がつくと、ふたりの体は余すところなく触れあっていた。デボラのにおいはほとんど感じられなかったものの、かすかにミントの香りがした。どこか春を思わせる、欲望をかきたてる香りだ。

デボラは柔らかく、壊れてしまいそうなほど細い体つきをしていた。こんなに強靭《きょうじん》な女はいないというのに。不屈で、怖いもの知らずと言ってもいいくらいだ。そのうえ、マイクにはとうてい理解できないようなところもある。

デボラは、いままでの人生に思いをはせた。自分が生きてきたのはこの瞬間のため、そして、この男性のためだったのかもしれない。体がうずいている。マイクに触れられたくてたまらない。それが痛みさえ伴うようなものであっても。マイクに触れられるたびに、強く張りすぎたギターの弦のように体が震えた。もっとほしい。彼がほしい。

やがて、マイクはデボラをかかえたまま、あおむけになった。彼の脚にまたがる格好になり、デボラが息をのむ。マイクはデボラの胸に手を伸ばした。張りのある胸が手のひらにぴったりと収まった。髪は豊かで柔らかく、背中のまんなかにまで届く長さだった。マイクは髪を手に巻きつけ、デボラの体をやさしく引き倒した。

デボラは座っていられなくなり、マイクの胸に倒れこんだ。すかさず寝返りをうったマイクに組み伏せられてしまう。手を伸ばして力強い肩の筋肉を感じたとき、マイクが顔を寄せてきた。温かな唇が肌を愛撫《あいぶ》し、唇に重なり、喉のくぼみから胸の谷間へと滑っていく。おへそのまわりを舌先で触れられ、欲望に体が震えた。

「マイク……お願い……」小声でささやき、マイクの髪に手を差し入れてそっと引き寄せる。

マイクは元の位置までせりあがり、肘をついて上体を起こした。暗闇《くらやみ》のなか、デボラを見下ろす。薄いカーテンが目の前にかかっているかのようだ。デボラの姿は見えるものの、輪郭がぼんやりとしている。

「きれいだ」マイクは静かに言った。

その言葉が胸にしみたけれど、デボラはまだ満足できなかった。ひと晩だけでいいから、人生にぽっかりとあいた穴を埋めてしまいたかった。デボラはマイクの腰に脚をからませ、上体をそらした。

「抱いてちょうだい、マイク。もう待たせないで」

マイクは言われたとおりにした。

抱きあったとたん、ふたりとも、思いもよらぬほどの喜びを感じた。自分がこの世に生まれてきたのは彼を愛するためなのだとデボラは悟った。マイクは、やっと故郷に帰ってこられたような気がした。愛のダンスが始まった刹那《せつな》、時が動きを止めた。愛の営みのなかで、別々の人間としての感覚はすべて消えうせた。

部屋は暗かったが、ぬくもりに包まれていた。やさしい愛撫が少しずつ熱をおびていく。たとえ止められるとしても、止めるつもりなどない。より深いところで体をつなぐたびに、マイクの体の力がひとつのエネルギーに集中し、頂点へと上りつめていく。

デボラは何も考えず、マイクがあたえてくれるものをすべて受け入れた。これまでの思考をことごとく意識の奥へ押しやり、高まっていくばかりの感情に身をまかせる。一瞬の連続が何分にもなって過ぎ去っていくが、もう時間など意味をなしていない。頭のなかにあるのは、届きそうで届かぬ終着点のことだけだった。

クライマックスは、なんの前触れもなしに突然やってきた。デボラは体の芯《しん》まで震えた。わずか数秒の間をおいて、マイクも体を震わせた。

マイクは、デボラを抱きしめたときから最後の瞬間まで、自分をコントロールしていた。

しかし、もう一度腰を動かそうとしたとたん、自分の体がばらばらになるような気がした。同じ動作を続けようにもうまくいかず、デボラの体の奥で自分自身さえ見失ってしまった。何度も押し寄せてくる欲望に翻弄《ほんろう》され、ただ感情の波に流されていくことしかできない。

嵐《あらし》が静まったとき、ふたりは抱きあったまま、ぐったりと横たわっていた。静寂が広がっている。マイクは無言で足元に手を伸ばし、毛布を引きあげて自分とデボラの体にかけた。

そのままふたりは眠りについた。デボラは頭をマイクの胸にのせ、たくましい腕のなかにいる。その間にも危険が山を登ってきていた。

墜落現場のどこに何があるのか知らなくても、いちばん照明の多い場所が本部だというのは常識だ。そこでジェームズは、最も明るい場所をひたすら目指した。

ふらついて転びそうになるまで、自分の体が弱っていることにも気づかなかった。そのとき、車のライトが背後の道を通り過ぎた。ジェームズは振り向いて呼び止めようとしたが、もう遅かった。むっとしながら、仮設の道路を遠ざかっていくテールランプを見送った。

「おい！　そこにいるのは誰だ？」

ジェームズは、ほっと安堵《あんど》の息をつきながら墜落現場のほうへ視線を戻した。温かい血の通った生身の人間に、ようやく出会えた。町との通信手段もあるといいのだが。

「オライアンだ！」ジェームズは声を張りあげた。「いま、そっちに行く」

光のほうへ歩いていくと、ふたりの警備員が近づいてきた。

「ちょっと……どこから来たんです？」ひとりが口を開いた。

ジェームズは山の上を指さした。

警備員は仰天していたが、ふいに現れた男の素性に合点がいったらしい。

「もしかして、行方不明になっていた三人のうちの、おひとりですか」

ジェームズはたじろいだ。自分たちが生存者を三人とも救助したと思われていることに、いま初めて思いあたったのだ。

「保安官に話があるのだが」

「本当に災難でしたね。山で遭難しなかったなんて、運がいいですよ」

「名ガイドがいたからな」ジェームズは答えた。「保安官を呼んで――」

「なかで温まってください」もうひとりの警備員が言った。

ジェームズは、いらだって大きく息を吐いた。ふたりとも、ろくに人の話を聞いていない。

「そこには、いま使える電話があるかね？」

「ええ。なぜです？」

「医者がいるからだ。当局とも連絡を取りたい」

「医者？　どうして？」

「銃で撃たれた」ジェームズの体がふらついた。

「えっ……大変だ、早く言ってくださいよ」警備員が甲高い声をあげ、ジェームズを救護所へと案内した。

数分後、ジェームズは熱いコーヒーをすすりながら、警備員に脇腹《わきばら》の傷を消毒してもらっていた。弾が脇腹に入ったときの傷と、貫通して出ていった傷だ。もうひとり付き添ってきた警備員がカーライルの保安官事務所に電話をかけている。呼び出し音が鳴り始めたのを確認し、ジェームズに電話を手渡す。

ジェームズはそれを受けとり、呼び出し音を数えながらコーヒーを飲んだ。ようやく誰かが電話に出た。

「保安官事務所です」

「わたしはジェームズ・オライアン。飛行機事故で生き残った子供の曾祖父《そうそふ》だ。保安官と話をしたいのだが」

「すみません、ミスター・オライアン。ハッカー保安官は外出中で。副保安官ならおりますが」

ジェームズは顔をしかめた。「どこに行ったのかね」

「わかりません」

「それでは、州警察の電話番号を教えてくれないか」

通信指令係に番号をきき、ジェームズは通話を切った。教えられた番号をプッシュする。電話はすぐにつながった。

「捜査官と話がしたいのだが」

「そちらは？」

「ジェームズ・オライアンだ。殺人事件に関する情報がある」

〝殺人事件〟の言葉が呪文《じゅもん》のように相手の関心を引いた。やっと話を聞いてもらえる。数秒後、ジェームズはバール・タケット巡査部長と名乗る男に用件を告げていた。

「殺されたのは誰です？」

「パトリック・フィン上院議員だ。彼は――」

「こんな夜に、いたずら電話はやめるんだな。フィン議員が死んだのは誰もが知ってる。飛行機事故でな」

「いや、そうじゃない」ジェームズは、食いさがった。「事故のときはまだ生きていた。そのあとで殺されたんだ」

タケットは受話器を置きたくなった。こんな遊びにはつきあいたくもないが、頭のねじのはずれた連中を相手にするのも仕事のうちだ。

「おたくがその理由を知っているとでも？」

「あの事故の生き残りは三人だ。殺人の現場を見てしまった女性と子供は、自分たちまで殺されるのを恐れて逃げた。だから山中でさまよっていたのだ。身の危険を感じたのだよ」

タケットの眉間《みけん》のしわが深くなった。いたずら電話にしては妙に細かい。

「もうひとりの生き残りが山中をずっと徘徊《はいかい》し、ふたりをつけ狙《ねら》っている。目撃者を見つけて口を封じるためだ。わたしも事件を通報しようと山を下りてきたときに、そいつとでくわし、銃で撃たれた」

タケットの態度が変化した。

「撃たれた？　どこで銃を入手したんでしょうか？」

「さあな。とにかく、わたしは撃たれて気を失った。意識が戻ったので山を下り、墜落現場まで来たのだ。いまは現場から電話している」

タケットがメモをとる勢いは速くなっていた。「それで、目撃者はどちらに？」

「デボラ・サンボーンの家にいる。飛行機が落ちた山の頂上付近だ。雪で足止めをくらってね。天候が回復しだい、ふたりを移動させようと思うのだが」

「目撃者ふたりの名前は？」

「モリー・シフェリという若い女性、それにジョニー・オライアンという男の子だ」

メモをとる手が止まった。

「オライアン？　お身内ですか」

「曾孫《ひまご》だ」

「フィン上院議員を殺したという人物の名前は聞いていますか」

「もうひとりの生き残り……ダレン・ウィルソン上院議員だ」

「なんですって！」タケットが叫んだ。

その声には怒りと疑念のほかに、いらだちも混じっていた。無理もない。あまりにも現実離れした話なのだから。それでもジェームズは、タケットを納得させる必要があった。

「フィン上院議員の遺体の検死をすればいい。ふたりの目撃者は、彼が首を絞められて死んだと言っている。検証するのは難しくないだろう」

タケットの本能が反応した。突拍子もない話ではあるが、本当だという気がしてきた。緊急を要する問題だが、厄介な点もある。墜落事故が起きてから、もう何日もたってしまった。何人分の遺体が親族に引きとられていったかわからない。すでにフィンの遺体が葬儀屋に送られ、防腐処置が施されていた場合、電話の男の言葉を証明する唯一の手立ても失われてしまう。

「目撃者ふたりに話を聞きたいのですが」

「天候の回復を祈るほかないね。わたしはあの家から、吹雪のなかを徒歩で下ってきた。

いまは雪もやんでいるが、ふたりに歩かせるのは無理だ。ミス・シフェリはけがをしているし、ジョニーは小さすぎる」

「小さすぎる？　おいくつですか？」

「五歳だ」

「かわいそうに」バール・タケットは言った。そんな年の子供が殺人事件を目撃してしまったなんて、むごすぎる。「ヘリを飛ばして迎えに行くのはどうでしょう」

「運ばなきゃならん人数は四名だ。二名じゃない。それに、わたしが山を下りてきたときはひどい天気だった。陸からだろうと空からだろうと、救助に向かうのは厳しいね」

「ウィルソン以外の生存者は二名だとおっしゃいませんでしたか。あと二名とは、いったい誰のことです？」

「わたしの息子と孫だよ。孫は、ジョニーの父親にあたる。ふたりともジョニーを離さないだろう。別々に山を下りるなんて、絶対に承知しないだろうな」

「おふた方は、あなたのように徒歩で下りてこられなかったんですか」

「息子はともかく、孫のエヴァンは無理だな。ジョニーの父親のことだが。イラクで負った傷が治りきっていないから。ジョニーの捜索では山を歩きとおしたが、もう体力の限界だ。あのように厳しい行軍は二度とさせたくないね」

「わかりました。あなたと連絡を取るには、どこへ電話すればいいでしょう？」

「ケンタッキー州カーライルの〈カーライル・モーテル〉に部屋をとってある。そこに電話してくれ。エヴァン・オライアンの名前で予約した部屋だ。それから、わたしの携帯電話の番号も教えておこう」

タケットは情報をすべて書きとめてから言った。「また連絡します」通話が切れる。

ジェームズは電話を充電器に戻し、椅子の背にもたれかかった。そのとき警備員も傷に包帯を巻き終えた。電話のやりとりを聞いていた警備員ふたりは、信じられないというように目をみはっている。

「パトリック・フィンは殺されたんですって？」

ジェームズはうなずいた。

「もうひとりの上院議員が殺したと？」

「そうだ」ジェームズは答えた。

「おおごとだ……そんな事件の担当にならずにすんでよかった」警備員が言った。「だってほら、上院議員の逮捕となれば、大騒ぎになるじゃないですか」

「カーライルまで車に乗せてもらえないかね」ジェームズはたずねた。

「わたしがお連れしましょう。交代の時間になったら、仲間を迎えに町まで戻る予定でしたから」

車が保安官事務所の角に停《と》まるころ、ジェームズは痛みと疲労で震えていた。「すまんが、手を貸してくれんかね」

　警備員は車から飛び降り、ジェームズを支えて保安官事務所に入った。夜勤の通信指令係のポールは、大男の腹に巻かれた包帯と血まみれの服をひとめ見るなり、助けに駆け寄ってきた。

「大至急、保安官をここへ呼んでくれ」警備員が言った。

　ポールが無線に飛びつき、保安官を呼び始めた。

　ジェームズは道の向かいのカフェを窓ごしに見つめた。営業しているようだが、何時までだろう。父がまだ起きているなら、何か温かいものでも食べながら話をしてもいい。ジェームズはポケットから携帯電話を出し、モーテルにかけてみた。電話がつながったのでほっとする。

　電話が鳴ったとき、ソーンはテレビを見ていた。ぼんやりと電話に出る。

「はい」

「父さん！　わたしだ、ジェームズだよ」

　ソーンはすばやく体を起こした。

「ジェームズ！　どこからかけておる。みんな無事か？」

「車で迎えに来てくれないか。町に下りてきた。保安官事務所にいるから」

「すぐに行くとも」ソーンは受話器を置いた。ものの数秒で表へ出る。

ほどなく、ふたつのヘッドライトの光が外の通りを曲がってきた。安堵のため息をもらした拍子に痛みが走り、ジェームズは顔をしかめた。保安官事務所のドアが開く。戸口に姿を現したソーンが足早に歩み寄り、息子を抱きしめた。

「よかった、無事だったな」そう言ってから、ソーンは眉をひそめ、血のついた包帯を指さした。「どうしたんだ?」

「銃で撃たれた。病院へ行って、抗生物質をもらわなきゃならん。さもないと、まずいことになりそうだ」

「なんということ」ソーンがつぶやいた。「行こう。医者に連れていってやる」

「まだだよ、父さん。何があったか保安官に説明しないと」

「まず、わしに話してみてくれんか。ところで、ほかのみんなは?」

「まだ山にいる。実はね、まだひとり乗客が行方不明で、その男が殺人犯なんだ。そいつがパトリック・フィン上院議員を殺すところを、モリーとジョニーが見てしまった」

「なんだと。事故で死んだのじゃなかったのか」

「ああ。事故のときは、まだ生きていた。だがウィルソンに首を絞められたんだ。モリーがそう言っていた」

ソーンの眉が上がった。

「ウィルソン上院議員がフィン上院議員を殺したというのか」

「ああ……わたしも山を下りるとき、ウィルソンと鉢あわせしてね。撃たれてしまったよ。デボラの家に警備をつけてやらなきゃならん。デボラが言うには、ウィルソンが目撃者ふたりの口を封じようとしているらしい」

そのときハッカー保安官が裏口から入ってきた。

「やあ！　ふたりそろって、どうしたのかね、こんな遅くに」

ジェームズは話し始めた。

ハッカー保安官はまったく疑いもせず、たちどころに事態をのみこんだ。

「デボラの家のほうでは、道路状況はどうなっている？　問題なく上がっていけそうかね？」

「暗いうちは無理だろう」ジェームズは答えた。「わたしの背丈を超えるほどの吹きだまりもできていた」

「まいったな」ウォリー・ハッカーは、いまいましげに言った。「デボラには何年も前から、安全なカーライルの町なかに引っ越すよう説得していたんだが、あそこを離れようとしなくてね。まったく、言わんこっちゃない。雪に閉ざされて絶体絶命じゃないか」

「わたしの家族もだ」ジェームズが言った。

「ああ、そうだな……別に無視したわけじゃない。デボラとはずっと昔からの知りあいでね。いい人なんだよ。きみのご家族も災難だったな。ミス・シフェリとジョニーがずいぶん大変な目に遭ったと思うと心が痛む。あんなに幼い子が祖父母の死に直面したあげく、殺人事件まで目撃するなんてな。この世界はどうなってしまうのかと不安になることもあるよ」ハッカーは眉を寄せ、壁じゅうに貼《は》ってある指名手配のポスターを眺めた。「つまらんことを言ったかな。デボラが我々と一緒に町で暮らそうとせず、山の上に居座っている理由は、わかるような気もする」

「もうジェームズを連れていっていいかね?」ソーンが口をはさんだ。息子の顔色と、うつむきかげんの姿勢に、心配そうな視線を向けている。

「長距離を歩いたからな」ジェームズが言った。「悔しいが、若い時分と同じというわけにはいかんな」

「撃たれたのだから無理もあるまい。早く病院へ行こう」ソーンは息子をせかした。

「わたしから病院に電話しておこう。これから患者を向かわせると伝えておくよ」ハッカーが言った。

「明日の朝になったら、ちゃんとデボラの家に行ってくれ」ジェームズが念を押した。

「デボラの話だと、モリーとジョニーに危険が迫っているらしい」

ハッカーが青ざめた。「ウィルソンのせいで?」

「ああ。上院議員の犯罪を目撃したのは、あのふたりだけだからな。ウィルソンが捕まら

いい。デボラは魔女みたい

ソーンが顔をしかめた。

「デボラというと……超能力があるとかいう女性のことかね」

ジェームズは、すかさずデボラをかばった。「本当にあるんだよ。デボラは魔女みたい

だが、まっとうな人間だ」

「おまえまで、取りこまれたのか」

ジェームズは肩をすくめた。「なんと言っていいかわからんのだが、デボラの能力は本物だ。まさか、父さんがそれを疑うわけはないだろうな。ジョニーの危険を母さんが知らせに来たと言いだしたのは、父さんなのだから」

ハッカー保安官とポールは話についていけず、困った顔をしている。

ソーンが軽くうなずいた。「おまえがそこまで言うなら信じよう。さあ、医者に行くぞ」

ふたりで保安官事務所を出て車に乗りこんだとき、ジェームズは、父がそばにいてくれて本当に心強いと思った。八十五歳になってもなお、父は実に頼もしい。車に乗ったジェームズは肩の力を抜き、座席に身を沈めて深々と息を吐いた。「こんなにくたびれて、腹もすかせたのは初めてだな」

「救急処置室から出たら、何か食べるものを買って帰るとするか」

「そりゃいい」ジェームズは言った。「宿に着いたら、デボラの家に電話してみよう。みんなに無事だと知らせておきたい」

ソーンはハンドルを握りながらうなずいた。「その後、エヴァンの具合はどうかね？　本調子ではなかったようだが」

「あいつもオライアンの男だ。がんばれるさ」

ソーンの緊張がほぐれた。息子の言うとおりだ。どんなことがあろうと、オライアンの男はいつだって生きのびるすべを見いだしてきたではないか。

ジョニーは目を覚まして起きあがった。パパとモリーは眠っている。それでもトイレに行きたい。ジョニーは父の体を乗り越えてトイレに行った。寝室に戻ると、父が夢うつつのまま、息子のためのスペースをあけた。モリーは、ジョニーが戻ってきたときに目が覚めた。ジョニーの体に腕をまわして抱き寄せ、このうえない心地よさに包まれるよう、ぎゅっと抱きしめてやる。また眠りに落ちる直前、モリーの頭に浮かんだのは、父と子の両方を愛するのに苦労なんてないということだった。

デボラはこれまでの人生で、誰かとひと晩じゅうベッドをともにしたことなどなかった。それなのに、いまは、ごくあたりまえのようにマイクの腕のなかで眠っている。ふたりの呼吸のリズムさえ重なりあっていた。

ふたりが何も知らず眠っているあいだに天候が変化し、強い北風が吹いていた。いつの間にか、冷たく湿った空気が流れこんでいた。いままでのような柔らかな粉雪ではなく、みぞれが降っている。ごく小さな氷の粒が雨に混じって落ちてくる。あらゆるものの表面に薄い氷が張った。歩きまわるのは危険だ。

デボラは夢も見ずにぐっすりと眠っていたが、突然、ひとりの男が頭のなかに現れた。暗かったものの、どういうわけか、男がこちらをまっすぐに見すえているのはわかった。そして、男はふいに消えた。

デボラは息をのんで起きあがった。恐ろしい叫び声が聞こえた。落ちていく体の重みで、ばきばきと枝がへし折れる音も響いた。男が山の斜面を滑り落ちたのだ。

マイクはデボラの動きを感じて目をあけた。とっさに灯《あか》りをつける。デボラが目をみはり、向かいの壁の一点を見つめている。だが、その目に映っているのは遠くの光景なのだとマイクにはわかった。触れたり話しかけたりしていいものかどうか迷ったあげく、マイクはデボラが動くまで待つことにした。

デボラは男の心に入りこんでいた。苦痛と混乱、それに怒りを感じる。苦痛や混乱はともかく、怒っているのは理解できない。なぜ恐怖ではなく、怒りなのだろう。

血だ。血が耳の脇を伝い、首のうしろに流れ落ちていくのがわかる。膝も痛む。動こうとしたとたん、うめき声をあげてしまうほどの痛みだ。

ちくしょう、ちくしょう、ちくしょう。

これも神のおぼしめしってやつなのか。あんなことをしたから、天罰が下ったのか。

男は身をのりだそうとして息をのんだ。体が引っかかり、落ちずに止まっているだけだ。とても安全とはいえない。ここはどこだろう。さっきまでいた場所でないことはわかるのだが。遠くのほうに見えた灯りに向かって歩いていた道ではない。

自分がさかさまにぶらさがっていると気づくまで、何秒もかからなかった。このとき、男は叫んだ。一回きり。だが、現状の厳しさを思い知らされただけだった。

どうすればいいのか。動いたら、引っかかっている体がはずれ、もっとまずいことになってしまうかもしれない。かといって、このまま動かなければ凍え死ぬ。皮肉なものだ。飛行機が落ちても生きのびたのに、結局この山で死ぬなんて。

灯りが必要だが、望むだけ無駄だろう。手さぐりで動くしかない。

左のほうに太い枝がある。男は枝をさぐり、体重をかけても持ちこたえられそうだと判断し、必死につかまった。そのとき、ふたまたの枝の根元にはさまっていた足首が、いきなり滑ってはずれた。太い枝につかまっていなければ、ずっと下のほうまで墜落していただろう。男は声をたてて笑った。またしても死をまぬがれたのだ。

だが、浮かれた気分はすぐに消え去った。目の前に広がる暗闇が恐ろしい。木か雪くらいは見えていてもいいはずなのに。だが、暗く底なしの空間しかなかった。

山の斜面で足を滑らせてしまったらしい。いま言えるのは、この枝にしっかりつかまっていなければ、奈落《ならく》の底まで落ちてしまうということだ。

ひとつ間違えば、それで一巻の終わりだ。男はじっとしたまま、何か打つ手はないかと考えた。何もないとあきらめたのは、それからまもなくのことだった。

男は呪《のろ》いの言葉を吐いた。またしても、みずからの誤った判断のせいで、自分の意思ではどうすることもできない状況に陥ってしまった。

ふたたび体が滑りだした。両手でしっかりと枝をつかんだまま、正面の幹に両方の靴の爪先をねじこむ。すると、足元が安定した。ゆっくり、少しずつ、手がかりをさがしながら上っていく。そのうちに、つかむものがなくなり、上っていく場所もなくなった。

足を踏みはずしたところまで、どうにか戻ってきたのだ。体がすくんで動けないが、安全な場所で腹這《ば》いになっているのは心強い。這って進むこともできず、男は腕に頭をのせて目を閉じた。

「ああ、大変」デボラが両手で顔を覆った。「落ちた。落ちたわ。山で足を滑らせてしまった」

それを聞いたとたん、マイクの心臓は止まりそうになった。父のことばかりが脳裏に浮かび、声をあげて泣きたくなった。それでもデボラを抱き寄せる。

「デボラ……ハニー……何が見えた。親父《おやじ》か？」

「いいえ、違うわ」デボラはマイクの胸に顔をうずめた。

「じゃあ誰なんだ？」

「わからない。わからないの」

デボラはベッドを下りてガウンをはおり、正面玄関へと駆けていった。マイクも急いであとを追う。

玄関のドアをあけると、みぞれが裸足《はだし》の足に降りかかり、デボラは震えあがった。

「冷たい。氷だわ」

「みぞれが降ってる」マイクが言った。

デボラは閉めたドアに寄りかかった。ガウンについた細かい氷片が、またたく間に溶けていく。

遠くの恐ろしいできごとを目と耳の両方で察知してしまったデボラは、とにかく話題を変えたかった。話がかみあわなくなるのも構わず、いちばん初めに思いついたことを口にする。

「クリスマスにお客さまが来るのを予知できなくて悔しいわ。前からわかっていれば、プレゼントを買いに行けたのに」

マイクはデボラを抱きしめ、彼女の頭のてっぺんに顎をのせた。デボラもマイクの腰に両腕をまわす。

「あんたや家族と一緒に、この家にいられるってこと以上の幸せは思いつかないな。それに、あんたのおかげで家族も無事だったし」

デボラは身を引き、マイクを見上げた。

そのまなざしの強さに、マイクは黙りこんだ。

「わたしたちのあいだに感謝の気持ちしかなければ、ありがとうと言うだけですんだのにね」

マイクは顔をしかめた。「生まれてこのかた、ありがたいと思ったことは何度もあるが、相手をベッドに連れこんだのは初めてだぞ」

「あら、そうだったの？」デボラはマイクの胸に頬を押しあてた。これ以上ないというほど心臓が激しく打っている。「行きずりのセックスをした経験なんてないものだから。わたしたちの関係が、ちょっと気になっただけなの」

デボラを抱きしめる腕に力がこもった。「不安にさせて悪かった。だが、誤解しないでくれ……遊びですませるつもりなんかないんだ」

「わたしもよ」デボラはマイクの腕のなかで向きを変え、彼の胸に背中を押しつけながら窓の外を眺めた。

「転落したのはダレン・ウィルソンだろうか？」

「なんとも言えないわ。もっとはっきりわかるといいのだけれど。男性らしい姿が見えたあと、悲鳴と枝の折れる音を聞いただけだから」

「転落して死んだのかな？」

「どうかしら。もう何も感じられないわ」

　マイクは眉を寄せた。「だったら、それでいい。何も伝わってこないのなら、死んじまったってことだろう。だが、生きている兆しが少しでもあれば、すぐに教えてくれ」

「了解。まだ眠い？」

「すっかり目が覚めちまったよ」マイクはにやりと笑った。「どうする？」

「ホットチョコレート」

　マイクの笑みが消えた。「ホットチョコレート？」

「ええ、そうよ。いらない？」

「まあ、それも悪くないが。最初に頭に浮かんだのは、別のことだったんだがな」

　デボラはマイクの裸の胸をつつき、片目をつぶった。

「じゃあね、サンタさんにお願いしてごらんなさいな。夜になったら両方とももらえるかもしれないわよ」

「ひどいな、お預けか」マイクはつぶやき、デボラを追ってキッチンに入った。

16

警察官になった以上、クリスマス時期に休めると思うほうが間違いだ。例外などない。ケンタッキー州警察のバール・タケットも、それは最初から承知している。ジェームズ・オライアンと話したあと、彼とその家族の素性を調査したが、不審な点はまったくなかった。それどころか、オライアン家の全員が正真正銘の英雄だと言ってもいいくらいだった。

それを確かめたタケットは、即座にパトリック・フィンの遺体の所在を問いあわせた。まだケンタッキー州の遺体安置所に保管されていると聞き、安堵《あんど》する。

ショックを受け、困惑するフィンの遺族をよそに、タケットは遺体の引き渡しを要請し、ただちに司法解剖をおこなって死因を解明するよう求めた。検死官は憤慨したものの、彼らは従うよりほかにないのだ。

検死結果は衝撃的だった。ジェームズ・オライアンが言ったとおりだ。パトリック・フィンは墜落事故により、二度と歩けなくなるほどの重傷を負っていた。しかし、死因は失血でも打撲でもなかった。頸部《けいぶ》圧迫による窒息死だ。目の血管に小さな点状の出血があり、頸部諸軟骨の骨折も認められるうえ、首のまわりには圧痕《あっこん》もある。いずれも、検死官が求めていた証拠だ。

タケットは、帰宅しようとした矢先にフィンの検死結果を知らされた。ジェームズ・オライアンが真実を告げているという確信はあったものの、同じことを検死官から聞かされると、やはり愕然《がくぜん》とした。

「本当か？」タケットは問い返した。

電話の向こうの検死官は、鋭い声で答えた。「ええ。わたしも同僚も、この仕事に就いて何年にもなるけれど、同じ所見だったわ。パトリック・フィンは頸部圧迫により脳への酸素の供給を絶たれ、心停止した結果、この世に存在していられなくなったの。わかった？」

「じゃあ、本当に殺されたっていうのか？」

検死官がそれに答えるまで、タケットは、自分が内心の思いを口に出してしまっていたことに気づいていなかった。

「頸部圧迫による死亡よ。それ以上のことを調べるのは、そっちの仕事」

タケットは顔をしかめた。「はぐらかしているのか？」

「いいえ」

「誰かの手で首を絞められたこと以外の死因があるっていうのか？」

「墜落のときに、何かに首が引っかかった可能性もあるわ。十本の指があって、頸部諸軟骨だけを折ることができる何かがあればの話だけど」

タケットの顔に笑みが浮かんだ。「きみは抜け目ないな」

「そうね」

タケットは喉の奥で笑った。「世話になった。ああ、ところで……メリー・クリスマス」

「メリー・クリスマス」そう言って、電話は切れた。

タケットは受話器を置くと、回転式の名刺ホルダーを繰って、別の電話番号をプッシュした。二回の呼び出し音で応答があった。

「連邦捜査局《FBI》です。どちらにおつなぎいたしましょう」

「わたしはケンタッキー州警察のバール・タケット巡査部長です。そちらの管轄に相当する事件が起きたのですが」

「少々お待ちください」受付係が言った。

タケットはコーヒーに手を伸ばしたが、カップを口に運ばないうちに先方が出た。

「ファリス捜査官だ」

「どうも。ケンタッキー州警察のバール・タケットです」

「メリー・クリスマス、タケット。用件を聞こう」

「数日前にケンタッキーで起きた飛行機事故のことはご存じですか」

「ふたりの上院議員が乗っていた飛行機の事故かな。三人の乗客が行方不明になっているとか」

「はい」

「行方不明者の所在がはっきりしたのか？」

「ええ……少なくとも、そのうち二名は。その件で電話したのです。ふたりが事故機にとどまって救助を待たなかったのは、パトリック・フィン上院議員がダレン・ウィルソン上院議員に殺害されるところを目撃し、身の危険を感じたからだと言ったそうで」

「重大な告発だな。証明できるものはあるか？」

「はい、話の裏をとるため、フィン上院議員の司法解剖をおこなったばかりです。たったいま、検死官が結果を電話で知らせてきました。頸部圧迫による窒息死に間違いありません」

「なぜ上院議員が殺しあいなど」

「それは不明です。とにかく、ＦＢＩに情報をバトンタッチすれば、謎《なぞ》が解けるかもしれないと思いまして」

ファリスはため息をついた。とんでもない話だ。クリスマスも目前だというのに、これほど面倒な大事件が舞いこんでくるなんて。この一年間のおこないが悪かったからに違いない。サンタにお願いしてもいない厄介ごとを持ちこまれたのは、悪い子だったせいだ。

「まったく……嫌味だな」

「そうかもしれません。すみません、難題を持ちこみまして。メリー・クリスマス」

「メリー・クリスマス」ファリスはさらに言い添えた。「手持ちの情報をすべてファックスで送ってほしい。逮捕状を取る。ああ、それで……ウィルソン上院議員の所在はつかんでいるのか？」

「墜落のあったカーライル山中のどこかということだけしか。ふたりの目撃者の口封じをもくろんでいるものと思われます。至急、捜索したほうがいいでしょう。ＦＢＩの捜査官がこちらに着いたら詳細を説明します」

すでに仕事モードに突入していたファリスは電話を切り、上司の内線番号を押した。

今日はクリスマス・イブだ。

ダレンは、骨が折れて出血している両手を見下ろした。あたりまえのように暖かい服を着て、石鹸《せっけん》と水を使っていたのが嘘《うそ》のようだ。それに、唇の荒れ止め用のリップクリーム。一本のリップクリームのためなら、なんでもくれてやるのだが。唇が乾ききり、腫《は》れあがっているので、湿らせることすら耐えがたい。

ダレンは怒っていた。あらゆるものと、すべての人間に腹を立てていた。

警察など、くたばってしまえ。

アルフォンソ・リベーラなど、くたばってしまえ。でしゃばりな女と子供など、くたばってしまえ。ほかの乗客と一緒に、おとなしく事故で死んでくれればよかったものを。そうすれば、こんなことにはならなかったのに。

ダレンは膝にのせたライフルの台尻に触れ、木の幹にもたれて目を閉じた。日の出までまもない。自分の考え違いでなければ、木々のあいだから見える家に、あのふたりが隠れている。このわたしを死刑囚監房へと送りこめる連中が、あそこにいる。突入するには住人が多すぎるが、チャンスを待てばいい。しかるべき時が来れば、あの農家から拝借してきたライフルを構え、ふたりを楽にしてやる。そして、何が起きたか誰も気づかないうちに、おさらばするのだ。

ジェームズは夜どおし眠り、朝になっても遅くまで起きてこなかった。目が覚めたとき、たったひとつの椅子に父が腰かけ、新聞を読んでいた。何が入っているのか、少し油のしみた茶色い紙袋と一杯のコーヒーがテーブルの中央に置いてあり、食欲をそそった。銃創を覆う包帯は痛いほどきつく巻いてあり、まだ息をしていられるのがどれほど幸運なことなのかを思いださせてくれる。

「おはよう、父さん」

ソーンが顔を上げて笑った。

「おはよう、ジェームズ。具合がよさそうだな」

「わたしの分だと、ありがたいのだが」ジェームズはテーブル上の紙袋を指さした。

「ソーセージと卵のビスケットが二個と、ぶどうのジャム、それにラージ・サイズのコーヒーのことかね」

「最高だな」ジェームズはウインクをして立ちあがり、ズボンを手に浴室へ向かった。

「すぐ戻る」

ソーンは笑みを浮かべ、新聞に視線を戻した。まもなくジェームズが出てきた。洗顔を終え、ズボンだけを身につけている。

ジェームズは紙袋とコーヒーを取り、ベッドに持っていった。ベッド脇《わき》のテーブルにコーヒーを置くそばから、ソーセージと卵のビスケットにかぶりつく。四口で食べ終え、二個目のビスケットの包みをあけた。

「失敗したな」ソーンが言った。

「なんだい？」ジェームズは二個目のビスケットを食べながらきいた。

「ふたつで足りると思ったのだが」

「ふたつあれば十分さ」ジェームズはぶどうのジャムをあけ、ふたつに割ったビスケットの片面に塗りつけた。ビスケットを元どおりに重ね、少し甘めの朝用サンドイッチにする。

「今日はどうするかね？」ソーンがたずねてきた。

「マイクには電話したのか？」ジェームズは逆にきいた。

ソーンが首を縦に振った。「つながらなかったがな。朝食を仕入れに行ったとき、山の上の天気について小耳にはさんだぞ。土地の者どうしで話しておった」

「どうだって？」

「氷混じりの暴風雨で大荒れらしい。やむころには、そこらじゅうに氷が二、三センチも積もってしまうそうだ」

ジェームズは青くなった。「ひどいな。そんな悪天候には、お目にかかったこともない。マイクたちを山から下ろすのも、おぼつかなくなってきた」

「警察のほうは？　犯人を逮捕したら、電話で知らせてくれるだろうかね？」

「逮捕するにしても、まずウィルソンの居場所を突き止めないと」ジェームズは言った。

ソーンが眉を寄せた。「では、一刻も早く犯人を見つけてもらわんとな。ジョニーとあのお嬢さんを、これ以上危険な目に遭わせるわけにはいかん」

「ウィルソンのやつは、相手構わず撃っている」ジェームズは包帯に手をやった。「危険なのはジョニーとモリーだけじゃない。エヴァンとマイクも危ない」

ソーンが苦い顔をした。「本人の言うとおり、サンボーン女史に超能力があるなら、犯人が近づいてくるのを予知できるのじゃないかね？」

「そうはいっても、百発百中とまでいくかな」ジェームズは朝食の最後の二口をたいらげ、コーヒーに手を伸ばした。その表情が、ソーンの心の奥底にまで突き刺さってくる。ソーンには息子の表情の意味がわかっていた。

「忙しくならんうちに、トゥルーディーの様子をきいておいたほうがいい」

ジェームズが大きく息を吸いこみ、少しずつ吐きだした。がくりと肩が落ちる。

「飛行機に飛び乗ってここに来てからずっと、ほとんどそのことばかり考えていたよ。トゥルーディーをひとりぼっちで残してくるのはつらかったが、わたしがいなくなっても、あいつは気にもしないのじゃないかと思うと、それも恐ろしくてね。本当につらいのは、どっちだろうな」

ソーンは新聞を折りたたみ、脇に置いた。

「すまんな。何もしてやれなくて、本当に心苦しいのだが」

ジェームズの目に涙がにじんだものの、声は震えていなかった。

「あいつはいまでも、わたしのトゥルーディーだ。それはわかっている。たとえ、あいつがわかっていないとしても」

ソーンは椅子から立ちあがり、ジェームズが腰かけているベッドに近づいていった。息子の背中をさすり、肩に腕をまわして軽く抱いた。

「では、電話して女房の様子をきくがいい。話はそれからだ」

受話器を取りあげるジェームズに、ソーンはそっと背を向けた。

マイクはふいに目を覚ました。鼻に指を突っこまれては、とても眠っていられない。手を伸ばして孫の腰を抱きかかえ、ベッドに引きずりこんだ。

「何をほじくってたんだ？」

ジョニーがくすくす笑った。「鼻くそ」

マイクは声をあげて笑い、ジョニーにつかみかかった。ふたりで取っ組みあいをしていると、デボラが浴室から出てきた。朝の仕事にそなえて作業用の服を着ている。もっとも、デボラとしては何も身につけたくなかったのだけれど。昨夜、マイクの腕のなかは天国のようだった。起きだすのは気が進まなかったが、すっかり乳の張ったミルドレッドや、腹をすかせた動物たちを放《ほう》っておくわけにもいかない。そこでベッドを出たとたん、ジョニーが忍びこんできたのだった。裸でマイク・パパと一緒にベッドにいるところを見られたら、言いわけに困ることになっていたかもしれない。

デボラが浴室から出てきたとき、マイクは握りこぶしの関節でジョニーの頭のてっぺんを小突いていた。デボラの格好を見て、仕事に出るつもりなのだと察した。

「よう、美人さん。何分か待ってくれ。一緒に行くから」

デボラはかぶりを振り、ほほえんだ。「来てくれなくてもいいわ。毎日、ひとりでやっている仕事だから。それに、わたしのお守りをするよりもずっと大事なことがあるんじゃないの？　じゃあ、ふたりとも、またあとでね。わたしのことなら放っておいても大丈夫だけど、ミルドレッドはそうもいかないから」

マイクは顔をしかめた。「デボラ、待ってくれ。あんたが力仕事なんかしなくても――」

デボラが微笑しながらマイクを制した。悲しげな声がマイクの心をつらぬいた。

「気をつかわないで。それに、あなたがいなくなったあと、わたしがどうすると思うの？」

デボラが出ていってしまい、マイクの眉間《みけん》のしわが深くなった。見て見ぬふりをしていた事実を指摘されてしまった。デボラはどうするつもりだろう。そして何より、自分はどうするつもりなのだろう。昨夜、愛を交わしたときは、魔法でもかけられたように幸せな気分だった。デボラを手放したくない。

「マイク・パパ、おなかすいた」ジョニーが言った。

マイクは自分の仕事に気持ちを切りかえたものの、ジョニーに着替えをさせ、朝食をこしらえてやるあいだ、デボラの姿を求めて牛舎のほうをずっと見ていた。

もう危険を感じないと断言されても、まだ不安だった。ジェームズからの連絡もなく、何者かが山から落ちたという言葉が頭から離れない。ようやく牛舎から出てきたデボラの姿に、マイクはほっと息をついた。

「何を見ているんだい、父さん？」

振り向くと、エヴァンがキッチンに入ってきていた。

「デボラの様子を見ていただけだ」そう言って、マイクはレンジを指さした。「パンケーキ用のバターを混ぜてくれないか」

エヴァンはボウルのなかのバターを何度か混ぜてから、コーヒーを取りに行った。

「モリーの具合は？」マイクはジョニーの皿の隣に牛乳のグラスを置きながらたずねた。

「大丈夫だ」エヴァンが目をそらした。顔が赤い。

マイクは目を細めた。息子のことならお見通しだ。話したくないことがあるらしい。

「マイク・パパ、パンケーキをもう一枚くれない？」

「いいとも、ジョニー。ちょっと待ってくれ」

マイクはジョニーと会話しつつ、手早くフライパンにバターを入れた。

「ねえ、パパ。昨日の夜、僕ひとりでトイレに行ったんだよ」皿に残ったバターとシロップをフォークでかきまわしながら、ジョニーが言った。

「そうか、えらいぞ」

「パパは起きなかったけど、モリーは起きたよ」ジョニーはマイクのほうへ皿を突きだし、焼きたてのパンケーキをのせてもらった。「モリーに抱きしめてもらって寝たから、よく眠れた。雪のなかにいたとき、いつもモリーと抱きあって寝てたんだ。すっごく寒かったけど、モリーが温めてくれたの」

ジョニーのパンケーキにバターを塗っていたエヴァンは手を止めた。椅子に腰を下ろし、それまで見たこともなかったかのように息子の顔をのぞきこむ。

ジョニーが皿に目を落とした。「お願い、パパ、シロップも少しかけてくれる?」

エヴァンは、まばたきをしてから、バターを塗る手元に意識を戻した。「ああ、いいよ」穏やかな声で答え、バターを塗った熱いパンケーキにシロップをかけてやる。「そうか、モリーが温めてくれたのか」

ジョニーがうなずいた。目の前にそっと置かれたパンケーキにフォークを突きたてる。

デボラが裏口のポーチに顔を出すまで、キッチンは静まりかえっていた。足踏みをしてブーツの底の雪を落とす音に続いて、容器の口に漉《こ》し器をかけ、しぼりたての牛乳を注ぐ音がする。マイクが待ち望んでいた音だった。マイクはパンケーキを何枚も焼き始めた。

「エヴァン、モリーが起きているかどうか見てきてくれ。こっちに来られないようなら、部屋に食事を持っていってやろう。どっちにしても急いでくれよ。パンケーキが冷めてしまう」

エヴァンがキッチンから出ていったとき、裏口のドアが開いた。デボラは、かかえてきたバケツと漉し器をシンクに置くと、ドアのそばに戻ってブーツを脱いだ。

「何かしら。いいにおいがするわね」

「パンケーキだよ!」ジョニーが声を張りあげた。「マイク・パパがデボラの分を焼いてるんだ」

「おいしそう」デボラはマイクの長い脚と広い背中を見ながら言い、室内履きに足を滑りこませた。「マイク・パパはなんでもできるのね。天才だわ」

振り向いたマイクは笑顔になっていた。「天才だって？」

デボラは笑いながらシンクに向かい、手を洗った。「今日がなんの日だかわかる？」

マイクが身をかがめてデボラの耳元に唇を寄せ、小声でささやいた。「おれたちが一戦交えた日の朝か」

デボラは吹きだした。マイクの首に両腕をまわし、派手な音をたててキスをする。マイクは度肝を抜かれてしまった。レンジの前に戻り、パンケーキがこげないうちに裏返す。さっきの息子のように、顔が赤らんでいなければいいのだが。

「わかんない。なんの日？」ジョニーがたずねた。

「クリスマス・イブよ」

ジョニーの表情が曇った。「パパにあげるプレゼントを飛行機に置いてきちゃった」

「じゃあ、別のプレゼントをさがしましょう」

「ショッピングモールに行くの？」

パンケーキを重ねやすいよう、デボラは皿をマイクのほうへ差しだした。

「もっといいところよ」デボラはジョニーの隣に座り、バターに手を伸ばした。「うちの屋根裏部屋に上がるの」声をひそめて言う。「すてきなものでいっぱいなんだから。そのなかから、パパへのプレゼントを選べばいいわ。マイク・パパにあげるプレゼントもね」

「モリーにあげる分も」ジョニーがつけ加えた。

「そうね。モリーにあげる分もね」

「あんたの分は？」マイクがきいた。

デボラはマイクを見上げた。マイクの腰の片方に体重をかけて立つ癖と、笑いをかみ殺そうとして口をつぐむしぐさを記憶に刻みつける。

「ああ、わたしはもうプレゼントをもらっているからいいの。あなたがたが一緒にいてくれるのが、何よりもうれしいプレゼントよ」デボラはジョニーの頬にキスをして、シロップを手に取った。「みんなが来てくれなければ、いつもの年のように、ひとりぼっちでクリスマスを迎えるところだったわ」

ジョニーが顔をほころばせ、椅子をうしろへ押しやった。

「ねえマイク・パパ、ごちそうさまにしていい？」

「ああ、いいとも。パパとモリーは何をぐずぐずしてるんだろうな。様子を見てきてくれないか」

「うん！」ジョニーが元気に答え、飛びだしていった。デボラは食事を始めた。

マイクはレンジに向き直って次のパンケーキを焼きだしたが、内心ではデボラのことばかり考えていた。デボラの暮らしのことが頭から離れない。この山で、デボラはずっと……来る日も来る日も、ひとりきりで過ごしてきた。毎年、ひとりぼっちでクリスマスを迎えていた。

「なあ、デボラ」

「何？」デボラが皿のうえのパンケーキをフォークで指し示した。「本当においしいわ」

「それはよかった」

「で、何を言おうとしたの？」デボラがパンケーキをもうひと切れ、口に運びながらきいた。

マイクはしばらくのあいだ、デボラの顔にちらちらと映る日の光や、顔のそばでカールしている濡《ぬ》れ髪を見つめていた。

「前から気になっていたんだが……結婚したことは？」

デボラの表情が硬くなった。「ないわ」

「どうして。美人で頭もいいし――」

「気味悪がられているもの」ぶっきらぼうに言うと、デボラはまたパンケーキにフォークを突きたて、口に放りこんだ。

その様子に、マイクははっとした。デボラをつらい気持ちにさせてしまった……。

「ばかばかしい」マイクはつぶやいた。「まわりの連中のほうこそ、あんたを嫌な気分にさせているんだろう。あんたが悪いんじゃない」

「いまはそう言ってくださるけどね。初対面のころを覚えてる？」

マイクは、うしろめたい思いが顔にも出ているだろうかと考えた。「どうだったかな」

「わたしのことを頭から疑ってかかっていたわ」

「だが、もう心を入れかえた。そうさせてくれたのは、あんただ」

「わたしを認めてくれたのね。結構だこと。でも、どうせ飲み仲間との話の種にするんでしょう。〝魔女と寝たことがあるか〟とかなんとか言って」

いきなり殴られたかのように、マイクはたじろいだ。

「一度でも抱いた女のことを、そんなふうに言うつもりはない」

その声に動揺が混じっているのはわかったが、デボラは顔を上げようとしなかった。マイクの顔には同情や罪悪感が浮かんでいるだろう。そんなものは見たくもない。それでもデボラはなんとか笑顔を作り、パンケーキを口に入れた。

「それは失礼。じゃあ、そちらの戦歴はどうなの」

マイクは口ごもりながら答えた。「二回」

「つまり……二回、結婚したってこと？」

「ああ」マイクはつっけんどんに言い、またフライパンにバターを入れた。

「モリーも一緒に食べるそうだ」エヴァンがモリーをテーブルへ誘ってきた。

「そりゃいい」マイクが声をあげた。

「どうぞ座って」デボラが椅子を勧めた。

エヴァンはモリーに顔を向け、肩をすくめた。モリーは、黙っていたほうがいいとでも言うように首を横に振った。マイクとデボラのあいだに流れる冷たい空気を、ふたりともキッチンに入ったとたんに察してしまったらしい。

「すごくいいにおい」モリーが口を開いた。「みんなにお世話になってばかりで、本当に申しわけないわ。ここに来てから指一本も上げず、食事のしたくも後片づけも全部おまかせなんですもの」

「気にしなくていいよ。ジョニーに聞いたけど、山でさまよっていたときに抱いて寝てくれたんだってね。すごく暖かかったと言っていた。僕が思うに、家事の無料パスをあげてもいいくらいだ」エヴァンが言った。

モリーが赤くなった。「ねえエヴァン。わたしは何も特別なことをしたわけじゃないわ。あの場にいたら、誰でも同じことをするでしょう――」

「だが、あの場にはほかに誰もいなかった」エヴァンが言った。「きみだけだ。そのことは決して忘れないよ」

軽く眉をひそめたモリーに、デボラがシロップをまわした。

「わかったわ。感謝の気持ちを受け入れることにするわ」モリーがパンケーキを口にした。

「おいしいわね」

「気に入ってもらえてよかった」マイクは礼を言った。そのとき、デボラが空いた皿をシンクへ持っていくのが見えた。呼び止める間もなく、デボラはキッチンを出ていった。

17

屋根裏部屋は寒く、締めきって風通しの悪い場所につきもののにおいがした。ほこりをかぶった木材と朽ちかけた織物のにおいだ。幼いころのデボラにとって、屋根裏部屋は宝の山だった。呪《のろ》われるのを恐れた子供たちから仲間はずれにされても、まるで平気な顔をして、ひとり閉じこもる場所でもあった。ここで遊ぶのは、別の次元へと移動するようなものだった。昔から何代もかけて、がらくたを溜《た》めこんできた場所なのだ。

あとから階段を上ってきたジョニーが、デボラの目の前に顔を出した。驚いた様子で、口をぽかんとあけて立っている。デボラの胸にも、幼いころの感慨がよみがえってきたような気がする。

「ジョニー、どう思う?」

「秘密の宝物が見つかるかもしれないね!」

デボラはにっこり笑った。「わたしがあなたくらいのときも、そう思ったわ。さあ、パパとマイク・パパへのクリスマス・プレゼントがないか、ちょっと見てみましょうか」

「モリーの分もだよ」ジョニーが念を押した。

「モリーの分もね。仲間はずれにしたわけじゃないのよ。モリーはとくに大事な人ですものね」

こちらを見上げるジョニーの目に、ふいに涙があふれた。

「お祖父《じい》ちゃんとお祖母《ばあ》ちゃんは死んじゃった。もうプレゼントをあげられない」

「そうね」デボラは床に膝をつき、ジョニーを抱きしめた。「本当にかわいそうだったわね」

ジョニーがまたうなずき、か細い肩に世界の重みがのしかかってきたかのように大きく息をついた。

「飛行機が壊れて、ふたりとも起きてこなかった」

「そうですってね」デボラは立ちあがり、ジョニーの手を取った。「さあ、ショッピングモールに来たつもりになってプレゼントをさがしましょう。いい？」

ジョニーの表情が明るくなった。買いものごっこのアイデアが気に入ったのだ。

「うん。でも、買うものが見つかったら、どうやってお金を払えばいいの」

「そうねえ、どうしましょう。このショッピングモールはお金を受けとらないのよ。ほしいものが見つかったら、わたしのかわりにパピーにえさをやるっていうのはどう？」

「いいね！」

デボラは相好を崩した。「それじゃ、どこからさがす?」

ジョニーはしばらく考えこんでから、ふたつの木製トランクを指さした。

「あそこ。なかに宝物があるかもしれない」

ジョニーが指さす場所を見て、デボラはにっこりした。「がらくたも、他人にとっては宝物ってことね」

「えっ?」

「なんでもないわ。さあ、宝さがしを始めましょう」

「うん」

ふたりで屋根裏部屋をあさりだしたとき、デボラはジョニーが手袋をはめていないのに気づいた。パーカのボタンもはずしたままだ。

「寒くない?」

「平気。このトランクから見ようよ」

「そうしましょう」デボラは蓋《ふた》を持ちあげて支えた。「あら、古着しか入ってないみたい。そっちをあけてみましょうか」

「うん。もっといいものが入ってるかもね」ジョニーが言った。

そのとおりだった。

屋根裏に窓はひとつしかない。曇ったガラスから差しこんでくる日光のなかで、ほこりが宙を舞っている。ジョニーは期待に目をみはり、トランクの留め金にてこずるデボラを見つめていた。ようやく留め金がはずれ、デボラは蓋を押しあげて壁にもたせかけた。

「ほら、ジョニー、見て！」小さな木の箱を取りだす。

「何、それ」ジョニーがたずねた。

デボラが蓋をあけると、象牙《ぞうげ》の柄のついた狩猟用ナイフが出てきた。

「わたしのお祖父ちゃんの狩猟用ナイフだわ」

「持ち手のところに絵がついてる」

「ええ。灰色熊《ぐま》よ。わかる？」

「わあ、かっこいい。パパが気に入りそうだ」

デボラは笑みを浮かべた。「これをクリスマス・プレゼントにする？」

ジョニーはうれしそうに目を見開いた。「うん！」

デボラは箱を閉めて脇《わき》に置いた。

「次はマイク・パパとモリーへのプレゼントをさがしましょう」

「それは？」トランクの隅にあったシルクの包みを指し示し、ジョニーがきいた。

「何かしら。見てみましょう」デボラはそっと包みを取りだした。手に持ったとたん、中身に思いあたる。「ああ……思いだした」

「メリーゴーラウンドだ」ジョニーが声をあげた。

「オルゴールがついているのよ」デボラは説明した。

「どうやったら動くの？」

デボラは底の小さなねじをまわして床に置いた。まもなくメリーゴーラウンドが回転を始め、馬が上下に動きだした。

「音が鳴ってるよ」ジョニーは、次々とまわってくる馬を一頭ずつ指先でさわった。一巡したのちに、たてがみと尾をなびかせている黒い馬を指さした。「これがいちばん好き」

「ええ、かっこいいものね。音楽が聞こえる？」

「うん。なんていう曲？」

思わずジョニーの顔に見入ったデボラは、なんと言われたのか忘れてしまった。ジョニーの目は青く澄んでおり、まつげは実に豊かで長い。そばかすが鼻筋に七つ散っているほか、唇のすぐ上にもひとつある。事故のときの打撲傷は青あざになっているものの、だいぶ薄れてきた。切り傷や引っかき傷も治りかけている。ジョニーはまだ年端もいかないのに、たいていの人が一生かかって目にするよりもひどい光景を見てしまった。それでもなお、純真な心は失われていない。

「本当によかった」声に出してしまっているとも知らず、デボラはつぶやいた。

「それが曲名？《本当によかった》っていうの？」ジョニーがきいた。

「え？ああ、違うわ。曲名はついていないの。サーカスで流れているような曲よ」

メリーゴーラウンドの回転とともに、曲のスピードも落ちてきた。ジョニーが人差し指の先で黒い馬を追い、そっと頭に触れた。

「りんごが好物じゃないかな」

「たぶんね」デボラは体をかがめてジョニーの耳元でささやいた。「モリーはこういうのが好きかしら？」

「どうかな」ジョニーも小声できき返してきた。

「きっと気に入ってくれるわよ」

ジョニーは真剣な顔でうなずき、メリーゴーラウンドをナイフの箱の隣に置いた。

「次はマイク・パパの分だね」

「ええ」

ふたりはたんすを調べてみたが、何も見つからなかった。それでもくじけず、屋根裏部屋の隅に積んであった箱をあけてみる。一時間近くもさがすうちに、デボラの体が冷えてきた。ジョニーも同じだろう。

「今日はこのくらいにしておきましょうか。ここにあるものはだいたい目を通したけれど、よさそうなのは見つからないし。階下《した》に行って温まりましょう。またあとで、さがせばいいわ」

「この下にあるのは何？」ジョニーがたずねてきた。

デボラは振り向いた。壁に立てかけた荷物の隙間《すきま》に、古いキルトの包みが押しこんである。

「何かしら。あけてみましょう」

キルト布をはぎとって脇に放《ほう》り投げる。布が床に落ち、ほこりが舞いあがった。

「写真だ！」ジョニーが叫んだ。「ほら、見て！」

デボラは床に膝をつき、布に包まれていたものを一枚ずつ広げた。

「写真じゃないわ、絵よ。表面にさわってごらんなさい。ざらざらしているし、筆の跡もあるでしょう。誰かが描《か》いたのよ」

「僕の塗り絵みたいに？」

デボラはうなずいた。「そんなところね」それから、にっこりとほほえむ。「思いだしたわ。わたしのママの寝室にかけてあった絵よ。はずしたときは、気にもとめていなかったけど。おかしな話ね」

ジョニーがデボラの背にもたれ、肩ごしにのぞきこんできた。「これ、デボラだよ！誰かが描いてくれたんだね」そう言って、眉をひそめる。「このドレスは変だけど」

「わたしじゃないわ。お祖母ちゃんが若かったころの絵よ」

ジョニーが顔をしかめた。「でも、デボラに似てるよ」

デボラは笑った。「正確に言うとね、わたしがお祖母ちゃんに似ているの。生まれてきた順番は、お祖母ちゃんのほうが先だから」

ジョニーは隣に座り、床に両肘をついてデボラの顔を見上げた。デボラと絵を交互に見比べ、孫が祖母に似ているのだという話をじっくり確かめる。納得したジョニーは、ぼんやりと天井を見上げた。そのとき、梁《はり》に何かがのっているのに気づいた。

「ねえ！　あそこに何かある！」

デボラは立ちあがり、差しこむ光とほこりに目を細めながら梁を見上げた。最初はなんだかわからなかったが、しばらく眺めているうちに合点がいった。マイクにぴったりのプレゼントが、ようやく見つかったのだ。

「剣だね！」梁から下ろされたものを見て、ジョニーが声をあげた。

「厳密にはサーベルというのよ。ずっと昔、兵隊だったご先祖さまが戦のときに使ったものだわ」

「パパも戦争に行ったよ。マイク・パパも、ちい祖父ちゃんも、おお祖父ちゃんもね」

ジョニーの声に混じる誇らしげな響きに、デボラは思わず心を痛めた。この小さなオライアンが戦争なんかに行かずにすめばいいのに。

「自慢の家族ね。マイク・パパはこれを気に入ってくれるかしら？」

「うん。マイク・パパは、おうちのリビングの壁に剣をいくつも飾ってるし。僕が大きくなったら、くれるって言ってた」

「すてきね。じゃあ、これをプレゼントにする?」

「うん、お願い」

南北戦争の時代から家に伝わる品だったが、マイクに贈ることにためらいはない。サンボーン家の生き残りは自分ひとりになってしまったし、サーベルを取っておいてもしかたがない。自分が死んだあと、屋敷と一緒に売りに出されるだけのことだ。マイクのような人に持っていてもらうほうが、よほどいい。彼なら、最初の持ち主がどんな犠牲を払ったのか、わかってくれるだろう。

「刃が鋭いから、本当に気をつけて持つのよ」

ジョニーは目を丸くしながら長いサーベルを引きずっていき、ナイフとメリーゴーラウンドの形をしたオルゴールの隣に置いた。

「これでよし」デボラは両手のほこりを払いながら言った。「プレゼントはドアのそばに置いておいて、下で体を温めましょう。ホットチョコレートでもどう? あとで、クリスマス用の包み紙を廊下のクローゼットから出してあげる。プレゼントを包んで、明日の朝までツリーの下に置いておきましょうね」

ジョニーがうなずいた。クリスマスのショッピングを終えて満足し、約束のホットチョコレートのことで頭がいっぱいだ。けれども、屋根裏の階段を下りていたとき、まだショッピングが終わっていないのを思いだした。

「デボラにあげるプレゼントがない」

デボラは微笑した。「わたしへのプレゼントは、あなたがた全員よ。ずいぶん長いこと生きてきたけれど、ひとりぼっちのクリスマスじゃないのは今年が初めてなんだから」

「だけど、デボラだけプレゼントをあげられない」

「大丈夫。お隣さんのファーリー・カムストックが、いつも何か持ってきてくれるもの。こんな天気で道も悪いから、このところ顔を出せずにいるけれど。プレゼントが遅くなっても、わたしは気にしないわ。来られるときに来てくれればいいのだし」

「わかった」ジョニーは言ったが、すっかり得心したわけではない。あとでマイク・パパに話してみよう。きっと、なんとかしてくれる。

ジョニーが甲高い声で笑い、デボラと何やら小声でしゃべりながら屋根裏の階段を下りてきた。ごく自然にふるまう息子を見ていると、エヴァンも気分がいい。モリーも順調に回復している。痛みがなかなか引かないようだが、あざも薄くなり、ずいぶん元気そうだ。

デボラは何日か前に大きなハムをフリーザーから冷蔵室に移し、解凍していた。明日の朝は早起きして、ハムをオーブンに入れる予定だ。ジョニーと約束したホットチョコレートを温めながら、デボラはもう明日の料理の段取りを考えていた。そうでもしないと、気が高ぶって笑いだしそうになる。ジョニーたちが悲劇に見舞われたせいで、自分は人生最良の時を迎えられたと思うと、なんだか気が引ける。

「いいにおいだな」マイクが背後から近づき、デボラを抱きしめた。

デボラはマイクに寄りかかり、たくましい腕のなかで心地よく身をゆだねた。

「たくさん作ったわ。一杯いかが」

「いいね」マイクがデボラの髪に顔をうずめた。「きれいな髪だ……あんたと一緒だな」

デボラは、天にも昇る心地がした。ああ、本気で愛してしまうかもしれない。神さま、傷つかずにすむよう、お守りください……。それでも、息を止められないのと同じで、彼に背を向けることなどできなかった。

「いじめるつもり？」

マイクが歯をむいて笑った。「そうだと言ったらどうする？」

デボラはこんろの火を止め、マイクの首に抱きついた。

「お望みのままに」両手でマイクの顔を包みこみ、唇を重ねる。

そっと、やさしく、愛情をこめて。

ここ何年も忘れていた感情が腹の底からわきあがり、マイクの全身を満たした。この先どうなるのか、まったく見当もつかない。だが、デボラを失いたくないという気持ちは、はっきりしている。

そのとき廊下を歩いてくる足音が聞こえてきたので、ふたりは心ならずも体を離した。

エヴァンがキッチンに入ってきたとき、マイクはもうホットチョコレートをすすりながらクッキー入れをあさっており、一方のデボラはキャビネットからマグカップをいくつも出していた。

「ちょうどよかった。ホットチョコレートができたところよ」

「その前に、外の薪《まき》を取ってきます」

「手伝おう」マイクがクッキーの最後のひとかけを口に放りこんだ。

ふたりが裏口から外へ出ようとしたとき、電話が鳴った。ぎょっとするような音に、一瞬、誰もが身動きできなかった。

「つながってる！」デボラが電話に飛びつき、応答した。「もしもし？」

「やあ、わたしだ」ジェームズの声だ。「こちらはふたりとも元気だ。それを知らせたくてね」

「ああ、よかった！」デボラは声をあげ、エヴァンとマイクに手を振った。「来て、早く。ジェームズよ」

エヴァンが、ほっとしたような声をもらした。マイクが受話器を受けとった。

「親父《おやじ》！　無事だったのか？　いつごろ町に着いたんだ？　大丈夫なんだな？」

ジェームズは苦笑した。矢継ぎ早に質問してくる癖は、あいかわらずだ。

「いまはね。山を下りる途中で、いささか面倒なことになったが」

マイクは顔をしかめた。「面倒なこと？」

「ダレン・ウィルソンと鉢あわせしてね。うっかりしていて、撃たれてしまった」

「撃たれた？」

「ああ……脇腹を。まあ、肉をそがれただけだ。意識が戻ったあとは自力で山を下りたよ。いまは、なんの問題もない。関係当局にも全部、連絡が行っている。天候が回復しだい、迎えに行ってやる。おまえたちをみんな、山から下ろしてやるからな」

マイクの胸が急にむかついた。父親が撃たれ、意識不明のまま雪のなかで倒れていたなんて。意識が戻り、自力で助けを呼びに行けたのは、たまたま運がよかっただけのことだろう。

「ゆっくり休んで養生したほうがいい」マイクは言った。

ジェームズが小さく鼻を鳴らした。「昨夜《ゆうべ》、ぐっすり眠ったよ。そちらでは、また天気が荒れだしたらしいな。みぞれが降っているって？」

「ああ。とくに問題もないがな」

「それならいいが。父さんも元気だ。おまえたちのことを心配している。気をつけてくれ。ウィルソンは、何がなんでも目撃者を消すつもりでいるらしい」

「警察に殺人のことを知らせたんだろう？　どうだった？」

「検死結果が出るまでは半信半疑だったようだがね。いまじゃ大騒ぎさ。今朝早く、バール・タケットという男と話をした。州警察の人間だ。とにかく、彼の手配で昨日検死の結果が出た。それで事態が動きだしたというわけさ」
「そりゃいい。これでモリーとジョニーも安心だ」
「いや、ウィルソンが見つかるまでは油断できんぞ」

日の光が降りそそいでくるのは実にありがたい。山の斜面で足を滑らせたあとの一夜は、もう二度と繰り返したくない類《たぐい》のものだった。

ダレン・ウィルソンの頭には切り傷ができていた。人差し指が入ってしまうほど深く切れており、ひどく痛む。縫合しなければならないが、そんなことは不可能だ。とにかく、血は止まっている。

ダレンはライフルの具合を繰り返し調べていた。寝ながらでも分解と組み立てができるほど、何度も確認した。残りの弾は四発ある。日が昇り、ライフルの操作も楽にできるくらいに明るくなると、ダレンは次にやるべき仕事を思い浮かべた。失敗したらどうなるかは、わかりきっている。刑務所なんぞに行くわけにはいかない。そんなところに放りこまれたら一年と生きていられないだろう。

とはいえ、心配しても始まらない。この窮地を抜けだすのが先決だ。まずは、あの家にもう少し近づかなくては。

プレゼントは包み終えた。昼食もすんでいる。のんびりと穏やかな空気が家のなかに漂っていた。

マイクは裏庭で、薪の山から雪と氷を叩《たた》き落とした。手押し車に暖炉用の薪を積んでいく。

モリーはテーブルの前に座り、野菜の皮をむきながらジョニーの相手をしている。ジョニーはドミノ牌《パイ》を同じ目数ごとにそろえていた。

エヴァンは収納庫から野菜の缶詰をふたつ取ってきた。こしらえているスープに入れるつもりなのだ。

デボラは裏口のポーチで、牛乳の容器に浮いたクリームをすくっている。足元にはパピーが寝そべっていた。母さんの大きなミート皿は、どこにしまったかしら。明日は、あれでハムを焼こう……。そのとき、肩に鋭い痛みが走った。

「痛い！」デボラは声をあげ、あわててクリーム入れを下ろした。変な角度で持っていたせいで、筋肉がこってしまったらしい。

デボラは肩の痛みをがまんしながらクリームをすくい終え、屋内に戻った。肩には痛み止めを塗っておけばいいだろう。

「暖かくて気持ちいい」そうつぶやき、デボラはバケツと漉《こ》し器を洗いにシンクへ向かった。

ジョニーが二枚のドミノ牌を山形に突きあわせて笑った。「六六がそろったよ」大きな声を出す。

「本当ね」モリーが言った。「四四は見つけられる？」

ジョニーは頭のなかで目の数をかぞえながら、片端からドミノ牌に手を伸ばしていった。

デボラは頬をゆるめた。「あとでパイを焼くんだけど、一緒にやらない？」

「うん！」ジョニーが元気に返事をして、ドミノ牌を重ね始めた。

「まだいいわよ。もう少ししたらね」

「わかった」

「明日はベイクド・ハムとか、おいしいものをたくさん作ってあげる。どうかしら？」

ジョニーが笑顔で見上げてきた。「おいしそう」

「おいしいわよ」デボラが言った。

裏口のドアのところで物音がした。ジョニーが椅子から飛び下りる。

「パピーだ！」甲高い声で言う。「プレゼントのお返しに、えさをやらなくちゃいけないんだった。そうだよね？」

「プレゼントのお返しって、なんのこと？」モリーがきいてきた。

「内緒」ジョニーが、いたずらっぽい笑顔で答えた。

「あらあ、内緒なの？」モリーが言った。

ジョニーはデボラに視線を送った。デボラの目くばせに、ジョニーもウインクを返したが、両目をつぶってしまう。デボラは笑いをこらえた。

「パピーのごはんがどこにあるかわかる？」

「うん」ジョニーは裏口から飛びだした。

「上着もなしで」モリーが言った。

「ドライフードをすくってパピーのボウルに入れるだけだから、すぐに戻ってくるわ。大丈夫でしょう」

モリーがうなずき、また皮むきを始めた。デボラはコートとブーツを脱ぎだした。片方のブーツを脱いだとき、激しい犬の吠《ほ》え声が響いた。

「何ごと？」モリーが裏口のドアへ駆け寄ろうとした。デボラはもう走りだしている。犬の声を耳にした瞬間、未来が見えたのだ。走っても間に合わないのではないかと、デボラは気が気でなかった。

「銃を出して！　銃を出すのよ！」モリーに向かって叫ぶ。力まかせにあけたドアが壁にあたり、大きな音をたてた。

モリーは凍りついたが、踵《きびす》を返してキッチンから駆けだした。クローゼットのライフルを取りに、デボラの寝室に飛びこむ。

なぜデボラが走っていったのかはわからない。またピューマが現れたのか、それとも別のものだろうか。とにかく、ただごとではない。デボラの声は恐怖に駆られていた。

マイクが薪の山に背を向けたとき、デボラの飼い犬がポーチの網戸を押しあけ、飛びだしてきた。その衝撃で網戸が勢いよく開き、外壁にあたる。パピーは背中の毛をライオンのたてがみのように逆立て、雪のなかに駆けていった。マイクがあっけにとられていると、すぐあとからジョニーも飛びだしてきた。戻っておいでとパピーを呼んでいる。パーカも着ずに、ドライドッグフードをまき散らしながら走っていく。

「ジョニー！　おい、ジョニー！」マイクが呼び止めたものの、激しく吠えたてるパピーの声にかき消され、ジョニーの耳には入らなかった。

ジョニーたちに続いてデボラも駆けだしてきた。その形相に、マイクの体を流れる血が凍りついた。デボラはポーチから雪の上に飛び下り、全力で走っている。ジョニーを呼ぶ叫び声にはじかれたように、マイクもあとを追って駆けだした。走りながらずっと、恐怖の根源がどこにあるのか、周囲に目をこらした。

ダレン・ウィルソンは夜明け前から森にひそみ、家の様子をうかがっていた。バケツを手に牛舎へ行く女や、薪を取りに出てきた男の姿も目にした。全員が寝静まるのを待ち、家に火をつけようと考えていた。

昼になり、さらに時間が過ぎていった。やつらは何を食べているのだろう。暖かく快適な場所で、ぬくぬくと過ごしているに違いない。こっちは、つらくなるばかりだというのに。

三時か四時をまわったころ、いきなり裏口のドアが開いた。ダレンはぎょっとした。一匹の犬に続いて、あの子供が飛びだしてきたのだ。犬が激しく吠えたてながら向かってきたとき、ダレンはようやく、自分の犯した間違いに気づいた。敷地内で犬を見かけなかったから、いないものと決めつけていたのだ。犬が走りでてきた瞬間、ダレンは自分がずっと風上にいたことに思い至った。においを犬にかぎつけられてしまったのかもしれない。

思い過ごしであってほしいと願いつつ、ダレンは森の奥へ逃げこんだ。しかし、犬はまっしぐらに向かってくる。やはり気づかれてしまったらしい。かっと頭に血が上り、ダレンはライフルを構えて狙《ねら》いをつけた。二発で子供と犬をあっさり仕留められる。家のなかにいる連中はみな、パニックに陥るだろう。運がよければ続々と外へ飛びだしてくるから、もうひとりの目撃者を狙い撃ちにすればいい。そうして、誰にも見つからないうちに立ち去るのだ。

犬の吠え声は恐ろしかったが、ダレンは一歩も引かなかった。犬が迫ってきた。子供との距離も近くなる。ダレンは光学照準器ごしの光景に全神経を集中させた。

まずは犬だ。ダレンは心に決めた。犬の姿が見えるやいなや、間髪を入れず引き金を引いた。銃声は耳をつんざくような轟音《ごうおん》だったが、犬の悲鳴に、ダレンは歯をむいて笑った。数秒後、犬が倒れた。子供が照準に入ってくるのを待ち受ける。だがそのとき、別の人影が現れ、伏せなさいと子供に叫んでいるのに気づいた。すかさず意を決したダレンはライフルを持ち直し、子供の胸の中心に照準を合わせて撃った。そのとたん、子供が背を向けた。

最初の銃声が響いたとき、マイクは恐ろしさのあまり死ぬかと思った。視線の先でパピーの体が地面に落ち、ジョニーが足を止めた。いかん、このままでは格好の標的になってしまう。デボラはまだ叫びながら走っている。その刹那《せつな》、ジョニーが振り返り、デボラのほうへ駆けだした。あどけない顔に浮かぶ恐怖に、マイクの全身を戦慄《せんりつ》がつらぬいた。もう間に合わないと思いながら、マイクは走った。

デボラの喉は引きつっていた。いくらジョニーを呼んでも、この声では耳に入らないような気がする。両脚はずっしりと重く、どんなに走っても、いっこうに前へ進まない。銃声が響くのと同時に、パピーの体が崩れ落ちた。飛び散った血で、あたりの雪が赤く染まっている。デボラは目をそむけた。

ジョニーの命が危ない。パピーが吠えだしたとき、それが見えた。肩の痛みは自分自身の未来の予兆だったが、気づいたときにはもう遅かった。

パピーが撃たれてから何秒もたたないうちに、デボラはジョニーに駆け寄った。地面を蹴《け》ったとき、ほんの一瞬、空を飛ぶような感覚を覚えた。それからすぐ、走ってきたジョニーを抱き止めた。ジョニーが倒れこむのと千分の一秒差で銃弾が襲いかかる。鋭く、焼けるような痛みをおぼろげに感じたあと、すべてが消えうせた。

マイクが泡をくって叫んだが、その声はデボラの耳に届かなかった。家から飛びだしてきたモリーの姿も目に入っていない。そばを駆け抜けていくマイクに、モリーがライフルを投げ渡した。

エヴァンがキッチンから出てきたのは、犬が撃たれたのと同時だった。その瞬間、エヴァンの全神経は息子に注がれていた。デボラが何をしようとしているのか、エヴァンにはわかった。だが二度目の銃声が響いたとき、誰が撃たれたのかわからなかった。ジョニーとデボラの双方が倒れ、ふたりとも動かずにいることしかわからない。

エヴァンは叫び、ポーチから駆けだした。

エヴァンはモリーのそばを駆け抜けた。モリーは雪のなかにへたりこみ、立ちあがろうとしている。次いでエヴァンはマイクの隣を駆け抜けた。マイクはすでに、森のなかから撃ってきた人影に目をとめていた。エヴァンはパピーを見ないようにしながら息子のそばに膝をついた。

「ジョニーたちを家に入れろ！」エヴァンの脇を走り抜けつつ、マイクはどなった。

エヴァンがデボラの体をあおむけに起こした。コートの胸に血のしみが広がっている。そのうえ、エヴァンに抱きあげられたジョニーの服にも血がついていた。マイクは走り続けることしかできなかった。とにかく走るほかない。あの人殺しがこんなところにいるとは思わなかったが、現に、やつはここにいる。絶対に逃がすものか。

マイクの背後で、エヴァンが息子をモリーに託し、走れと叫んだ。エヴァンはもう一度だけ森のほうを振り返り、ライフルを持った人影が消えたのを確認してからデボラを抱きかかえた。モリーと息子のすぐあとに続いて家へと急ぐ。

ダレン・ウィルソンは恐慌をきたしていた。こんなはずではなかった。傷ついた家族の介抱もしないとは、どういうことだ。追ってくるとは思わなかった。ましてや、銃まで持ちだしてくるなんて。

しかも、なお悪いことに、踵を返して走りだしたとたんに顔面から転んでしまい、そのはずみでライフルを暴発させてしまった。残りの弾は一発しかない。

事故で負った傷がいまも痛み、体に力も入らない。休息と食料も不足しているから、なおさらだ。しかし、痛みに屈服するわけにはいかない。この窮地を無事に切り抜けようと思ったら、とにかく逃げるしかない。

パニックに加え、こんな状況に陥ってしまったことにも無性に腹が立ち、ダレンは急いで走った。だがすぐに、けがのせいでスピードが落ちてきたのがわかった。危険が間近に迫っている。背後から迫ってくる。ダレンは事故に遭ってから初めて、自分もほかの乗客と同じように死んでいればよかったと思った。あのとき命を落としていればギャンブルの借金とも縁が切れていたし、フィンもまだ生きていただろう。こんな苦労とも、とっくにおさらばしていたはずなのに。

18

エヴァンはデボラをかかえて裏口の階段を駆けあがった。腕と手を伝い落ちる血や、蒼《そう》白《はく》になって死んだように動かないデボラの体の感触を、なんとか意識から締めだそうとする。モリーが網戸を押しあけ、待っている。キッチンに通じるドアは半開きになっていた。キッチンに飛びこんだエヴァンは、テーブルの下でうずくまっている息子に目をとめた。おびえきった顔を見たとたん、胸が張り裂けそうになった。だが、いまは何もしてやれない。

モリーがすぐあとから入ってきた。

「デボラの具合は？」叫ぶような声できいてくる。

「わからない」エヴァンはつぶやいた。「ジョニー！　どこか痛むか？」

ジョニーが首を横に振り、膝に顔をうずめた。

「ちくしょう」吐き捨てるように言い、エヴァンはデボラをキッチンの床に下ろした。傷の状態を調べるため、大急ぎで服を脱がせていく。

弾が入った傷はあるものの、体から出ていった傷は見あたらない。そのうえ出血もひどい。

「止血帯をくれ！　傷口を圧迫しないと！」エヴァンは声を張りあげた。

モリーが引き出しのキッチンタオルを何枚もつかみ、次々とエヴァンに放《ほう》った。

ふいにジョニーがエヴァンのそばにやってきた。「お祖父《じい》ちゃんとお祖母《ばあ》ちゃんみたいに死んじゃったの？」

「いや、死んでないよ。死んだりするものか」エヴァンはつぶやき、モリーを見上げた。「まだ電話がつながっているか、見てくれないか」

モリーはコードレス電話を取って耳にあてた。つーつーというダイヤルトーンが聞こえる。これまで聞いたなかで最も快い響きだった。

「大丈夫！　つながっているわ！」モリーが叫んだ。

「交換手を呼びだせ。保安官につないでもらうんだ。救急車も呼ばないと。道路状況が悪くて救急車が来られないなら、ヘリでデボラを運んでもらうしかない」

モリーは震える手でプッシュボタンを押した。交換手がすぐにカーライルの保安官事務所につないでくれた。通信指令係の声が聞こえたとたん、モリーは震えだした。

「銃で撃たれました。デボラ・サンボーンの家です。すぐに救急車をよこしてください」

「大変！」フランシスが言った。「誰が撃たれたんです？」

「デボラです。出血がひどいの」

エヴァンが顔を上げた。「警官もよこすよう伝えてくれ」

モリーは即座にうなずいた。「ダレン・ウィルソンは山に逃げこみました。マイク・オライアンが追っています。保安官にも来てもらいたいんですが」

「大変、大変だわ」フランシスが繰り返し言った。「電話を切らないで。保安官に連絡するから。そのまま切らずに待っててください」椅子をくるりとまわし、通信用の無線機に向かう。「ハッカー保安官！　応答願います！　応答願います！」

〈ソニーズ・ドライブイン〉のトイレから出てきたウォリー・ハッカーは、あわてふためいている通信指令係の声を耳にした。大急ぎでパトカーに駆け寄る。

「こちらハッカー。いま車に戻った」

「ウォリー……デボラ・サンボーンが自宅でダレン・ウィルソンに撃たれたわ。マイク・オライアンがウィルソンを追っているそうよ。応援を要請してきたの。いまからドクターヘリに連絡するわ。デボラの出血がひどいらしいの」

「ドクターヘリを出動させろ。それから、保安官助手の全員に、デボラの家へ向かうよう伝えてくれ。わたしは先に行っている」

「了解。交信終わり」

フランシスは急いでドクターヘリに出動を要請し、わかっているかぎりの情報を伝えた。

それから、ずっと電話を切らずに待っていたモリーに話しかける。

「そちらへ医者を派遣しました。ドクターヘリが、その家の裏手の空き地に着陸します。保安官と保安官助手も急行しています」

「ありがとう」モリーは言い、電話を切った。

エヴァンが別のキッチンタオルをつかみ、デボラの傷に押しあてた。

「デボラ！　デボラ！　エヴァンです……聞こえますか」

返事はなかった。ぴくりとも動かない。かろうじて息はある。まだ生きているという証《あかし》はそれだけだった。

「くそっ」エヴァンはつぶやき、なんとか血を止めようと、いっそう強く傷口を押さえた。ジョニーはまたテーブルの下にもぐりこみ、脇腹《わきばら》を床につけて体を丸めていた。涙にうるんだ目で凝視しているのは、横たえられたデボラのまわりに広がっていく血だまりだ。

エヴァンには、息子のそばに行く余裕はなかった。息子を抱きしめ、大丈夫だと言ってやる暇もない。それどころか、本当に大丈夫かどうかも怪しかった。父親の身に何が起きているのかもわからない。助けがほしい。そう思ったとき、電話すべき相手を思いついた。

「モリー、また電話を頼む」

モリーがコードレス電話を取り、エヴァンのそばにしゃがみこんだ。

「いまから言う番号に電話してくれないか」その番号をデボラがプッシュしたのを見届け

て、エヴァンはまた口を開いた。「向こうが出たら、電話を僕の耳にあててくれ」

モリーは、わかったというようにうなずいた。耳をすませ、相手が電話に出るのを待つ。

ジェームズがモーテルの部屋に入ると同時に電話が鳴りだした。ベッドではソーンが大の字になって寝ている。ジェームズが電話に飛びついたとき、ソーンが目を覚ました。

「もしもし」

「ちい祖父ちゃんだね？　僕だよ、エヴァンだよ。大変なことになった。デボラがダレン・ウィルソンに撃たれたんだ。出血がひどい。いま、ドクターヘリを待っているところだ。父さんはウィルソンを追って山に入った。デボラの古い二二口径のライフルを持ってね。いまはどうなってるのかわからないし、安否も知りようがない。保安官には連絡した。保安官助手と一緒に、こっちに向かっているって。父さんの応援に行ってくれるだろう。でも、僕のほうも助けがいるんだ。ジョニーはおびえきっているし、モリーにあれこれ対処してもらおうにも、体力的に無理だ」

「なんてこった」ジェームズは声をもらした。さっとソーンに手を振り、起きるよう合図する。「心配せんでもいい。いますぐ名案を出せと言われても困るが、なんとかしよう。わたしたちもそっちへ行くよ。いざとなれば、背中に羽でも生やして飛んでいくからな」

祖父の声を聞いているだけで、気分が落ち着いてきた。これこそエヴァンが求めていたものだ。

「ありがとう。できることがあったら頼むよ。でも、急いでくれ」

回線が切れた。

ジェームズは、いましがた聞いたばかりの言葉が信じられないとでもいうように受話器を見つめ、電話の上に戻した。「父さん、服を着てくれ。デボラが撃たれた。マイクが山でウィルソンを追っている。ジョニーはまた、人が傷つくところを見てしまった。いくらなんでも多すぎだろう。どうにかしてデボラの家へ行かなきゃならん」

「それなら、いい考えがある」ソーンがブーツをつかんだ。

マイクは雪のなかを全速力で走っていた。雪が凍結した場所で何度か滑りかけ、あやうく枝をつかんだ。ウィルソンは百メートルほど先を走っていたが、その姿がはっきりと見えるのは短いあいだだけで、すぐに木陰に隠れてしまう。

開けた場所に出たとき、ウィルソンを撃つチャンスがめぐってきた。たった一度のチャンスだが、それで十分だ。マイクは覚悟を決めてライフルを撃った。弾はウィルソンの頭のすぐ右の木にあたり、樹皮と雪が飛び散った。ダレン・ウィルソンは降伏のしぐさで両手を上げたが、いきなり森の奥に飛びこんだ。その後マイクは目だけでなく耳の神経も研ぎすまして足跡を追った。

追うのをやめて戻りたい。デボラを腕に抱き、ジョニーともども無事を確かめたい。デボラの血にまみれたコートの胸や、蒼白で生気のない顔色を目にしてしまった。だが、いま追跡をやめれば、デボラたちを撃った悪党に逃げられてしまう。

冷気で肺が凍りつき、足先の感覚もなくなったことに、マイクはほとんど気づいていなかった。とにかくライフルの照準にあの悪党の頭を捉《とら》え、家族の危機に終止符を打ちたかった。

墜落事故や、そのあとで足を滑らせたときに負った深い切り傷やすり傷のせいで、ダレンは逃げるのに難儀していた。一歩進むたび、右足首に激痛が走る。目もよく見えない。体がひどく痛み、吐きそうだ。行く手に立ちはだかる木をよけ、枝に顔を打たれつつ、茂みをかきわけて走った。あらゆるものが敵になっていた。

初めのうちは、追ってくる男との距離がずいぶん開いていたせいで、逃げきれるだろうと高をくくっていた。だが、銃弾がすぐそばをかすめて木にあたり、樹皮の破片と枝に積もった雪が四方八方に飛び散ったとき、ダレンは震えあがった。頬に鋭い痛みを感じたものの、立ち止まって具合を見る余裕はない。生温かいものが顔からコートの襟へと流れ落ちるのを感じたが、どうすることもできなかった。

なんてやつだ。まだ追ってくる。

ダレンは三本の針葉樹の陰に飛びこみ、根元の茂みを利用してライフルの照準から逃れた。心臓が激しく脈打ち、頭がずきずきする。地面を蹴《け》るたび、足に激痛が走ったが、背後から迫ってくる脅威とは比べものにもならない。はらわたが引き絞られるような恐怖に、不自由な足でスピードを上げた。

「ちくしょうめ！」ダレンは叫んだ。もっとも、聞いている者などいない。

ダレンは茂みのなかを一目散に走った。もはや左足の感覚はない。麻痺《まひ》している。寒さのせいか、あるいは昨夜、斜面を滑り落ちたときに靭帯《じんたい》と筋肉が切れてしまったのか。脚を引きずりながら走るうちに、むきだしになった岩のところで滑ってバランスを崩し、地面に膝をついた。

「ああ、くそっ」ダレンは声をあげ、よろよろと立ちあがった。そのとたん、呆然《ぼうぜん》とする。目と鼻の先に救いの神が現れた。

森を抜けたところにトラックが停《と》まっている！　右のほうに目をやると、男が斧《おの》を振るい、木を切っていた。近づくにつれて、覚えのある姿がはっきり見えてきた。とんでもない女房と、おびただしい数の子供のいた家の亭主だ。

もうダレンは振り返ろうとしなかった。背後の男がどれほど迫ってきていようと知ったことか。知りたくもない。あと少しで逃げきれるというのに。

マイクは五十メートルと離れていないところにいた。もうすぐ追いつける。ウィルソンは苦しそうだ。近づけば近づくほど、それがよくわかる。ちらりと見えた顔は傷やあざだらけで、マイクはめんくらった。

目の前で、ふいにウィルソンの足どりが変わった。何かあったのか。どうした？　次の瞬間、マイクは事態をのみこんだ。

古びたトラック……男が木を切っている。

まずい。ウィルソンを逃がしてはならない。トラックに乗られてしまったら最後、捕まえることはできなくなる。こうなったら、残された道はひとつしかない。

マイクは即座に立ち止まり、雪を蹴散らしながら足を踏みしめると、ライフルをかつぎあげて台尻を肩にあてた。たちまちウィルソンに照準を合わせる。

まず照準に入ったのは、一方の肩と頭の左側だけだった。後頭部とウィルソンのコートに続き、上半身全体をしっかり捉える。

間髪を入れず、たて続けに二発撃った。命中したかどうかはわからない。そのときウィルソンの体がぐらりと傾き、トラックのボンネットに突っ伏した。ずるずると滑り落ち、雪のなかに倒れこむ。銃弾はウィルソンを捉えていたのだ。

死ぬ……死んでしまう。ああ、死にたくない……こんな結末を迎えるはずではなかったのに。

雪が冷たい。体はもっと冷たかった。太陽の光が弱くなっていく。森から出てくる男の足音が聞こえた。銃に手を伸ばそうとしたが、腕が動かない。悪態をつこうとしたものの、息も出なくなっている。

咳《せ》きこんだ。こみあげてきた血が口からあふれ、喉元を染めた。肩をつかまれる感触があった。布きれの人形のように、あおむけにひっくり返されてしまう。あの男の表情など見たくもない……だが、ほかに見えるものはなかった。

「助けてくれ」ウィルソンは喉の奥で言った。

マイクは怒りに体を震わせていた。「おれの孫を殺そうとしたな。おまえが撃った女は、おれのすべてなんだ。助けてくれだと？　ああ、いいとも……助けてやるさ、げす野郎。手を貸してやる……地獄へ送ってやろう」

すでに銃弾を受けているウィルソンの胸にライフルの銃身をすえ、ぐいと押しつけた。命ごいをしようにも、ダレン・ウィルソンの肺には空気が残っていなかった。叫び声をあげて山の静寂を破る力もない。

マイクは引き金を絞った。

ウィルソンの体が跳ねたあと、動かなくなった。

マイクが振り向くと、トラックの持ち主が恐怖に目を見開いていた。

「死んだ」マイクは言った。「これでもう、誰も傷つかない」

「なあ……おれはどうしたらいい？」ファーリーが口を開いた。

「保安官に連絡するなり、好きにしろ。構わんぞ」

マイクはそのまま背を向け、もと来た方向へと山の斜面を駆けだした。

山のなかを疾走するのは爽快《そうかい》だった。これほど深刻な状況でなければ、さぞ楽しかろうにと、ソーンは思った。合衆国に暮らす連中の大部分は、齢《よわい》八十を超えた者を役立たずの老いぼれとしか考えていない。まだまだ衰えていないところを見せつけてやるのに。

「こぶがあるぞ！」ジェームズが叫んだ。

ソーンはうなずき、スノーモービルのハンドルをきった。盛大に雪を後方へ跳ね飛ばし、速度を上げて吹きだまりを迂回《うかい》した。

老いた父がスノーモービルのことを思いついたのはまさしく天啓だと、ジェームズはつくづく感心した。出発前の荷づくりの最中、ふいに父が口を開いたのだ。〝ここで待っておったおかげで、スノーモービルのあてができたぞ。年寄りだから、おまえたちと一緒に徒歩で山に登り、ジョニーをさがすのは無理だったがな。あのときモーテルで待っておったら、スーパーの駐車場で十代の小僧どもを見かけたんだ。スノーモービルを乗りまわし、度胸試しをしとったぞ〟

少年たちをさがしあてるのは造作もなかった。金銭のやりとりを経て、エヴァンとの電話から三十分もたたないうちにジェームズとソーンは山道を並走していた。

標高が高いところでは路面が凍りついていたものの、スノーモービルで走るのは意外と楽だった。保安官や保安官助手がつけた轍《わだち》を、飛ぶような速さでたどっていく。そのとき、道からはずれた森のなかに一台のトラックと三台のパトカーが停まっているのが見えた。

ソーンが指さした。

ジェームズもわかったというように、首を縦に振った。

ふたりはスノーモービルの速度を落とし、近づいていった。保安官の姿を目にするなり、ジェームズはスノーモービルを急停止させた。ソーンも急いでマシンを停める。

「デボラの家に行くのかね?」ウォリー・ハッカーがきいてきた。

「ああ」ジェームズは答えた。トラックの向こうに人が倒れている。

「こちらはファーリー。彼が言うには、我々より先にマイクがウィルソンを仕留めたらしい。マイクに会ったら、保安官事務所に来るよう伝えてくれ。話を聞きたい」

「わしの孫は、まずい立場に陥っておるのかね?」ソーンがたずねた。

「ファーリーの話が事実なら、そんなことはない。報告書をまとめるのに状況をきいておきたいだけだ」

「伝えよう」ジェームズが言った。そして、ふたりはまたスノーモービルに乗り、走り去った。

山の斜面を駆けあがるのは、下ってきたときよりも大変だった。そのうえマイクは、寒さと疲労にも襲われていた。すでに限界以上の力を使い果たしており、そのつけがまわってきているのだ。筋肉の痙攣《けいれん》が止まらない。全力で走っているせいで、脇腹が刺すように痛む。それでもマイクは足を止めなかった。デボラのもとへ戻らねばならない。ジョニーの無事を確かめなければならない。マイクは軍隊で学んだサバイバル能力を駆使して体の痛みを意識の外へ押しやり、精いっぱいのスピードで走り続けた。苦痛を遮断することに専念していたせいで、すぐそばまで接近してきたスノーモービルの音にも気づかなかった。

大きくカーブしている道のまんなかで、マイクは背後から迫ってくるエンジン音に気づいた。ぎょっとして振り向くと、二台のスノーモービルがすさまじい勢いで近づいてきた。マイクはライフルを握りしめ、スノーモービルに道を譲ろうと後ずさりした。しかし、ふたりが誰だかわかったとたん、全身の力が抜けた。

いきなり安心したせいで、感情を抑える間もなかった。停止したスノーモービルから降りたジェームズが、心配そうな顔で足早に向かってきたとき、マイクの視界がぼやけた。

「よかった、ここにいたのか。大丈夫か?」ジェームズがマイクの背中を力強く叩《たた》いた。

「ああ」

「さっき保安官と保安官助手に会ったぞ。遺体を確認していた。あとで暇を見て保安官事務所に来てほしいとのことだ。報告書をまとめるのに話を聞きたいらしい」

「ああ、わかった」

「ウィルソンだったのかね?」ジェームズがたずねた。

「ああ」

ジェームズの眉間《みけん》のしわが深くなった。「デボラが撃たれたと聞いたが。本当か?」

「はっきりしているのは、やつが犬を撃って、ジョニーに狙《ねら》いをつけたことだけだ。そのときデボラがジョニーをかばった」

「そんな!」ジェームズは思わず叫んだ。

マイクは父のコートの袖口《そでぐち》をつかんだ。「エヴァンと話をしたんだろう? そうでなきゃ、こんなところまで来るはずがないもんな」

ジェームズはうなずいた。

マイクは口を開きかけ、ためらった。問いかけられずにいるのは、答えを聞くのが恐ろしいせいだ。だがついに覚悟を決めた。きかなければならない。

「デボラは……その……」

とっさにジェームズがマイクの肩に手を置いた。「生きているよ……少なくとも、電話でエヴァンと話したときには生きていた。だが出血がひどいので、ドクターヘリを呼んだらしい」

「なんてこった」マイクはうめき声をもらした。スノーモービルを指さしてたずねる。「どっちか、うしろに乗せてくれないか？」

「いいとも」ソーンが答えた。「乗るがいい。こちらのほうが大きい。馬力も二倍だ」

ジェームズも自分のスノーモービルにまたがった。

「しっかりつかまれ！」ソーンが声を張りあげた。

マイクはデボラの無事を祈りつつ、言われたとおり祖父の腰に両腕をまわした。スノーモービルが雪を蹴立てて走りだす。

五、六百メートルほどしか行かないうちに、雪に影が差した。空中の何かが影を落としている。顔を上げてみると、頭上にヘリコプターが差しかかっていた。逆光を受け、黒い機影しか見えない。とたんにマイクは意気消沈した。あれはデボラの救助に向かうヘリコプターだろう。デボラのそばにいてやりたいのに、間に合わない。デボラに会いたい。デボラに触れたい。無事を確かめたい。

「もっとスピードが出ないのか」マイクはどなった。

ソーンが、かぶりを振った。

運を天にまかせるしかない。医者の到着までデボラが死なずにいてくれることを祈るのみだ。

デボラはキッチンのまんなかで意識を取り戻した。エヴァンがのぞきこんでいる。その隣では、モリーがキャビネットにもたれて床に座りこみ、ジョニーを膝に抱いていた。デボラは雪のなかで走っていたときのことを、おぼろげに思いだした。鋭い痛みが体をつらぬいたあと、何もわからなくなったのだ。

「エヴァン……」

その声に、エヴァンはぎくりとして目をみはった。

「デボラ？　ああ、よかった……具合は？」

「痛いわ」デボラはつぶやき、痛む部分に手を伸ばそうとした。

エヴァンがその手をつかみ、押し戻した。「さわったらだめですよ。撃たれたんですから。じっとしていてください」

「撃たれた？」そう言われても、一瞬なんのことかわからなかった。そのうちに、ようやく記憶がよみがえってきた。あのとき、未来が見えたのだ。ジョニーが倒れ、雪が血で真っ赤に染まるのが見えた。ということは、銃弾はジョニーに命中せず、わたしにあたったのね。

「ジョニーは？」

「あなたのおかげで、けがはありません。心の傷まではわかりませんが」

デボラの目尻から涙がこぼれ落ちた。「ごめんなさい」弱々しい声で謝罪する。

「いいんです、こんなことで謝ったりしないでください。僕のほうこそ、二度も息子を助けてもらった恩は一生忘れませんよ。さあ、僕がついていますから、がんばって。あなたを死なせたりしたら、父に合わせる顔がない」

そう言われて、デボラはマイクの姿が見えないのに気づいた。「マイク……どこ……」

「撃ってきた犯人を追っていきました。犯人はダレン・ウィルソンです」

「そんな……」

「大丈夫。父なら大丈夫です」

「助けに行ってあげて――」

「救助用のヘリが来るまで、僕はどこにも行きません」

「なんですって――」

「あなたはヘリで病院へ行くんです。ヘリが来るまで、静かに横になっていてください」

ひどい虚脱感と苦痛のせいで、デボラは起きあがれなかった。この感じだと、もう命の火が尽きかけているのだろうか。でも、もしそうだとしたら、マイクに言っておかなければならないことがある。

デボラがエヴァンの腕にすがった。エヴァンの想像をはるかに超える力で手首を握りしめた。

「どうしました？」

「マイク……マイクに伝えて。わたし……」

「次に会ったときに直接、話せばいい」エヴァンが言った。

痛みに全身を揺さぶられ、デボラは体を震わせた。「マイク……」エヴァンはささやくような声で呼ぶ。そして意識を失い、苦痛から解放された。

エヴァンはぎょっとした。デボラの首に手をあてて脈を確かめた。よかった、まだ脈がある。

「ああ、ちくしょう」エヴァンはつぶやいた。モリーに問いかけるというより、ひとりごとのように言う。「ヘリはまだか」

「もうすぐよ」モリーが答え、ジョニーをかき抱いた。

エヴァンは息子の顔をじっと見つめた。息子の心のなかでは何が起こっているのだろう。父親がパッチワークのキルトのような縫い跡だらけの顔で戦争から戻ってきたのだ。祖父母が死ぬのを目のあたりにしたうえ、殺人まで目撃してしまった。おまけに今回の事件だ。

「ジョニー？」

その声を耳にしても、息子は顔を上げなかった。

「なあ、ジョニー。パパはおまえが大好きだよ」エヴァンは穏やかに話しかけた。

しばらく沈黙が流れたあと、小さな声がした。「僕もパパが大好き」

「大変なときだけど、ふたりでがんばろう。いいね？」

また少しためらったあと、ぽつりと返事があった。「うん」

エヴァンは、ジョニーを抱いているモリーに視線を移した。「モリー……」

「何？」

「きみがいなければ、どうしていいかわからなかっただろうな」

「それはわたしも同じよ」

長い沈黙がふたりのあいだに流れた。好奇心と情熱、そして期待に満ちたまなざし。

「僕はおとぎ話の王子さまなんかじゃないよ」

「わたしが王子さまをさがしているなんて、誰が言ったの？」モリーが言い返してきた。

「まあいい」

ふたりが何も言えずにいると、あいだに割りこむようにヘリコプターの音が聞こえてきた。

「来たわ！」モリーが叫んだ。

エヴァンは飛びあがった。「すぐ戻る」そう言い残し、もう一度デボラに目を向けてから表へ駆けだした。

19

救急救命士がデボラの傷に圧迫包帯を施し、静脈に点滴用の注射針を刺し入れてから、体をストレッチャーに固定した。待機中のヘリコプターにストレッチャーを乗せようとした矢先、エンジン音が近づいてきた。エヴァンが窓に駆け寄って外を見た。

「援軍が来た」エヴァンは言い、ポーチに飛びだした。「こっちだ！　こっち！」大声で叫ぶ。

ジェームズは、玄関ポーチで呼んでいるエヴァンの姿を見てスノーモービルを停《と》め、急ぎ足で階段に向かった。ソーンとマイクもすぐあとに続く。

エヴァンは目を丸くした。曾祖父《そうそふ》が、馬から降りるかのごとく軽々とスノーモービルから飛び降りてきたからだ。

「おお祖父《じい》ちゃん？」

「みんないるぞ。具合はどうだ？」ソーンがきいた。

「だいぶ、ましになったかな。ちょうどデボラをヘリに乗せるところだ」

マイクがスノーモービルから飛び降りて階段を駆けあがり、エヴァンのそばで足を止めた。

「ジョニーは？」

エヴァンが首を横に振った。「すっかりまいってる。この先どうなるか見当もつかないよ」

マイクは胸の痛みを覚えた。年端もいかぬ子供が、こんな悲劇に見舞われなくてはならないとは。

「デボラは？」

「もうストレッチャーにのせた。急いだほうがいい。デボラはずっと、父さんを呼んでいたよ。まだキッチンにいる」

マイクは息子の肩を軽く叩《たた》き、急いで屋内に入った。キッチンから話し声がするが、いずれもデボラの声ではない。マイクがキッチンに飛びこんだとき、救急救命士たちがストレッチャーを持ちあげようとしていた。

「待ってくれ！」マイクはわめき、そばに駆け寄った。デボラの服は血まみれで、傷の応急手当のため切り裂かれていた。顔色は蒼白《そうはく》だ。あまりにも白い。下唇に血がついていた。自分の体を愛撫《あいぶ》してきた甘い唇のことを思いだしてしまい、マイクはたじろいだ。「デボラ、おれだ。マイクだ。聞こえるか？」

デボラがうめいた。

まぶたがわずかに動いた。意識を取り戻そうとしているのだ。

「おれはここだよ、ベイビー。ここにいるぞ」

デボラが息を吐いた。体の力が抜ける。

「おれも連れていってくれ」マイクは救急救命士に頼みこんだ。

「規定では、お連れできるのは——」

「頼む。デボラには身寄りがないんだ」

「わかりました。いいでしょう」救急救命士のひとりが言った。

「父さん！」

マイクは振り向いた。エヴァンが息子を抱いてキッチンに入ってきた。

マイクはふたりに駆け寄り、順番に抱きしめてから、ジョニーの耳元でささやいた。

「マイク・パパはおまえが大好きだよ。おれはデボラについていく。デボラがひとりでヘリに乗らずにすむようにな」

「パピーが死んじゃった」ジョニーが口を開いた。

「かわいそうにな」

「デボラも死んじゃうの？」

「いや」マイクは答えた。だがジョニーの顔を見れば、信じてなどいないのは一目瞭然《りょうぜん》だ。

救急救命士たちがデボラをヘリコプターのほうへ運んでいった。マイクはあわてて追いかけ、ストレッチャーの移動を手伝った。

それからまもなく、デボラがヘリコプターに収容された。マイクが隣の隙間《すきま》に体を押しこむようにして床に座り、デボラの手を握りしめたとき、ヘリコプターが離陸した。苦痛の色が浮かんでいないかと、デボラの顔を見つめる。そのあいだにもヘリコプターは、凍った池の上を飛んでいく蜻蛉《かげろう》のように宙を滑っていった。

アルフォンソ・リベーラは、ごくありきたりな手段でウィルソンの死を知った。つまり、定時のニュース番組で知ったのだ。

彼のビジネスにおいて、他人を信用するのは異例のことであり、互いに信頼できる相手もほとんどいなかった。ダレン・ウィルソンがその数に含まれていたこともない。ウィルソンはプライドこそ高かったものの、リベーラに金を借りていた小者でしかない。この業界にいる者はみな、ウィルソンの借金のことを承知していた。本来なら、金を返せなければリベーラ自身の手で始末するしかなかっただろう。借金を踏み倒されては沽券《こけん》にかかわるからである。だがリベーラは運に恵まれていた。自分が手を汚さぬうちに、ウィルソンが勝手に死んでくれたのだ。借金を回収できなくなってしまったが、たいした痛手ではない。金なら毎週、ふんだんに入ってくる。リベーラを悩ませるものは、もはや何もなかった。

バール・タケット巡査部長に連絡しなければならない。トラックの脇《わき》でウィルソンの遺体を確認したファリス捜査官は、携帯電話を手に取った。

タケットは自宅にいた。プレゼントの包みをあける子供たちに目を奪われていたとき、電話が鳴った。発信者の表示に顔をしかめ、廊下に出てから応答する。

「タケットです」

「ファリス捜査官だ」

タケットは玄関ホールの壁に寄りかかった。

「犯人を確保しましたか？」

「マイク・オライアンが確保した。遺体でな」

「わかりました。ご連絡いただき、感謝します」

「礼にはおよばない」それから、ファリスはつけ加えた。「メリー・クリスマス」

「そちらこそ、メリー・クリスマス」

ジェームズは居間でジョニーを膝にのせていた。携帯電話が鳴ったとき、身ぶりでエヴアンを呼び、ジョニーを託した。これ以上の厄介ごとをジョニーの耳に入れたくはない。

「ミスター・ジェームズ・オライアンですね。タケット巡査部長です」

「ああ……電波が悪いが、なんとか聞こえるよ」ジェームズは答えた。

タケットが声を張りあげた。「おたずねしたいことがあるのですが」

「何かね？」

「ご子息のミスター・マイク・オライアンと連絡は取れましたか？」

「ああ。わたしたちと一緒にデボラ・サンボーンの家に戻ってきた。いまはデボラの付き添いで病院へ行っているがな」

「わかりました。またあとで連絡します。報告書をまとめますので。ではまた、そのときに。よいクリスマスをお迎えください」

「ありがとう。メリー・クリスマス」

何がどうなっているのか認識するまで、ずいぶんかかった。それでも、マイクの声を聞き、彼の顔を見れば恐怖心がやわらぐということは、デボラにもわかった。

「マイク？」

マイクはデボラの口元に顔を寄せ、ヘリコプターの回転翼がたてる騒音のなかで声を聞きとろうと耳をすませた。

「怖かったわ」

マイクは立ちあがり、心得ていると言うように首を縦に振ると、デボラの唇に指をあてた。何も言わなくていいというしぐさだ。

デボラが身ぶるいをして、目を閉じた。

マイクはデボラの頰を手のひらで包みこみ、それから人差し指で下唇にそっと触れた。デボラが痛みを覚えたかのように眉を寄せた。

マイクは上体をかがめ、デボラの唇にやさしく口づけた。

デボラがマイクの手を握った。ふたりの指が触れ、からみあう。マイクはデボラの隣に腰を下ろし、早くヘリコプターが病院に着かないかとあせりつつ、デボラが死なないよう祈っていた。ふと、デボラのまぶたの下から涙がこぼれ落ち、頰を伝うのが見えた。マイクの胸が張り裂けそうになった。

マイクは唇をデボラの耳に押しあてて言った。

「デボラ……聞こえるか？」

デボラが目をあけた。

声は届いたらしい。「おれを置いていかないでくれ」

マイクの手を握りしめるデボラの指先に力がこもった。彼女の唇は動いたものの、ヘリコプターの騒音にかき消され、何を言っているのかわからない。マイクはふたたび体をかがめ、デボラの口に耳を寄せた。

愛という言葉が聞こえたような気もするが、確信はない。そう言ってほしかったから、そんなふうに聞こえただけなのだろうか。

マイクは夜明け近くに目を覚ました。とっさにデボラのことを思いだし、彼女が眠る病院用ベッドに目をやった。手術は無事に終わっていた。取り返しのつかない損傷もなく、輸血を受けたあとは体力も戻ってきたようだ。

マイクは、いささか誇らしい気分になっていた。ふたりの血液型が同じで、自分の血もデボラを救うのに役立ったからだ。自分やオライアン一族がデボラに受けた恩を思えば、そのくらいのお返しをするのは当然だろう。デボラのおかげで家族みんなが幾度となく悲劇を乗り越えられたのだから。

マイクは心電図モニターに目をやり、たえず繰り返される信号音に胸をなでおろすと、椅子から立ちあがって背伸びをした。まもなく朝だ。マイクはベッドのそばに寄り、眠っているデボラを見つめた。

すると、またもや涙がデボラの頬を伝った。デボラが痛がっていると思うと、骨の髄まで切り刻まれるようにつらい。マイクは思わずデボラの手を取った。とはいえ、デボラの腕に刺さっている点滴用の針やチューブに触れぬよう、気をつかうことだけは忘れなかった。

デボラの肌は柔らかく、ほっとするほど温かい。

「メリー・クリスマス、ダーリン」マイクは静かに話しかけた。「クリスマスの朝を迎えるには最悪の場所だが、一緒にいられるなら、どこだっていい」

デボラが身じろぎをして、かすかに息を吐いた。

マイクはじっと様子をうかがった。デボラの心臓が規則正しく動いているのが、なんとも心強い。

デボラは隠れていた。少なくともデボラ自身は、そう思っていた。なんとか目をあけようとする。おぼろげに覚えているのは、雪の上に飛び散った血と、鋭く、焼けるような痛みだ。そのあと、暖かい場所へ運ばれていった記憶もある。

エヴァンが叫び、ジョニーがキッチンのテーブルの下にもぐりこんでいたのも覚えている。もっとも、なぜそんなことになっていたのかはわからない。マイクと遊園地のアトラクションに乗ったような気もするけれど、それはどう考えてもおかしい。

まぶしい光と寒い部屋のことは覚えている。もう大丈夫だと、誰かに言われた覚えもある。百から一まで逆に数えろと言われたようだが、その後の記憶はない。

そろそろ隠れるのをやめて出ていこう。なぜ消毒液のにおいがして、たえず肩が痛むのかという理由も含めて、まもなくすべてがはっきりするはずだ。

ゆっくりと呼吸をしながら体の動きを確かめようとしたが、その拍子に痛みが走り、思わず顔をゆがめた。呼吸をさらに浅くして、少しずつ息を吐いてみる。すると、うめき声がもれた。そのとたん、誰かの手が腕に触れた。

「デボラ、おれだ。マイクだ」

マイク。マイクの声。必死に目をあけようとしているのに、まぶたが言うことをきいてくれない。何がいけないのか、マイクが教えてくれるだろう。痛みを取り除いてくれるだろう。自分の口が開いた感覚はある。わたし自身の声も聞こえる。でも、なぜ叫び声のように聞こえるのかしら。


マイクが見守っていると、デボラの小鼻がふくらんだ。そして、唇のあいだから突きでた舌先が、口の端から端へと滑った。

喉が渇いているのだ。そうに違いない。マイクはベッド脇の水のグラスに手を伸ばし、ストローを引き抜いた。濡《ぬ》れたストローをデボラの唇に這《は》わせる。唇を湿らせるには、これで十分だ。水が気管に入るとまずいので、飲みこまない程度の量にしておこう。

えさをねだってくちばしをあける鳥のひなのように、デボラが口を開いた。何か言おうとしているらしいが、聞こえてくるのは鋭い叫び声だけだ。マイクはストローをグラスに放《ほう》りこみ、あわててデボラの手を握った。

「デボラ、大丈夫だ。怖がらなくていい。心配するな。おれがついている。どこにも行かないからな」

デボラが体を震わせ、口に入った水を飲みこもうとした。マイクはナースコールのボタンを押した。即座にインターホンの向こうで声がした。

「どうしました？」

「デボラの意識が戻りそうだ。痛みがあるらしい」

「すぐに行きます」その返事から一分もたたないうちに、きまじめそうな女が病室に飛びこんできた。たしか、エリナという名前だ。

「意識が戻りかけているんですって？」

デボラはその声を聞き、うめき声をあげた。どうしてみんな、わたしがここにいないみたいな話し方をするのだろう。ちゃんとここに寝ているのに。自分で返事もできるのに。

「痛がっている」マイクが言った。「痛み止めの処置をしてくれないか？」

「もう点滴で入れています」エリナが答えた。「生体情報を見てみましょう」

血圧計のカフが腕に巻かれる感触があった。デボラはなんとか話をしようとしたが、さっきまで隠れていたところへと急速に吸いこまれてしまった。ようやく出てきたときには血圧計の感触もなく、看護師もいなくなっていた。

デボラはやっと目をあけた。マイク・オライアンの顔が見たくてたまらなかったのだ。

「やあ……青い目の美人さん」少しずつ開いていくまぶたを見守りながら、マイクはやさしく言った。「メリー・クリスマス、ダーリン」

デボラが大きく息を吐いた。「マイク」

マイクは笑みを抑えられなかった。呼吸を止められないのと同じだ。

「ああ、おれだ」身をかがめ、頬に口づけた。額にもキスをしてから体を起こす。「おれのデボラ。みんな、すごく心配したんだぞ」

デボラの心臓が跳ねあがった。

マイクは、心電図モニターの信号音が速まったのに気づいた。

「わたし……？」

「なんだ」

デボラはまた唇を湿らせた。まともに話ができるよう、なんとか口を滑らかに動かそうとする。

「おれのデボラって……」やっと言えた。

たちまちマイクの視界が涙でぼやけた。「ああ、ベイビー……おれの愛するデボラだ」

デボラのまぶたが震えたかと思うと、閉じてしまった。それでも唇には、かすかな笑みが浮かんでいる。

マイクはデボラの手をさすり、また口づけた。

「ぐっすり眠れ、おれの小さな戦士。ちゃんと体を治してくれ」マイクはささやいた。

「早くあんたを家に連れて帰りたいんだから」

ヘリコプターを見送ったあと、やることは山ほどあった。エヴァンがジョニーの世話に専念できるよう、ジェームズとソーンは掃除を引き受けた。エヴァンが気づいたときにはすでに、床の血はきれいに拭《ふ》きとってあり、血まみれのタオルも全部、洗濯機に入っていた。

さらに、ジェームズとソーンは雪のなかからパピーの死骸《しがい》を回収し、裏口のポーチのテーブル下にあったシーツで包みこんだ。初めは、十分に深い墓穴が掘れるかどうか確信が持てなかった。地面が凍りついているからだ。しかし、三方を壁で囲まれた狭い物置場の地面をソーンが調べてみたところ、乾燥していただけでなく、穴を掘れるくらいに柔らかい土だった。

ふたりが何をしているのか察したモリーは、ジョニーが受けた心の傷のことをエヴァンに話した。

「パピーを埋めるところを、あの子にも見せたほうがいいと思うわ。悲しみのプロセスの一環になるから。ちゃんと悲しんでおかないと、立ち直れなくなってしまうの。あの子はもう、最悪の形で人間の死を目にしてしまった。そればかりか、デボラの犬までが、あの子の足元で死んだのよ。ジョニーを家に連れ戻したとき、ズボンが血まみれだったんだから。少なくとも、パピーにお別れを言わせてあげないとね。死んだお祖父ちゃんとお祖母《ばあ》ちゃんには、さようならを言えなかったし。あのとき悲しみのプロセスを体験しなかったから、今後ずっと、祖父母の死を本当に実感することはないでしょうね。お願い、エヴァン。信じてちょうだい。ジョニーを悲しませてあげて。パピーを埋めるとき、ジョニーにも手伝わせるの。一緒に土をかけさせるのよ。墓標か、何かきれいなものを、あの子自身の手でお墓に置かせたほうがいいわ。つらい思いをさせてしまうけれど、あの子のためだから。ちゃんと泣かせてあげて。そうするべきなのよ」

エヴァンは父親としての思いを胸に、モリーの説得に耳を傾けていた。ジョニーをこれ以上つらい目に遭わせるのは気が進まなかったが、モリーが正しいことはわかっていた。悲しむ機会をあたえてやらなければ、ジョニーは立ち直れないだろう。

そこで、エヴァンは息子に向かってたずねた。「これからパピーのお葬式をするんだけど、あの子がいちばん大事にしていたものを一緒に埋めてやろうと思うんだ。いちばんのお気に入りがなんだったか、知っているかい？」

ジョニーの無関心な態度が、いきなり変化した。止めどなく流れる涙は止まらないものの、快活と言ってもいいほどに声が明るくなった。

「知ってるよ、パパ！　知ってる！　暖炉のそばにあるおもちゃだよ。あれを入れてあげなくちゃ」

「いい考えだな」エヴァンは口の動きだけでモリーに礼を言った。モリーがうなずいた。

まもなく、全員が外に出た。雪のなかを一列に進み、パピーの死骸が置いてある物置場へ向かった。

古いシーツの地色は淡い褐色だ。形も大きさもさまざまな葉が、青の濃淡で一面にプリントされている。

「きれいな布だね、パパ」犬の体を包んだシーツに目をやり、ジョニーが言った。

大人たちも、あらためて古いシーツを見た。モリーは無言でそばに立ち、ジョニー自身が行動を起こすのを見守っていた。

「そうだな、ジョニー。きれいなシーツだ」ソーンが話しかけた。

「ああ。こうしておけば、パピーの体に泥もつかないからな」ジェームズが言い添えた。

ジョニーは墓穴を見すえたまま、うなずいた。穴は一メートルあまりの深さに掘ってある。穴の脇に積んだ土は黒く、ずっと昔から飼われていた牛たちのおかげで肥えている。

「さて、これからどうしたらいいだろうね、ジョニー」エヴァンが問いかけた。「まずパピーを穴に入れてから、おもちゃを入れようか。それとも、先におもちゃを入れて、あとからパピーを入れたほうがいいかな？」

「パピーが先だよ」ジョニーがきっぱりと言った。「おもちゃの上に寝るなんて、いやだと思うよ」

エヴァンは目をそらした。息子が心を痛める様子など、とても見ていられない。ジョニーの母親を埋葬した日に劣らぬほどつらい。あのとき、ジョニーはまだ幼くて、何も理解していなかった。いま、ジョニーは心のなかで、目撃してしまった死をすべて埋めようとしている。祖父母とパトリック・フィン上院議員、そしてデボラの犬、みんなの弔いをしている。モリーのおかげだ。やはり、モリーは正しかった。

「では、パピーが最初だな」ジェームズが言った。

ソーンとふたりでしゃがみこみ、シーツの端を持つと、慎重にパピーのなきがらを穴に下ろした。

「次は、パピーのおもちゃだ」エヴァンが言った。

ジョニーがおもちゃをエヴァンに手渡した。「はい、パパ。パピーにあげて。僕は届かないから」

おもちゃを犬の上に放り投げるわけにはいかないようだ。そこで、エヴァンは地面に両膝をつき、おもちゃをシーツの上にそっと置いた。

モリーが前に進みでた。

「本当なら、天に召される人に称賛の言葉を贈るのは牧師さんの役目だけど、いまは牧師さんがいないから。そのかわりに、わたしたちでパピーへの気持ちをひとことずつ言ってやりましょう。エヴァン、あなたからよ」

エヴァンは唇の内側をかみ、口元を引きしめた。どうしても息子に視線を向けられない。とはいえ、この葬儀が、ジョニーだけでなく自分自身の癒《いや》しにもなることは承知している。自分の体の一部は、まだ異国の地にあるのだ。なんとか死なずに帰還したものの、戦地で命を落としたような気がしてならなかった。だが、帰ってきたからには、自分を変える必要がある。自分の人生で、揺るぎなく存在しているのはジョニーだけだ。エヴァンにとって、この奇妙でささやかな葬儀のすべては、暗闇《くらやみ》から出ていく道筋のようなものだった。

エヴァンは祖父と曾祖父に目をやった。ふたりともジョニーの顔を見つめている。そのくらいなら、自分にもできるはずだ。

エヴァンは土の山に歩み寄り、土をひとつかみ握りしめると、穴のそばに戻った。

「パピーは忠実な名犬だった。ジョニーを守ることが自分の務めだと、わきまえていた。パピーはジョニーを愛するがゆえに、ジョニーを守って命を落とした。僕はパピーに感謝している」

モリーも土を手にして隣に立った。

「パピーは本当にかわいい犬でした。とても温かな茶色の目をしたパピーは、友達みんなにたくさんのキスを贈ってくれました。指定席だった暖炉のそばで、いつもわたしたちを迎えてくれました」

モリーは、とても大切な人物の葬儀に参列しているかのように心をこめて、ひとつかみの土を穴に落とした。

ジェームズとソーンもふたりにならい、パピーのハンティングの技をほめ、ジョニーの命を救ってくれたことに感謝した。次はジョニーの番だ。

ジョニーは土を握りしめた。何も言わず、穴の縁にじっと立ち尽くす。ジョニーにとっては荷が重すぎるのではないかと、エヴァンは心配になった。だがモリーの表情が、待つようにと告げている。ようやくジョニーが口を開いた。エヴァンは、待っていてよかったと思った。

「パピー、きみとは、あんまり遊べなかったね。でも、たった一日で、いちばんの友達になることもあるよね。僕がここに来たときから、きみはいちばんの友達だったよ」

みんなが目をうるませて見つめるなか、ジョニーが手のひらを下に向けて指を開いた。小さな手のなかにあった土がこぼれ落ちる。

ジェームズとソーンが無言でシャベルをつかみ、土を穴に戻し始めた。みるみるうちに、パピーの体に土がかぶせられていく。こんもりとした山ができ、表面の土がていねいに均《なら》されるまで、誰も動かず、何ひとつ口にしなかった。

「これでいい」ジェームズが静かに言った。

「アーメン」ソーンが唱えた。

ジョニーが父を見上げた。

エヴァンはジョニーを抱きかかえた。ジョニーの首筋のくぼみに顔をうずめ、きつく抱きしめる。

「泣かないで、パパ。パピーは天国に行ったんだから」

「そうだな。いまごろ、明るい日差しのなかで、うさぎを追っているだろう」

笑顔と言ってもいいような表情で、ジョニーがうなずいた。

一同は屋内に戻ったが、物置場へ向かったときよりも心が軽くなっていた。時間がたつにつれて、エヴァンはつくづく思い知った。モリーがひどく気がかりな一方で、心から頼りにしている自分に気づいたのだ。とんでもない大事件が幕を閉じ、カーライルの町に下りることも可能になりつつある現在、エヴァンは、いよいよここから出ていくのだと考えるようになっていた。問題は、モリーと別々の方向へ行きたくないということだ。けれども、モリーのような女性が、心に傷を負った子供と、ぼろぼろの体で帰還した男の面倒を見たがるとは思えない。

居間に入ったエヴァンは、暖炉のそばのソファーに座っているモリーとジョニーを目にした。モリーは、ベッドからはがしてきた古いパッチワークのキルトでジョニーをくるみ、膝に抱きかかえている。おしゃべりの最中かと思ったが、そうではないらしい。モリーはジョニーに歌を聴かせていたのだ。

たちまち、エヴァンの心に強い感情がわきあがってきた。考える間もない。モリーの姿が一瞬だけ目に映ったが、涙があふれて何も見えなくなった。キッチンから、食事のしたくに余念のないジェームズとソーンの声が聞こえてくる。

このひとときは、家庭そのものだ。

エヴァンは歩み寄り、モリーの隣に腰を下ろした。そのときようやく、ジョニーが眠っているのに気づいた。

モリーはエヴァンを見て、ため息をついた。離れられない相手になることは、初めて彼の顔を見たときからわかっていた。

「きみを離したくない」エヴァンが言った。

モリーも涙を流しながら微笑した。「離さなくてもいいわ」

エヴァンの鼓動が速くなった。

「きみを引き止めておくには、どうしたらいい？」

モリーはエヴァンの手を取り、指をからませて軽くさすった。

「離さなければいいだけよ」

エピローグ

ダレン・ウィルソン上院議員がクリスマス・イブに死んだうえ、殺人まで犯していたというニュースで、マスコミは大騒ぎだった。サンタがやってくるという話題など、どうでもよくなったという感じだ。ウィルソンの死を悼むべきだと考えた者は、パトリック・フィンの身内には誰もいない。それはオライアン家でも同じだった。

アルフォンソ・リベーラは賭《かけ》トランプ仲間に向かってワイングラスをかかげ、軽く乾杯した。

「さあ、諸君……気前よく払ってもらおうか」

「なんてやつだ！」仲間が声をあげ、ワインをあおった。

愚痴が飛びかうなか、リベーラは自分のカードを置いて紙幣をかき集めた。

デボラが留守のあいだ、ファーリー・カムストックは牛の世話を引き受けていた。手になじんだライフルを取り戻せて何よりだが、悪党に使われてしまったのは、いささか腹立たしい。ライフルが邪気をおびてしまった気がする。それを取り除くため、ファーリーは台所の床に座りこんでライフルを分解し、隅々まで掃除をした。ダレン・ウィルソンの痕《こん》跡《せき》をすっかり拭《ぬぐ》い去ったと思えるまで、丹念に手入れをする。その後、愛用の銃が戻ってきたのは自分へのクリスマス・プレゼントだということにして、ライフルを台所のドアの上に戻した。ずっと前から、そこが定位置だったのだ。

ルースが産んだばかりの赤ん坊の泣き声を背に、ファーリーは薪《まき》を取りに外へ出た。子供の声に、つい頬をゆるめてしまう。小さなカムストックがもうひとりこの世に生まれ、声を張りあげているのだ。

撃たれてから一週間後、デボラはマイクに付き添われて帰宅した。病院の喧騒《けんそう》や大人数での暮らしを経験してしまうと、いまの家はあまりにも静かで、からっぽだ。パピーがいなくなってしまったのが、あからさまにわかる。ぐったりと倒れ、雪のなかで血を流す愛犬の姿がどうしても頭から離れない。マイクがいてくれなければ、ひどく落ちこんでしまい、立ち直るすべもなかっただろう。

出しっぱなしのクリスマス飾りが痛々しく、悲しげだった。パーティーに行ってはみたものの、とっくに終わっていたというような雰囲気だ。ジョニーと一緒に選んだプレゼントは、ようやくファーリーが届けてくれた贈りものと一緒に、ツリーの下に置いたままになっている。

デボラは少しふらついていたが、それでも、家じゅうすべての部屋を見てまわると言ってきかなかった。帰宅直後の習慣なのだが、なんとも風変わりだ。ずいぶん長いこと留守にした理由を家に説明し、謝らなければいけないとでも思っているかのようだ。

デボラが自分とのあいだに距離を置こうとしているのは、マイクにもわかった。愛されているという自覚がなければ不安に思っただろう。マイクは寝室までついていき、ベッドに腰かけた。デボラはクローゼットに姿を消した。出てきたときには、ゆったりしたフランネルのナイトガウンに着替えていた。

「腹は減ってないか。少し横になったらどうだ。ほしいものがあれば、なんでも言ってくれ。好きなようにするといい」

デボラは、いま初めて出会ったような表情でマイクを見つめた。デボラの目に、マイクはとても魅力的に映った。そのうえ、戦いぶりも立派だった。撃たれたあとのできごとについて、デボラは断片的にしか聞いていない。けれども、マイクに抱きしめられたとたん、ありのままの事実がわかった。触れあう肌を通じて、マイクがダレン・ウィルソンを追っていったときの様子や、不安な思いが流れこんできた。そして、ウィルソンの最後も目のあたりにした。

「本当にほしいのが、なんだかわかる? あなたよ」

マイクが目をみはった。「その体じゃ無理だ――」

「いまのところは、抱きしめてもらうだけでがまんするわ」

マイクが笑った。「それならお安い御用だ」

まだ治りきっていない肩を刺激しないよう、デボラの体をそっと抱き寄せる。

デボラはマイクの胸に頭をもたせかけて目を閉じた。揺るぎない心臓のリズムが耳元で聞こえる。いま身につけているフランネルのナイトガウンと同じくらい心地よい。

「わたしたち、これからどうなるのかしら」

マイクがデボラの髪のリボンをほどき、床に落とした。デボラの首筋に顔をうずめ、顎のあたりをまつげでくすぐってから唇を重ねた。

それと同時にポケットをさぐり、ベルベットの小箱を取りだす。

「あとで言うつもりだったんだが。どうしてそんなふうに思ったのかな。いまこそ絶好のチャンスの気がするよ」

デボラは小箱に目を落とした。心臓が跳ねあがる。

「ああ、マイク」泣いてしまいそうになり、口元を押さえた。

マイクはデボラをベッドの端に座らせ、床に片膝をついた。

「こうしたほうがいいと思う理由なら一日じゅうだって言っていられるが、結論は単純なんだ。デボラ、愛してる。こんなに愛《いと》しい女に出会ったのは生まれて初めてだ。結婚してくれないか?」

「そんなことを言ってもらえるなんて、夢にも思わなかったわ」

「まだ返事を待ってるんだがな」マイクが催促した。

「結婚する、結婚するわ。千回でも言うわ。あなたと結婚します」

マイクはデボラの指に指輪をはめて立ちあがり、デボラの隣に腰かけた。「署名がわりのキスだ」やさしい声で言う。デボラの唇は、涙の味がした。

デボラは動かせるほうの腕をマイクの首にまわし、口づけを返した。

「これで、あんたの質問への答えになったかな」マイクはデボラの額にかかった髪をうしろへなでつけながらきいた。

「ええ」そう言うと、デボラはマイクの手のひらに唇をあて、生命線を舌先でなぞった。

マイクがうめき声をあげた。

デボラは指輪を光にかざし、うれしさに身を震わせた。今日は本当にいい天気だ。それでもなお、デボラは熱いまなざしでベッドを見つめた。その様子に、マイクもデボラの思いを察した。うしろを向いてベッドカバーをめくり、デボラに指し示す。

「寝ていろ。何か食べるものがないか、台所を見てくる」

「マイク、待って」デボラはベッドにもぐりこみながら呼び止めた。

マイクがまた腰を下ろした。「なんだ」

「話しあわなきゃいけないことがあるわ」

マイクがにやりと歯をむいた。「子供がほしいなんて話じゃないだろうな」

デボラはくすくすと笑った。「違うわよ。その件は不問ってことでいいわ」

「助かった。孫より年下の子供ができるなんて、ごめんだからな」

今度はデボラが吹きだす番だった。「あら、ずいぶん若いうちに父親になったのは、あなたの責任でしょう」

マイクは肩をすくめた。「そういう家系なんだ、しかたないじゃないか。エヴァンの誕生は、おれの身に起きたことのなかで最高のできごとだった……あんたと出会うまではな」

「ありがとう。話というのは、ダレン・ウィルソンのことよ。あなたはウィルソンを撃つはめになった。それが心の重荷になっているのじゃない？」

マイクの顔から表情がことごとく消えうせた。マイクは反論しかけたものの、誰に向かって口をきいているのかということに思いあたった。

「考えをいつも先に読まれてしまったら、喧嘩《けんか》のやりようもないな。蛇を殺したことが心の重荷になるかというと……それはない。さて、食料の調達に行ってくるか。あんたは寝てろ、いいな」

「はい」

マイクはかがみこんで手短に別れのキスを送り、デボラにはめてやった指輪にも口づけた。そのとき、玄関のドアをノックする音が聞こえた。

「いったい誰かしら」

「誰だ？　おれたちが帰ってきたのを知ってるのか？」

「見てきてくれない？」

マイクは笑顔でウインクをして、足早に寝室を出た。玄関先の人物に目をとめるなり、笑みが大きくなる。

「親父《おやじ》！　祖父《じい》さん！　どこから来たんだ」ふと見ると、もう一台の車が庭に停《と》まっていた。マイクは笑いだした。「みんないるのか？」

「クリスマスを祝うのだぞ。ほかにどうしろと言うのかね」ジェームズが言い返した。

マイクは手を叩《たた》き、ポーチに走りでた。そのとき、残りの家族が車から降りてきた。

「やあ、ジョニー。よく来たな」大声をあげる。マイクは走ってきたジョニーを抱き止めた。

「ねえ、マイク・パパ。モリーは僕らのガールフレンドになったんだよ」

マイクは振り返り、プレゼントをかかえて階段を上がってくるエヴァンとモリーに笑いかけた。

「そうなのか」

「ああ」エヴァンが答えた。

マイクは満面に笑みを浮かべた。「おまえとジョニーの大手柄だな」

「ありがとう」エヴァンが言った。「僕たちもそう思うよ」

マイクは前かがみになってモリーの頬にキスした。

「よく来てくれた。ガールフレンドだって？」

モリーがほほえんだ。「ありがとう。そういうことになっちゃった。わたしもうれしいわ」

「みんな、なかに入ってくれ」マイクは声をかけた。「デボラに顔を見せに行こう。大喜びするぞ」

六人は笑ったり話をしたりしながら、ぞろぞろと廊下を進んだ。騒ぎを聞きつけたデボラは寝室を飛びだして出迎えた。集まってきた客にほほえみかけ、手を振りながら近づいていく。

「いらっしゃい！　よく来てくれたわね！　みんな来てくれたのね！」デボラは声を張りあげた。

「メリー・クリスマス、デボラ」ジェームズが言った。「きみがまだ会ったことのない、最後のオライアンを紹介しよう。父さん……この人がデボラだ。デボラ、わたしの父のソーントンだ」

「ソーンと呼んでおくれ」ソーンはデボラの頬に軽くキスした。

「ありがとう」

「なあ、その指輪がわかるか。デボラを孫娘と呼ぶ日も近いぞ」マイクが言った。

その宣言に、ジョニーを含めた全員がふたたび口を開き、うれしげな声を次々とあげた。

「デボラが僕のお祖母《ばあ》ちゃんになるってこと？」

デボラは笑い、ジョニーの髪をかきまわした。「ええ、そうよ」

「やったあ」そして、ジョニーはエヴァンのコートを引っぱった。「ねえパパ。もう、あげてもいい？」

「みんなで座ってからにしよう」エヴァンが言った。

「楽しみだな、ハニー」マイクが話しかけてきた。

「とってもうれしいわ」そう答え、デボラはみんなのあとについて居間に入った。

プレゼントの山を見て頬をゆるめる。

エヴァンは、息子が選んでくれた狩猟用ナイフを見て歓声をあげ、顔をほころばせた。モリーもメリーゴーラウンドのオルゴールに、たちまち魅了された。続いてジョニーがツリーのうしろから妙な形の長い包みを引きずりだし、マイクに渡した。

マイクは目を丸くしてデボラに顔を向けた。

デボラは無言でほほえんだ。

サーベルを目にしたマイクは、すっかり有頂天になった。ジョニーに何度も礼を言う。もちろん、本当に感謝すべき相手がデボラだということは、ちゃんと承知していた。

「本物か?」マイクはたずねた。

「わたしと同じでね」デボラが笑った。

「すごいな。南北戦争の時代のものじゃないか」

「ええ。祖父の祖父の、そのまた祖父ぐらいのご先祖さまの遺品よ。戦から戻ってきて、サーベルを屋根裏の梁《はり》の上に放《ほう》り投げたのが、ずっとそのままになっていたのね。気に入ってもらえるんじゃないかとジョニーが言うものだから」

「だが、あんたの家族にも、これをほしがる人が――」

「わたしに家族はいないわ。忘れたの?」

「そんなことはない」マイクは穏やかに言った。「おれたちみんながいるぞ。忘れたか」

デボラは涙をこぼしながら微笑した。「まさか」

「さあ、デボラの番だよ!」ジョニーが叫び、次から次へとプレゼントを渡してきた。

デボラは包みを片端からあけ、そのたびに感嘆の声をあげた。けれども、エヴァンとジョニーが外に出て、特別なプレゼントを持ってきたとき、デボラは言葉を失った。

「まあ」口元を押さえ、泣きそうになるのをこらえる。「まあ。ああ、マイク」

「おれを見るな」マイクが言った。「何もしてないんだから」

「お気を悪くなさらなければいいんですが」エヴァンが口を開いた。「ジョニーのアイデアなんです。だめだと言う気にもなれなくて」

「いままでもらったなかで最高のプレゼントよ」デボラは両手を広げた。その膝に、ジョニーが黒いラブラドール・レトリーバーの子犬をのせた。

子犬はデボラをひとめ見るなり、頬をなめてきた。みんなが笑って見守るなか、デボラは子犬を胸に抱きしめ、キスを返した。

ジョニーがにこにこしながら子犬の喉をくすぐった。子犬のほうも、ジョニーの顔をなめてお返しをする。

「名前はあるの？」隣の椅子に腰かけたジョニーに、デボラはきいた。

「キャンディっていう名前にしたんだ。クリスマス・ツリーから、ステッキの形の飴《あめ》を取って食べちゃったから」

デボラはうなずき、子犬を抱きあげて目をのぞきこんだ。

「こんにちは、キャンディ。わたしはデボラよ。わが家へようこそ」

＊本書は、2008年1月にMIRA文庫より刊行された
『あたたかな雪』の新装版です。

mira

あたたかな雪《ゆき》

2023年11月15日発行　第1刷

著　者　シャロン・サラ
訳　者　富永佐知子《とみながさちこ》
発行人　鈴木幸辰
発行所　株式会社ハーパーコリンズ・ジャパン
東京都千代田区大手町1-5-1
03-6269-2883（営業）
0570-008091（読者サービス係）
印刷・製本　中央精版印刷株式会社

定価はカバーに表示してあります。
造本には十分注意しておりますが、乱丁（ページ順序の間違い）・落丁（本文の一部抜け落ち）がありました場合は、お取り替えいたします。ご面倒ですが、購入された書店名を明記の上、小社読者サービス係宛ご送付ください。送料小社負担にてお取り替えいたします。ただし、古書店で購入されたものはお取り替えできません。文章ばかりでなくデザインなども含めた本書のすべてにおいて、一部あるいは全部を無断で複写、複製することを禁じます。®と™がついているものはHarlequin Enterprises ULCの登録商標です。

この書籍の本文は環境対応型の植物油インクを使用して印刷しています。

VEGETABLE OIL INK

Printed in Japan © K.K. HarperCollins Japan 2023
ISBN978-4-596-52964-0

mirabooks

明けない夜を逃れて
シャロン・サラ
岡本 香 訳
余命宣告から生きのびた美女と、過去に囚われた私立探偵。喪失を抱えたふたりが出会ったとき、運命は大きく動き始め…。叙情派ロマンティック・サスペンス！

翼をなくした日から
シャロン・サラ
岡本 香 訳
元陸軍の私立探偵とともに、さまざまな事件を解決してきたジェイド。カルト組織に囚われた少女を追うなかで、自らの過去の傷と向き合うことになり…。

すべて風に消えても
シャロン・サラ
岡本 香 訳
最高のパートナーとして事件を解決してきた私立探偵チャーリーと助手のジェイド。最大の危機と悲しい別れが、二人にこれまで守ってきた一線をこえさせ…。

明日の欠片をあつめて
シャロン・サラ
岡本 香 訳
特別な力が世に知られメディアや悪質な団体に追い回されるジェイド。相棒の探偵チャーリーを守るため彼女が選んだ道は——シリーズ堂々の完結編！

月影のレクイエム
シャロン・サラ
皆川孝子 訳
あなたは実の孫ではない——亡くなる直前に祖母から出自を聞かされたキャサリン。故郷を訪ねるも敵意を向けられるばかりだが保安官のルークだけは優しく…。

グッバイ・エンジェル
シャロン・サラ
新井ひろみ 訳
幼い頃、母にカルト教団に連れてこられたジェイドは、壮絶な少女時代を過ごす。やがて教団を抜け出し人目を避けて生きてきたが、15年後、ルークと名乗る男が現れ…。

mirabooks

あどけない復讐

アイリス・ジョハンセン
矢沢聖子 訳

復顔彫刻家イヴ・ダンカンのもとに届いた、少女の頭蓋骨。8年前に殺された少女の無念が、闇に葬られた真実と新たな陰謀、運命の出会いを呼び寄せる…。

死線のヴィーナス

アイリス・ジョハンセン
矢沢聖子 訳

任務のためには手段を選ばない孤高のCIA局員アリサ。モロッコで起きた女学生集団誘拐事件を追い、手がかりを求め大富豪コーガンに接触を図るが…。

囚われのイヴ

アイリス・ジョハンセン
矢沢聖子 訳

死者の骨から生前の姿を蘇らせる復顔彫刻家イヴ・ダンカン。ある青年の死に秘められた真実が、新たな事件を呼びよせ…。著者の代表的シリーズ、新章開幕！

慟哭のイヴ

アイリス・ジョハンセン
矢沢聖子 訳

殺人鬼だった息子の顔を取り戻そうとする男に追われ、極寒の冬山に逃げ込んだ復顔彫刻家イヴ。満身創痍の彼女に手を差し伸べたのは、思いもよらぬ人物で…。

弔いのイヴ

アイリス・ジョハンセン
矢沢聖子 訳

殺人鬼だった息子の顔を取り戻すためイヴを拉致した男は、ついに最後の計画を開始した。決死の覚悟で挑む闘いの行方は…？　イヴ・ダンカン三部作、完結篇！

野生に生まれた天使

アイリス・ジョハンセン
矢沢聖子 訳

動物の声を聞ける力を持ったがため、数々の試練にさらされてきたマーガレット。平穏な日々も束の間、謎の男によって過去の傷に向き合うことになり…。

mirabooks

名もなき花の挽歌 イヴ&ローク54
J・D・ロブ
新井ひろみ 訳

ニューヨークの再開発地区の工事現場から変わり果てた女性たちの遺体が次々と発見された。彼女たちの無念を晴らすべく、イヴは怒りの捜査を開始する…。

幼き者の殺人 イヴ&ローク55
J・D・ロブ
青木悦子 訳

夜明けの公園に遺棄されていた女性。時代遅れの派手な格好をした彼女の手には〝だめなママ〟と書かれたカードがあった。イヴは事件を追うが捜査は難航し…。

232番目の少女 イヴ&ローク56
J・D・ロブ
小林浩子 訳

未成年の少女たちを選別、教育し、性産業に送りこむ邪悪な〝アカデミー〟。搾取される少女たちにかつての自分の姿を重ね、イヴは怒りの捜査を開始する——！

ラズベリー・デニッシュはざわめく
ジョアン・フルーク
上條ひろみ 訳

殺人に使われたのは、夫のロスに送られてきた毒入りチョコレート!? ハンナは夫のゆくえと事件の両方の調査を始めるが、思いがけない事実が次々と発覚し…。

チョコレートクリーム・パイが知っている
ジョアン・フルーク
上條ひろみ 訳

ハンナは傷つき悲しみに暮れていた。ロスの最悪な嘘が発覚したのだ。家族や友人たちの優しさに支えられ、なんとか立ち直ろうとしていたその矢先、信じられない事件が起きて…。

ココナッツ・レイヤーケーキはまどろむ
ジョアン・フルーク
上條ひろみ 訳

末妹ミシェルの恋人で保安官助手のロニーが殺人事件の第一容疑者!? 事件の担当刑事がいないという前代未聞の事態のなか、ハンナは独自に事件の調査をはじめたけれど…。

mirabooks

雨の迷い子
ダイアナ・パーマー
仁嶋いずる 訳
10年前の雨の夜にテキサスの農場で拾われた天涯孤独のギャビー。恩人であり、兄同然だったボウイと再会して以来、二人の関係は少しずつ変化していき…。

涙は風にふかれて
ダイアナ・パーマー
仁嶋いずる 訳
テキサスの名家に生まれた令嬢ベスは、ある日突然無一文の身になってしまう。手をさしのべてきたのは、苦い初恋の相手だった牧場経営者で…。

真夜中のあとに
ダイアナ・パーマー
霜月 桂 訳
体調を崩したニコルは静かな海辺の別荘で静養していた。ある日ビーチに倒れていた記憶喪失の男を助けるが、彼は議員である兄が敵対する実業家マッケインで…。

夜明けのまえに
ダイアナ・パーマー
泉 智子 訳
運命の相手だと思っていたコルテスから写真一枚で別れを告げられたフィービー。癒えない傷を抱え見知らぬ地で働き始めたが、思わぬ事件が再会を招き…。

傷ついた純情
ダイアナ・パーマー
仁嶋いずる 訳
唯一の肉親をなくしたグレイスへ救いの手を差し伸べたベテランFBI捜査官のガロン。誰にも言えない過去の傷を抱える彼女は、彼に惹かれていく自分に戸惑い…。

初恋はほろ苦く
ダイアナ・パーマー
仁嶋いずる 訳
隣に住む牧場主のジェイソンに憧れているケイト。ある日彼とキスを交わしたことでほのかな期待を抱くが、ジェイソンの冷たい言葉に打ちのめされる。

mirabooks

この恋が偽りでも
シャノン・マッケナ
新井ひろみ 訳
天才建築家で世界的セレブのフィアンセ役を務めることになった科学者ジェンナ。生きる世界が違う彼に惹かれてはいけないのに、かつての恋心がよみがえり──

口づけは扉に隠れて
シャノン・マッケナ
新井ひろみ 訳
建築事務所で働くソフィーは突然の抜擢で、上司のヴァンとともに出張することに。滞在先のホテルで男の顔を見せられ心ざわめくが、彼にはある思惑が…。

真夜中が満ちるまで
シャノン・マッケナ
新井ひろみ 訳
ネット上の嫌がらせに悩む、美貌の会社経営者エヴァ。かつて苦い夜をともにした相手に渋々相談すると、彼は24時間ボディガードをすると言いだし…。

レディ・ヴィクトリア
リンダ・ハワード
加藤洋子 訳
没落した名家の令嬢ヴィクトリアは大牧場主との愛のない結婚生活に不安を覚えていた。そんな彼女はあるガンマンに惹かれるが、彼には恐るべき計画があり…。

天使のせせらぎ
リンダ・ハワード
林 啓恵 訳
早くに両親を亡くし、たったひとり自立して生きてきたディー。そんな彼女の前に近隣一の牧場主が現れる。その目的を知ったディーは彼を拒むも、なぜか心は揺れ…。

ふたりだけの荒野
リンダ・ハワード
林 啓恵 訳
炭坑の町で医者として多忙な日々を送るアニー。ある日彼女の前に重傷を負った男が現れる。野性の熱を帯びた男らしさに心乱されるが、彼は驚愕の行動をし…。